江皓辰
JIANGHAOCHEN

30岁，
颢澜集团少东家，
唯一继承人。

背景： 父亲借着改革开放的东风白手起家，成为全国餐饮业龙头老大，秉承"最好"等于"最贵"的原则，是高端餐饮的龙头风向标。

性格： 放荡不羁，花钱如流水，换女朋友的速度比换衣服快，从不相信爱情婚姻，"不婚主义"的坚定维护者。有原则的商业天才。"败家"只败金钱和个人声誉，违法乱纪从来不做，不喜欢餐饮行业，在父亲的资助下投资新兴产业，生意做得风生水起。

评语： 时不时上头条，却没有一个人认识真正的他。

● ○ ○

舒 言
SHUYAN

24岁，宫廷"舒家菜"传人，靠厨艺养家糊口，脾气暴。

背景： 曾祖父是宫廷御厨，自民国时期就在老宅开设餐馆，手艺世代承袭至今，每天只晚餐招待一桌客人的规矩百年不变，在当地小有名气。舒言秉承早逝父亲的遗愿，立志要将"舒家菜"发扬光大，走向世界。

性格： 资深宅女，不修边幅，对谈恋爱结婚统统没兴趣，晚睡晚起，有严重到连自己都害怕的起床气。厨房就是她的全部，一进入做菜模式就完全变了一个人，容不得菜品有一丝瑕疵，炒、爆、熘、炸、烹、煎样样精通，厨艺好到爆！

评语： 吃一口"舒家菜"，唇齿三日留香。

· · ○

有爱的青春陪伴者

爱夏 ◎著
AIXIA

家有萌厨

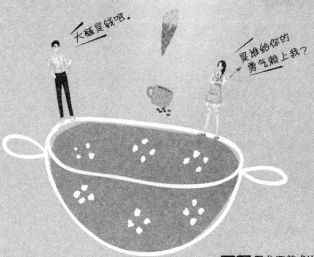

天极是钱吗.

是谁给你的
勇气辣上我?

黑龙江美术出版社
Heilongjiang Fine Arts Publishing House
http://www.hljmscbs.com

图书在版编目（CIP）数据

家有萌厨 / 爱夏著 . -- 哈尔滨 : 黑龙江美术出版
社 , 2019.7

ISBN 978-7-5593-5505-8

Ⅰ . ①家… Ⅱ . ①爱… Ⅲ . ①长篇小说 – 中国 – 当代
Ⅳ . ① I247.5

中国版本图书馆CIP数据核字(2019)第153743号

jia you mengchu
家有萌厨

出 品 人 / 周　巍
著　　　 / 爱　夏
特约策划 / 伍　利
责任编辑 / 李　旭　张泽群
封面设计 / 颜小曼
内页设计 / 西　楼
封面绘制 / cain 酱
出版发行 / 黑龙江美术出版社
地　　址 / 哈尔滨市道里区安定街 225 号
邮政编码 / 150016
发行电话 / （0451）84270524
网　　址 / www.hljmscbs.com
经　　销 / 全国新华书店
印　　刷 / 湖南凌宇纸品有限公司
开　　本 / 880mm×1230mm　　1/32
印　　张 / 9
版　　次 / 2019 年 7 月第 1 版
印　　次 / 2019 年 7 月第 1 次印刷
书　　号 / ISBN 978-7-5593-5505-8
定　　价 / 36.80 元

目录

日录

第一章

/来呀，互相伤害呀/

"尊敬的贵宾，您乘坐的 MU5120 航班，由于航班调配，起降时间调整为……"

"啊……"候机厅角落，发出一声绝望的低吼。

那少女五官精致，长长的黑发随意披在肩上，身穿一身红色纱裙，衬得皮肤白皙亮泽，很是清纯可人，只是那双灵气十足的大眼睛里闪烁着浓浓的火星，一看就是愤怒到了极点。

下午五点到机场，深夜一点，还在机场。

飞行五十分钟，待机八小时。

跟航空公司相比，某网红手机的广告简直弱爆了。

卫生间。

潺潺冷水流过肌肤，舒言只觉得越压制，心底的火就越腾腾往上冒。

"以后要是再坐国内航班，我就不姓舒！"

满腔怒火无处发泄，舒言烦躁地把擦手纸揉成一团，正要出门，一道黑影猝不及防地撞了过来。

"呜呜，呜呜！"

虽然候机厅是公共场所，可这大半夜的，别说呜咽，就是大喊，只怕一时半会儿也没人听见。

"安静点，吵死了！"头顶传来"劫匪"不耐烦的声音。

循声抬头，一张棱角分明的帅脸，在昏暗灯光的映射下如妖如月，无论哪个人看了都想再看一眼。

舒言也是人，也一样挪不开目光。

"认得我吧？"男子眉心一松，手也放了下来。

"嗯。"相貌总有相似，但那双玩世不恭的黑眸里闪烁着的清冷和不屑，却无法复制。

江皓宸，颢澜集团少东家，拥有一张英国小王子同款"嫌弃脸"，也不知道是不是在伦敦生活太多年，"入乡随俗"了。

曝光率超过当红明星，内地小股神，京城四大败家子之首，国民老公……江皓宸身上有太多标签，哪一个，也跟抢劫犯扯不上关系。

挣扎，颤抖，戛然而止。

"帮我个忙。"江皓宸把一沓崭新的钞票塞到舒言手中，语气不由分说，"把外面的人引走。"

外面有人？

江皓宸仿佛半仙附体，话音刚落，不远处就传来阵阵脚步声。

舒言看看手里的钱，再看看满脸紧张的江皓宸，一下子明白了。

这人是不是缺心眼，几千亿身家，出门连保镖也不带一个，不是就等着被绑架吗？可怜她招谁惹谁了，竟跟着卷进这浑水里去。

报警，必须马上报警。

"你干什么？"她手心一空，手机已被面前的男人抽走，顺便按掉挂断键。

"再不报警就来不及了！"舒言踮起脚去抢手机，连壳儿都没摸着，人就被按了下去。

"江皓宸，把手机还给我！"要是一起被绑票，可没人拿钱赎她，她还没成为著名厨师，还没在欧洲、美洲、大洋洲开舒家菜馆分店，可不能这么不明不白地把小命儿陪葬出去。

"闭嘴！"江皓宸耐心不多，轻易就到底。

"你……"别废话了，离江皓宸这个"是非"远远的，才是活命之道。

她脚底抹油，还没来得及拔腿，人就被揪着帽子拽了回去。

"江皓宸，一人做事一人当，他们是冲你来的，我可不想给你当垫……"

"笨女人你听清楚了，我只是不想回家！"

候机厅到处是高清摄像头，谁选这地方绑架，脑子一定被驴踢了，还是好几头笨驴。

呃？

见舒言一脸茫然，江皓宸似乎觉得以对方的智商，做这样"坑蒙"的勾当太为难了些，又塞了一沓钱到她手上。

"拿着，回头好好给智商充充值。"

"江皓宸！"

莫名受了一顿惊吓，还要来侮辱她的人格，是可忍，孰不可忍！

愤怒的小火苗刺啦刺啦上蹿，舒言正要不管不顾地大喊，突然眸光闪动，露出一个狡黠的笑容。

那阵脚步声很快寻了过来，停留在隔断间外。

"砰砰砰……"

"有人。"

舒言的声音，打消了门外之人的疑虑，空气再次安静下来。

"我可以走了吗？"舒言翻着白眼，用鼻孔跟江皓宸对视。

江皓宸摆摆手，连话也懒得说，明显的过河拆桥。

可这桥，还没过去。

保镖们没走远，舒言一路小跑，很快就追上了。

"别找了，江皓宸就在刚才那个卫生间里。"

"你怎么知道？"

"哪那么多为什么，赶紧去。"舒言把还没焐热的百元大钞，原封不动地塞到保镖手里，"帮我转告江皓宸，回头给智商充充值，别那么自以为是。"

为了不让老爹逮回来谈商业联姻，江皓宸放弃私家飞机，一路混迹在普通乘客中，眼见就要成功，没想到最后栽在一个女人手里。

"该死的女人，你会后悔的！"江皓宸坐在客厅沙发上，咬牙切齿。

舒言的确很后悔。

悔得肠子都青了。

飞机晚点八小时的后果，就是她落地时，好巧不巧地，正赶上早高峰。

"师傅，麻烦您稍微快点，快点。"每隔五分钟，舒言就要重复同

样的话。

她准备了整整两年，一路过关斩将好不容易杀到决赛，要是因为迟到被取消比赛资格，干脆找块豆腐撞死算了。

司机师傅也想快点，奈何他的车没有翅膀，更没有随意伸缩大小的功能，只能望着前面无尽的长龙唉声叹气。

叹息声在小小的车厢里此起彼伏了无数次，"颢澜国际大酒店"几个大字总算出现在视线中。

舒言像看到久别重逢的亲人，差点就要涕泪涟涟了。

"借过，不好意思，借过一下……"

健步如飞地冲进大厅，眼见电梯门就要合上，舒言长臂一伸，险险扒到了门缝。

"太，太好……"没来得及展开的笑容，霎时凝固在脸上。

跟气喘吁吁的舒言比起来，江皓宸脸上的笑容就畅快多了，他瞅一眼对方手上的行头，心下了然。

"真是老天有眼啊！"

这女人自己撞枪口上来，可怨不得他了。

"呵呵，真是太巧了，缘……缘分啊。"舒言努力挤出一丝尴尬又不失礼貌的微笑，慢慢将身子探进电梯，尽量减少自己的存在感。

阿弥陀佛，满天神灵，求你们发发慈悲，让江皓宸失忆吧，选择性、间歇性都行，只是不要让他想起昨晚，不，今早的事。

"下去。"

事实证明，临时抱佛脚是没用的，江皓宸没失忆，更没打算既往不咎。

"凭什么，电梯又不是你家的。"

话一出口，舒言就后悔了。

颢澜国际大酒店隶属颢澜集团，别说电梯，整栋大楼都是江家的。

"来者是客，你身为老板，不能剥夺顾客乘坐电梯的权利。"为了不迟到，舒言据理力争。

"真不巧，这是我的专梯。"江皓宸抬手指了指对面。

胳膊拧不过大腿，舒言不甘心地退了出来。

"把所有电梯都关了。"江皓宸嘴角上扬，脸上的笑容快要溢出来。

"厨师大赛在27楼。"江皓宸身侧的男人跟他年龄相仿，举手投足间带有一种掩饰不住的清贵。

"才27层啊，可惜。"早知道那个女人会来，就该把比赛安排到35层。

"既然那么讨厌她，直接赶出去不是更省事。"对方一脸玩味地看着江皓宸。

"弋阳，你话太多了。"

这边，舒言左等右等，始终没有等来一部电梯。

"江皓宸，你个卑鄙小人！

"浑蛋！"

"无耻！"

舒言一步一步踏在楼梯上，像是在踩江皓宸。

八楼，九楼，十楼，十一楼……

脚步越来越沉，舒言再想骂江皓宸也是有心无力，只能改腹诽了。

"看不出来，你体力还挺好。"

舒言抬头，就见弋阳单手插兜斜倚在楼梯防火门上，手机摄像头正对着自己。

刚刚匆忙，她只知道江皓宸身边站了个穿银色西装的人，并没有看清长相，这会儿离得近了，不由得从心底发出一声惊呼。

太好看了！

虽然江皓宸也是个三百六十度无死角的帅哥，但他脸上那股"你是乡巴佬"的傲娇神色，莫名就让舒言觉得不爽。可眼前这个男人脸上没有一点冷漠、高傲、阴险等一系列附加表情，就像一潭清澈的泉水，让她整颗躁动的心都安静下去了。

"喂，发什么呆！"一个熟悉且极度不友好的声音，从手机里传出来。

"又是你！"看到江皓宸那张欠揍的脸，舒言才消下去的火气又噌噌冒上来，"你还想干什么？"

别把她当小猫咪，她可是会反抗的。

"乖乖向我认错，我就考虑让你坐电梯，怎么样？"视频里，江皓宸正悠闲地吃着水果。

"做你的春秋大梦去！"舒言轻嗤一声，用鄙视的眼神还击江皓宸。

她算看出来了，这家伙就是个锱铢必较心胸狭隘的货，绝不可能轻易放过她，只怕道歉的话刚一出口，就会换来一顿嘲笑。

与其示弱让他看扁，不如输得有尊严些。

"行，算你有骨气。"江皓宸气笑了，"我倒要看看，你能嘴硬到什么时候。"

"慢慢吃，当心噎死。"舒言挥开面前那张碍眼的脸，继续爬楼。

"这么多年，我第一次见女孩子敢这么跟皓宸说话，敬你是条汉子！"弋阳很喜欢舒言"威武不屈"的性子，自来熟地一掌拍到她肩上。

"嘿嘿，客气。"舒言眼角下垂，皮笑肉不笑。

弋阳长得的确很帅，可惜"厌屋及乌"，她对江皓宸身边的人可没什么好感。

见舒言绕过自己，弋阳长臂一伸，直接把人拽了回来："27层呢，你真打算爬上去？"

"不然呢，飞上去？"

飞？

现长翅膀是来不及了，但并不代表没有办法。

弋阳眼波一转，手已经抓到舒言腕上："跟我来。"

"你要做什么？"舒言警惕的神情，怎么看怎么像防人贩子。

"人跟人之间，还能不能有点信任了！"见舒言始终不肯动，弋阳抬了抬手腕，把表伸到她面前，"就剩五分钟了，你是不是想迟到？"

迟到？

舒言头摇得像拨浪鼓。

"那就赶紧的。"

弋阳显然很熟悉地形，带着舒言七拐八拐，来到一处偏僻的货梯厅。

"可以吧？"

"可以可以。"管他什么梯呢，只要快就行。

"保密，要让皓宸知道我帮你，肯定会让我爬一个月楼梯。"

弋阳跟江皓宸认识二十多年了，比谁都了解对方"睚眦必报"的性子。

"谢谢你啊。"舒言不好意思地挠挠耳朵，为自己误会弋阳的行为表示反省。

"小事小事，不用放在心上。"弋阳摆摆手，"一定要让那家伙多吃几次瘪，我看好你。"

爽朗的笑容像一阵凉风，吹得舒言脊背发寒。

算了，惹不起。

可是，你不找麻烦，并不代表麻烦不会主动找你。

颢澜集团作为此次厨师大赛的承办方，照例要有一位公司高层来

担任特邀评委，董事长江凌风没有时间，这份差事就落到了江皓宸身上。

只能说"巧"，非常巧了。

"史密斯先生，'守时'和'整洁'是主厨的基本素质，这位女士姗姗来迟，素面朝天……"

何必听得懂法语，只看江皓宸脸上那欠揍的表情，舒言就知道绝不是在表扬自己。

"Cher Monsieur Dupont."清甜甘洌的声音搭配法语独有的浪漫气息，句句沁人心脾，"守时观念恰如菜品火候，多一分则过，少一分则不足，至于不化妆这一点，我想您就更清楚了。"

厨师不允许涂脂抹粉，更不能喷香氛，一是防止化妆品掉落到菜品里不卫生，二是怕胭脂水粉的味道会破坏菜品的香气。

舒言微微一笑，眼角余光不动声色地落到江皓宸身上。

没文化真可怕，找碴儿都找得这么不专业。

史密斯先生看了看舒言，点头道："我看过你的资料，你只有二十四岁，是入围选手中年龄最小的。"

厨神大赛每两年举行一届，往年入围的决赛选手都在三十岁以上，一群中年男人里多了个年轻漂亮的女孩，史密斯先生不想有印象都难。

舒言笑容大方得体，语气亦不卑不亢："是，能跟这么多优秀的前辈请教学习，我感到很荣幸。"

决赛现场高手辈出，舒言隐去名次之争，侧重于切磋学习，便不会挑起不必要的矛盾。

"很好。"

史密斯先生微微点头，嘴角舒展成一道愉悦的弧度。

至于江皓宸？舒言懒得看他什么表情，权当是空气。

国际厨师大赛为了考查选手的综合能力，常会出台新颖的规则，比如这次，采用的就是黑匣子模式。

所谓"黑匣子"，是由主办方选取三种食材放置于一个密闭盒子中，选手无论选到什么，都必须用箱中给出的食材来烹制决赛菜品。

这样毫无套路可循的规则，通常会将选手打个措手不及，相比之下，那二十四小时的准备时间，就微不足道了。

简单来说，考验的除了技术，还有人品和运气。

舒言人品没问题，至于运气？

有江皓宸在，注定好不到哪里去。

打开黑匣子，里面赫然摆着弹性堪比橡皮筋的白芸豆，大小不一的零散红枣，外加两个磕破壳的柴鸡蛋。

舒言忍得牙根都酸了，才勉强没把黑匣子扣到对面那张幸灾乐祸的脸上。

"乖乖认错，或许我心情好了，会考虑饶你一次。"

威胁，赤裸裸的威胁。

"你……"舒言就快要控制不住呼之欲出的拳头，可突然一道灵光从脑海闪过，只见她刚刚还红润的小脸变得惨白，豆粒般的泪珠啪嗒啪嗒从大眼睛里往下落，"江皓宸，我已经跟你说得很清楚了，我不喜欢你，无论你多么有钱，我都不会喜欢你，求求你不要再纠缠我，更不要再为难我了！"

什么？

江皓宸愣住了，不远处两个八卦周刊的记者也愣住了。

舒言对上八卦头条没兴趣，稍稍侧身避开镜头的同时，声音不由得提高了两个分贝："你故意关了电梯让我爬上27楼，我不怪你，故意分这些无法下手的食材给我，我也没有怨言，只求你别再纠缠我了！"

"我……纠缠你？"江皓宸一口老血差点没喷出来。

以他的条件，只要他钩一钩手指，想要贴上来的女孩分分钟能从二环排到五环外，就她这资质，哪里值得他纠缠？

当然值得。

新鲜的、倔强不屈的、意想不到的，才能吸引眼球。

起码那两个娱乐记者是这么认为的，看来这次盯梢盯得很值啊，明天头版头条的题目有了。

时间仿佛静止了，等江皓宸勉强把震得七零八落的三观拼凑回来，眼前哪儿还有舒言的影子？

"皓宸，想不到你也有今天！"

弋阳晚几步出来，正好看到江皓宸咬牙切齿又无可奈何的样子，畅快地大笑出声。

"很好笑吗？"

寒气逼人的冷眸，将弋阳畅快的笑容冻在脸上，他乖觉地后退两步，避开江皓宸的攻击范围："我这就去查查她住在哪儿，这样有趣的女孩儿，太难得了！"

卤水点豆腐，一物降一物。

有好戏看了。

几家欢喜几家愁。

怼江皓宸虽然解气，却变不出新食材来，舒言看着老掉渣的白芸豆，无语问天花板。

芸豆炒鸡蛋，芸豆炒大枣，芸豆大枣鸡蛋汤？

"啊！江皓宸，你个卑鄙小人，浑蛋，败家子，纨绔子弟……"

舒言一拳一拳捶打着枕头，把脑子里所有能想到的贬义词，统统往江皓宸身上套了一遍。

"老天爷，求您赐我一条锦鲤吧！"舒言整个人埋进被子里，用黑暗来衬托绝望。

"咦？"被子霍地被掀起，露出她爹毛的发型以及……亮晶晶的眼眸。

比赛规则上没写一定要做炒菜，不是吗？

对，就这么办！

舒言兴高采烈地冲出门，迎面就跟弋阳撞了个满怀。

"你站在我门口干吗！"舒言捂着鼻子，哀怨地控诉。

幸亏没整过形，否则鼻梁非得撞弯了。

"我要敲门的，谁知道你没头没脑地冲出来。"弋阳的目光落到舒言手里干瘪的白芸豆上，"干吗，你不会想脚底抹油吧？"

就这玩意儿，是个人都做不出来能吃的东西，亏得皓宸能想出来这损招。

"我想往江皓宸脑子里抹点油。"

舒言态度还算不错，并没有迁怒弋阳，但也没有时间招呼他。

弋阳最爱凑热闹，怎么能允许自己被忽视，他张开双臂把门堵了个严严实实："需要我帮忙吗？"

"帮我打死江皓宸，谢谢。"舒言软腰一弯，像泥鳅般从缝隙挤出门去。

她没有问弋阳怎么知道自己的房间号，对他来说，查这点小事易如反掌。

江皓宸还指望弋阳能带回来点有价值的东西，结果铩羽而归。

"真不能怪我，那丫头警惕性很强，一个字都不肯说。"

"那你还坐在这里？"

弋阳偷摸带舒言坐电梯的小动作，怎么瞒得过江皓宸，"将功折罪"的唯一机会砸了，他只能去爬舒言没爬完的楼梯。

"命苦！命苦啊！"

弋阳哀怨的声音，在楼梯间久久回荡。

事实证明，精神摧残往往比肉体折磨更痛苦。

酒店里，舒言对着剥出来的白芸豆，陷入一轮又一轮深思。

办法是有了，问题是就这几颗豆子，连筛子缝都塞不满，她就是田螺姑娘附体，也别想磨出芸豆粉来。

"江皓宸你个公报私仇的卑鄙小人，姑奶奶我早晚要出了这口恶气！"

等等……公报私仇？

对呀，像这种龌龊卑鄙的小伎俩，显然拿不到台面上，她就算买点白芸豆以次充好又如何？

就这么定了。

长这么大，舒言第一次作弊，作得理直气壮。

比赛定在第二天上午九点，因为是总决赛，八个参赛厨师都提前到了。除了舒言，其他几人目测年纪都在三十五岁以上，颇有资历，其中一位五十岁左右的师傅身材纤瘦，淡淡的脸上看不出半分油腻气息，刀工和烹炒技术皆娴熟高超，远超众人。

钟恩德，现任飓风餐饮集团行政总厨，舒言在餐饮杂志上看过他的专访，并不觉得陌生。

舒言抽到最后一号，轮到她的时候，她并未像之前几个厨师一样展现刀工技法，而是从黑匣子里取出一袋真空包装的白芸豆粉外加自制的枣泥馅儿。

呃？

众人纷纷蹙眉，不知道她葫芦里卖的什么药。

"史密斯先生，我正在制作的菜品叫枣泥芸豆糕……"

舒言不卖关子，直接将一张方形塑料薄膜固定在案板上，团状的湿芸豆粉在她手中就像被赋予了生命，很快便均匀分散成薄薄一层，随后，她又用相同的方法将枣泥馅铺平，卷成筒状。

"就这，是个人都能做到吧？"江皓宸还以为她有什么新花样，看到这个，难免失望。

"这只是雏形。"舒言扫了江皓宸一眼，目光很快转回主评委身上，"史密斯先生，成品芸豆糕宽厚皆为 2 厘米，皮馅 1∶1，均匀分布成五层。"

"Are you sure（你确定）？"史密斯先生扶一扶金框眼镜，饶有兴趣地跟身旁的评委对视一眼。

芸豆粉没有弹性，伸拉过程中，只要手上一个不稳，枣泥馅便会跟面皮掺杂到一起，能维持表层不露馅已经很难，更别说还要顾及内里的层次感。

"Yes！"

舒言含笑垂眸，包裹着芸豆糕的塑料薄膜在她的操作下来回移动，很快便拉伸成长长一条。舒言打开薄膜，用事先准备好的裁刀将芸豆糕裁成数段，稍加修饰，一颗颗小星星便跃入盘中。

随后，用事先准备好的薄刀片切成六段，分置于黑瓷圆盘中的不同位置，又以蛋黄和糖粉调制出来的黄色汁液为点缀，一道扇面画模样的点心就摆好了。

"芸豆糕是一款古典宫廷美食，外形上稍有弧度，内里层次分明

四四方方，体现外圆内方、爱憎分明的处事原则，另外，宫廷文化讲究吉利，所以摆盘上层层递增，取步步高升之意。"

"大多数人都认为吃饭只是为了填饱肚子，但饮食所蕴含的文化，绝不是这样肤浅的。"史密斯先生赞赏地点点头，用小叉子叉起一块芸豆糕，细腻的糕点入口即化，唇齿留香。

"一般枣泥总会有点苦味，你这道点心却没有。"另一位评委担心自己不够细致，吃下第二块之后，才提出疑问。

"太甜的东西往往会带有苦味，在制作枣泥的时候加一点盐，少许咸味可以恰到好处地把苦味遮盖住，还会让枣泥更加清甜。"

"Very good！"

盘中的芸豆糕只剩下两块，两位评委似乎忘记还有江皓宸这个特邀嘉宾的存在，他只好自己找存在感——

"点心，不属于菜品吧？"

舒言心里乱拳齐挥，把江皓宸那张帅脸揍得鼻青脸肿，脸上却笑容灿烂："江先生，江董事长说过，新厨大赛的主旨在于推陈出新，发挥出食材最合理的使用价值。"她从黑匣子里取出一颗白芸豆，递到评委面前，"主办方选择特殊食材，也是这个意思吧？"

……

江皓宸嘴角的笑容还没展开，就如退潮般消散而去，这女人分明就是给自己下了个连环套，如果他再有异议，就是公然反对亲爹的理念，又或者承认自己故意为难她。

虽然他就是这么做的，但不能让别人这么说不是？

"董事长的理念很棒。"史密斯先生向江皓宸点点头，"技术精湛，充满创意和文化内涵，是当之无愧的第一名。"

史密斯先生在餐饮评审界有着绝对的话语权，此话一出，其他选手脸上的笑容就像被秋风扫过的树叶，哗啦哗啦掉了一地，勉强剩下的也摇摇欲坠，只懊恼自己选到些寻常食材，丢了另辟蹊径的机会。

闹心。

至于江皓宸，只会比他们更闹心。

"很得意？"江皓宸大长腿一伸，直接把电梯门挡了个严严实实。

他认可舒言的才能，只要对方态度诚恳地主动认错，就大度地既往不咎，奈何舒言从头到尾只当他是空气，连眼角余光也没给一个。

"谢谢你。"舒言粲然轻笑，春暖花开。

江皓宸愣怔住了。

得第一名，兴奋地转性子了？

很遗憾。

江皓宸很快发现，那抹笑容随着眼前的人一起移到弋阳面前，他只是站得太近，有幸被余光扫到。

"昨天多亏你帮忙，这盒芸豆糕不值什么钱，吃个心意吧。"舒言似乎料到他们会追出来，从包里取出一个小巧的塑料饭盒递给弋阳。

"这……怎么好意思。"弋阳不结巴，纯粹是被江皓宸那张锅底灰脸吓的。

舒言才不管弋阳"好不好意思"，直接把东西往他怀里一塞，扬长而去。

"皓宸……一起尝尝？"弋阳的求生欲向来满分。

"你是越活越不讲究了，这种三无食品也敢吃。"弋阳手上一空，饭盒被江皓宸直接夺了去。

"你要干吗？"

"扔垃圾桶！"

扔？弋阳翻了个白眼，鬼才信你。

很多事情，猜得中开头，也猜得中结局，芸豆糕的确被江皓宸扔进了垃圾桶，但过程实在是……一言难尽。

回到办公室，江皓宸随手把饭盒一搁，埋头处理公文，可是那一个个字就像成精似的，无论怎样排列组合，拼凑出来的，都是同一张笑脸。

偏偏那笑容，还不是对他的。

"该死的！"江皓宸起身来到落地窗前，33层，地面上来来往往的行人，都浓缩成一个个五颜六色的点，看不清谁是谁。

回头，他的目光再次落到饭盒上，小巧可爱，不像它的主人，狡黠多刺。

"我倒要看看是真好吃，还是史密斯少见多怪。"江皓宸给自己搭了个台阶，理直气壮地打开饭盒。

"咳咳，咳咳……"东西刚吃进嘴里，就忙不迭吐了出来。

这哪是芸豆糕，分明就是咸盐块儿。

那女人故意把点心送给弋阳，实际早就料到饭盒会落到自己手里。报复，有预谋的报复。

江皓宸气笑了，顾不上找水漱口，直接拨通弋阳的电话："把那死女人的资料给我找出来，马上！"

几家欢乐几家愁。

第二章
chapter two

/ 名 人 效 应 /

董事长江凌风得知冠军旁落的消息，本来是有些失望的，但看过前方传回来的现场视频，脸色立刻阴云转晴。

"小小年纪就有这种心理素质，是个好苗子，把她的资料拿给我看看，如果合适，高薪聘过来。"

十分钟后，两份一模一样的资料，分别出现在江家父子面前。

"这个舒言，还真有两把刷子。"舒家菜主打宫廷菜式，一道道菜品精美雅致，恨不得隔着图片都能闻到香味儿。

江皓宸也是这么想的，但他舌尖上还残留着涩涩的咸味，语气自

然好不到哪里去："你是那女人派来的卧底吗？"

弋阳觉得自己简直就是"现代男版窦娥"，不过他并没有为自己辩驳，而是以手托腮，把江皓宸上上下下打量个遍："情况不对啊，我认识你二十几年，从没见你对哪个女人这么上心，该不会是遇到真爱了吧？"

"我看你是太闲了！"江皓宸把文件夹拍到弋阳身上，恼羞成怒，"赶紧出去，别在我跟前碍眼。"

弋阳还没欣赏够江皓宸吃瘪的模样，实在不想离开，但转念一想，以后这样的日子只会更多，便点头："行，我走，你一个人好好郁闷吧！"

郁闷？

江皓宸看看镜子里的脸，跟打了结的苦瓜似的，说不郁闷，瞎子都不信。

"给我买张飞机票！"凭什么他在这儿郁闷，那女人却舒心惬意地回家了，这事没完！

"机票？到哪里的呀？"弋阳明知故问。

"还不去？"

"马上，马上。"江皓宸的耐心轻易就到底，经不起试探。

弋阳也不是无偿跑腿的，作为报酬，他给自己也买了一张票，死皮赖脸地跟上了飞机。

见江皓宸不搭理自己，弋阳主动刷存在感："那丫头拿了奖金，一定会去疯狂购物。"

疯狂？

五万块吃个饭都不够，能买什么？

能买的东西有很多，比如说，一个人的尊严。

"哐！"

一沓现金重重砸到桌上，舒言的声音冰冷却中气十足："欠你们的钱都在这里了，从今天开始，谁再敢找舒有顺打牌，别怪我不顾邻居面子，把他送进派出所！"

一个小姑娘就算再凶神恶煞，也没多少威慑力，可舒言发起火来偏偏就自带满分气场，让一众中年人胆怯。

当然，也是他们本身就做贼心虚的缘故。

当事人舒有顺像个破布袋，被舒言拖出麻将馆。

"慢点！慢点……"舒有顺没几根头发，圆乎乎的脑门亮得能当镜子照，他低头抻了抻被舒言拉皱的衣服，嘟囔着，"我好歹是你三伯，你当着那么多人让我下不来台，过分了啊！"

舒言但凡能想起舒有顺半点好处，也会考虑给他留两分颜面，可惜。

"你还知道要脸啊，我以为脸早被你一块钱二斤卖了呢。你没日没夜地打牌，连饭都不做给奶奶吃，我要再晚回来两天，奶奶能被你活活饿死！"

"净瞎说，我从超市买了一大袋子点心，都放在桌上呢！"舒有顺为自己辩驳。

"那点心放了一天一夜，硬得跟石头似的，奶奶哪有牙啃！"

"泡点热水不就好了。"舒有顺吸吸鼻子，继续为自己开脱。

"你的歪理挺多是吧！"舒言怒哼一声，转身就要折回麻将馆。

"你要干什么！"舒有顺隐隐有种不祥的预感，连忙拦住舒言的去路。

"去把那五万块钱要回来，让那些人天天追在你屁股后面催债！"她凭什么给舒有顺擦屁股，活该让他自作自受。

"别别别，小姑奶奶我错了，错了还不行，我保证老老实实在餐厅

给你打下手，再不出来打牌了。"舒有顺连拖带拽，一张大饼脸硬生生拧成麻花，"我对天发誓，如果再打牌，我就自废双手，饿死街头……"

"行了！瞎说什么乱七八糟的！"

唉。

一声叹息。

舒有顺，舒言的三伯，二十五年前，舒言爸爸被工厂里的小混混殴打，三伯为了舒言的爸爸，失手打死两个小混混。其中一个小混混家里后台硬，愣是要以故意杀人罪枪毙舒有顺，几番周旋，判了三十年，后来陆续减刑，前年春节前出狱回家。

二十五年牢狱生涯，把一个三十岁的年轻人熬成了头发花白的老人，虽然重新获得自由，但舒有顺意志消沉，只知道喝酒打牌，逢喝必醉，逢赌必输。

每次，都是舒言去善后。

三伯为爸爸赔进了大半辈子，父债女偿。

两人在胡同里左拐右拐，进了一座小小的四合院。说是四合院，其实就是几间瓦房拼凑起来的，这是舒言家的祖宅，三代人在这里住了六十多年了。

"奶奶，台阶上凉，您怎么又坐在这里了！"

"凉？哦。"舒奶奶混浊的眼珠转了转，似在自言自语，但在看到舒有顺后，呆滞的目光却迅速晶亮起来，颤颤巍巍扑过去，"有德，我的儿啊，你终于回来了，终于回来了！"

两年前，舒奶奶得了阿尔茨海默病，脑子一天比一天糊涂，还清晰记着的，除了日夜陪伴在她身边的舒言，就只有当年不小心弄丢的二儿子舒有德。

只要是个男人，无论年龄大小，舒奶奶都会将其错认为舒有德。

对此，舒有顺已经司空见惯，任由母亲拉着自己的手，笑着回应："妈，我回来了，回来看您了！"

"有德啊，妈盼了五十多年，终于把你给盼回来了！"舒奶奶老泪纵横，紧紧抱着舒有顺不肯放手。

泪水在舒言眼眶里打转，她咬咬牙，忍了回去。

找二伯，一定要找到二伯，听奶奶说二伯走失的时候虽然只有四岁，却能背小半本菜谱，她参加厨师大赛就是要为舒家菜多打出点名声，说不定二伯看到菜谱，就能找回来了。

努力，好好努力。

安顿好奶奶，舒言来到西厢厨房，开始熬制迎客所用的高汤。舒家餐厅主打宫廷菜，因人手有限做工烦琐，每天只在晚餐接待一桌客人，几十年下来在当地也小有名气。

菜单是提前定好的：清宫万福肉、盒子豆腐、秘制酥皮虾、桂花山药、左宗棠鸡、小虾米油渣炒菠菜，主食肉丝汤饭，绿豆糕甜点，外加一扎解油腻的功夫酸梅汤。

这几道菜听起来很寻常，但每一样都要耗费大量时间，比如最不起眼的小虾米油渣炒菠菜，需要把上好的猪板油切成指头大小的丁状，炼好白油后，油渣成焦黄色，又香又脆；菜要选紫根的小菠菜，而且最好是鲜嫩味浓的洞子菠菜，切段过水之后拧干；小虾米也不是随随便便的，要选鲜活河虾，去掉胡须，用油煸透。烹制时，先用虾油炸葱姜蒜爆锅后放入油渣，把菠菜段煸软，先下一半的小虾米，加盐、料酒、酱油烧至熟透，再将另一半小虾米盖顶，鲜香爽滑，不油不腻，开胃下饭。

总之，每一道菜的做工都很烦琐，一点也不容易。

有钱能使鬼推磨，江皓宸显然是这类人设的顶配，所以，他没有订餐，却坐在主位上。

"豆腐太软了！"

"这鸡块洗没洗干净，又涩又腥的！"

"万福肉太腻了，腻得我胃里难受！"江皓宸把筷子一撂，似乎忍无可忍，"会不会做菜，你们主厨呢，去把主厨给我叫过来！"

江皓宸昧着良心，绞尽脑汁地挑毛病，可惜一个不妨，自己的"猪队友"弋阳就不顾形象地，把满桌子菜洗劫一空。

身为一个超级吃货，弋阳从来没吃过这么好吃的菜，差点没把舌头咬掉了。

"别吃了！"江皓宸低喝一声，不知道是恼弋阳丢人，还是恼他没眼色。

弋阳遗憾地抿了抿唇，恋恋不舍地把最后一只酥皮虾夹到江皓宸盘中："你尝尝，真……真的很好吃。"

他是诚实的好孩子，不跟江皓宸学撒谎。

"言言，你快去前面看看吧！"服务员王阿姨不认得江皓宸是何许人，却不难看出对方是在故意找麻烦。

舒言正在准备做肉丝汤饭的辅料，听王阿姨仔细说了经过，摘下口罩道："他们提出要什么赔偿了没？"

餐厅开久了，遇上几个碰瓷的没什么奇怪，她自有办法搞定。

"没提赔偿的事，只是嚷着要见主厨。"王阿姨如实转达江皓宸的意思。

"我去看看。"舒言摘下围裙，若有所思地走出厨房。

一进包间，就看到两张神色迥异的脸，真是冰火两重天。

"没想到是我们吧，是不是很惊喜？"弋阳擦擦嘴角的油，热情地跟舒言打招呼。

的确很惊，但没有喜。

屋里只有两个人，舒言不用猜也知道找她麻烦的是谁，开门见山道："小江总，听说您对我的菜品很不满意？"

"人均三百元，就给我吃这些不入流的，舒言，你怎么不去抢银行？"江皓宸握着筷子的手稍稍用力，以掩饰他内心异样的波动。

一见这个该死的女人，他的情绪就容易不受控制，他讨厌这样的感觉，却偏偏要凑过来。

也不知道犯的哪门子贱。

如果舒言知道江皓宸这么有自知之明，说不定对他的反感会少些，可惜她并不知道，只淡淡道："如果我没记错，小店今晚的贵宾可不是您。"

早知道是这家伙，她就该早早罢工，别说吃饭，门都让他进不来。

自己主动找上门这个事实无从反驳，江皓宸想当然地跳过这一问题，继续发挥"杠精"精神："开餐厅的宗旨就是服务顾客，我对菜品很不满意，你说怎么办吧！"

"不知道您说的是哪道菜？"

扫视一圈，桌上为数不多的几个盘子都见了底，舒言摊摊手，无辜又茫然。

"这……"

不满意还吃得渣都不剩，这场景，就是让包青天看了，也会毫不犹豫地认定江皓宸碰瓷。

"咕噜咕噜——"

江皓宸专注找碴儿，菜根本没吃上几口，这会儿肚子饿得直叫，包间不大，舒言听得清清楚楚。

这下，面子彻底丢到外太空去了。

担心被舒言戳破，江皓宸立刻变被动为主动，板着脸道："怎么还不上主食，想饿死我？"

"真不巧，小店唯一的厨师被您叫过来找碴儿了，实在分身乏术。"舒言往椅子上一坐，哈欠连连，"既然小江总对菜品这么不满意，就别勉为其难地吃主食了，免得伤了您千金贵体，正好我也累了。"

快走，不送。

"舒言，你这是什么态度！"江皓宸血气噌噌上涌。

如果说江皓宸是火药，舒言就是火星，一点就着。

不点都想原地爆炸。

"言言……"王阿姨从来没见舒言这么跟客人说话，更怕江皓宸会不依不饶，悄悄拉了拉她的衣角。

"阿姨放心，小江总这么有风度的人，怎么可能因为我喧宾夺主得了第一名，就故意来刁难呢？"

江皓宸绝对不会把这件事传出去，否则别说他真的故意刁难，就算无中生有，别人都会觉得他仗势欺人。

光脚的不怕穿鞋的，更何况，还是个穿金鞋的。

"别别别，他可以不吃，我还饿着呢。"弋阳蹿到舒言面前，举双手抗议，"言言，就咱俩这关系，你忍心让我饿肚子吗？"

"也是，你又没找我麻烦。"舒言瞥江皓宸一眼，从善如流地改变主意，"这样吧，我单独给你做一份。"

江皓宸的脸更黑了。

"对灯发誓，我这么做完全是为了不让你饿肚子，是不是很够义气？"在江皓宸身边久了，弋阳的求生欲相当顽强，至于脸皮什么的，直接忽略不计。

江皓宸的笑容比冰花还冷："库里那两瓶拉菲，归子路了。"

打蛇打七寸，不偏不倚。

"不是……皓宸，我不吃了，不吃还不行……"明明是江皓宸和舒言在互相较劲，为什么每次成为炮灰的都是自己？

可怜自己招谁惹谁了。

弋阳戏精般地浮夸哀号，在主食端进门那一刻戛然而止。

肉丝汤饭用的是老仓米，酱起锅后，煸透肉丝后下白肉汤调口味，再放入米饭烫透，最后点香油出锅。

这种汤饭最显著的特点是米粒颗颗清爽，没有丝毫粘连，肉丝酱香入味，相传当年乾隆皇帝摆千叟宴时，选的就是这道主食。

近几年，不少厨师都尝试做过这道肉丝汤饭，但能控制好火候的寥寥无几。

"尝尝味道怎么样？"

转瞬间，米饭已经端到面前，香气一丝一丝地往鼻子里钻，弋阳喉结微动，努力将爬到嗓子眼的馋虫混着口水咽回去，咬牙把盘子推到江皓宸面前："皓宸，你先尝尝。"

面子诚可贵，美食价更高，若为红酒故，两者皆可抛。

"什么乱七八糟的，一点食欲都没有，拿开。"江皓宸屏住呼吸，不去闻那让人食指大动的香味。

"咕噜咕噜——"

不用别人说什么，自己的肠胃首先发出抗议。

"慢慢吃，我去准备点心。"舒言莞尔一笑，转身出了包间。

"皓宸，你真不吃？"弋阳手里的筷子在餐盘边反复游走，口水不知道吞了多少次，可是考虑到一筷子下去，两瓶拉菲直接飞走的严重后果，还是决定再挣扎一会儿。

"你吃不完，我就帮你吃点。"江皓宸左思右想，寻到一个合情合理的理由。

"我能吃完。"馋虫上脑的弋阳没有领会江皓宸的意思，反而补充道，"这么香的饭，再来两碗都没……的确有点多。"

识时务者为俊杰，弋阳觉得自己当之无愧。

江皓宸看着面前的肉丝汤饭，考虑或许可以再奖励弋阳两瓶红酒。

"咳咳咳……"

历史总是惊人的相似，才吃第一口，江皓宸就剧烈咳嗽起来，只不过芸豆糕是咸的，眼前这肉丝汤饭是辣的。

变态辣。

他又一次被那女人耍了。

"皓宸，你没事吧？"弋阳贴心地递过来一杯茶，江皓宸一饮而尽，结果却……适得其反。

"咳！咳！咳……"

舒言在门缝里看到这一幕，忍不住笑出声来。

幸亏是富二代，否则以这家伙的智商，早该被社会淘汰了。

"舒言，你给我死进来！"江皓宸一边拿抽纸擦着流个不停的眼泪，一边歇斯底里地大吼。

吼得门都颤抖了。

"你该庆幸我只是加了点辣椒。"舒言没有道歉没有示弱，反而底气十足地威胁，"江皓宸，你要再敢找我麻烦，下次我就往菜里放点泻药，让你跟马桶做伴去！"

"你说什么！再给我说一遍！"江皓宸气息不平，话还没说完，又是一阵咳嗽。

"言言，听说有人闹事？"舒有顺举着铲子奔进包间，一把将舒言拽到身后，"你不用管，我来摆平他们！"

舒有顺虽然败家混日子，但对亲人那份感情没变，他护着舒言，就像当年护着舒言爸爸一样。

"你怎么摆平，跟人打一架？"舒言把铲子拿过来，满脸嫌弃，"动画片里打架，好歹还拿个平底锅呢，就你这破铲子，还不够丢人的。"

"铲子怎么了，我跟你说想当年……"

"死女人，你死定了！"江皓宸辣得眼泪直流，时不时还要继续下一拨咳嗽，一张脸比墨汁还黑，却没有多少严肃劲儿，反而滑稽得很。

但有这样感觉的仅限舒言一个人，从没跟江皓宸打过交道的舒有顺，还是被他凌厉的气势吓住了，勉强稳住脚步，才没露怯："你想……干什么？"

"小江总，一份肉丝汤饭而已，您不用感动成这样吧？"舒言从舒有顺身后探出半个脑袋，炯炯望着江皓宸。

好滑稽，她看着就想笑。

小江总？

舒有顺本来就觉得江皓宸有点眼熟，听到舒言的话，突然恍然大悟地一拍大腿："江皓宸！是是是，就是江皓宸，我竟然见到活的江皓宸了！"

江皓宸蹙眉，刚要说话，就见舒有顺自来熟地往自己肩膀上一拍，昂贵的高级定制白衬衣，立刻印出一个油亮亮的手印。

这下，真成限量版了，绝对独一无二。

"我去。"弋阳脸上的血色，瞬间褪得干干净净。

他可……算了，还是退后几步，免得江皓宸发起飙来殃及无辜。

江皓宸根本没来得及发飙，因为，舒有顺压根没给他说话的机会。

"江总，我们舒家祖上，世世代代都是御厨，想当年可是给乾隆皇帝和慈禧太后做过菜的，到现在，就剩言言一脉单传，厨艺在这十里八乡，也是出了名的，您看看，能不能让她去您那里当个总厨啥的？"

舒有顺语速很快，像机关枪似的一阵突突，随后又补充道："言言刚得了厨艺大赛冠军，那可是全世界最有名的厨师大赛，光奖金就五万块呢。这不，好多酒店都想挖她呢，但我就知道您肯定会来，把那些人统统拒绝了！"

舒言左拉右拽，舒有顺仗着体重优势，愣是像根定海神针般一动不动，气得舒言一铲子敲在他油亮的脑门上："米其林，我看你长得跟米其林似的！"

"这丫头没大没小的，知不知道尊重长辈！"

舒言懒得跟舒有顺掰扯，只再次扬起铲子，怒目而视："你走不走？"

舒有顺是个灵活的胖子，腰肢一扭，轻松躲开舒言的攻击范围，呵呵笑道："小江总，您以后想吃什么尽管来，就把这儿当自己家，千万别客气。"

"还废话……"

"走，这不正走着嘛，脾气这么大，看你以后找不找得到婆家！"舒有顺捧着圆滚滚的肚子，脚底抹油。

没错。

舒有顺最后这句话，江皓宸举双手赞成。

"言言，这是谁呀？真是个活宝。"见江皓宸并没有原地爆炸，弋阳放心地继续八卦。

"你俩彼彼此此吧。"舒言无奈地扯了扯嘴角，看向江皓宸，"你把衬衣尺码留下，我买件新的赔你。"

那么一大块油渍，她想假装看不到都不行。这个舒有顺，简直是老天爷派来的"pos机"，不把她的钱"霍霍"干净绝不罢休。

江皓宸愣了一下。

没有人损坏了他的东西，会主动要求赔偿，更多的，是请求原谅。

因为……真的很贵。

"言言……"弋阳觉得有义务友情提醒一下，那件定制款衬衣，有价无市，就算赔得起，都找不出第二件。

"你的意思，是要我穿着这件油乎乎的衣服回去？"江皓宸眸光流转，不知道在想什么。

"要不，我找一件舒有顺的衣服给你换上？"

"咳咳！"弋阳差点没被自己的口水呛死。

至于江皓宸，倒没有其他情绪波动，除了想掐死舒言。

"我这里没有其他男士衣服。"舒言没想那么多，只是单纯地以为江皓宸需要一件干净衣服替换。

"这里没有，商场有。"

二十分钟后，江皓宸和舒言一前一后，进了市区最豪华的商场。

舒言的小心脏，不，准确来说，是她的小金库，受到了前所未有的威胁。

她怎么都想象不到，这个平均薪资还不到五千块的小城市，竟然会有六千块一件的衬衣。

贫穷，果然是个限制想象力的东西。

想着几十张百元大钞就要从口袋里飞走，舒言就恨不得倒下装死。

"要不……把你的衣服送干洗店吧？"

她是哪根筋搭错了，要给江皓宸赔衣服？

太美的承诺因为太年轻，写这句歌词的人，一定很能体会她此时此刻的心情。

"这件衣服不能干洗。"

"手洗，我保证用最好的洗衣液。"好衣服都是不能机洗的，舒言暗暗吐槽自己是土老帽儿。

"也不能手洗。"江皓宸的唾沫像锤子，把舒言刚燃起的希望，敲了个粉碎。

啊？

舒言彻底糊涂了。

不能手洗，不能机洗，难不成这个世界趁她不注意的时候，发明了第三种洗衣方法？

比如：分子置换？

"江皓宸，你故意的吧！"

相比于跟社会脱节，舒言觉得江皓宸趁机为难自己的可能性更大。

"我没有那么闲。"

很多高档服装，压根就没有清洗这一说，因为一件衣服，往往只会穿一次。

说话的工夫，两人已经进了杰尼亚专柜，看着店里摆放整齐的衬衣，舒言撇嘴吐槽："还不是一个样，有什么区别？"

当然有。

最显著的区别，就是贵，超乎想象的贵。

6288 元，7288 元，8999 元，9288 元。

绝对惊……掉下巴。

难怪那么多人仇富，现在，舒言也是仇富大军里的一员。

舒言正捂着钱包瑟瑟发抖，那边，江皓宸已经从试衣间出来，抬眸道："这件怎么样？"

"还……差不多吧。"

对她来说，评判好看的标准不是样式，而是价格。在没看到吊牌之前，不能随便发表意见，免得祸从口出。

舒言那副"肉疼"的表情，总算让屡败屡战的江皓宸享受到一丝胜利的快感，嘴角忍不住上扬："就这件了，她付钱。"

呃？

导购大姐愣了一下，不由得感叹，这社会风气是越来越不好了，年纪轻轻的小伙子干点啥不好，偏偏要吃软饭。

如果江皓宸知道自己在导购大姐眼里是这么个形象，只怕分分钟就要暴走，可惜这种大实话没人会当着他的面说。

他也只好客串一回软饭男。

"女士您好，一共 8999 元，您刷卡还是手机支付？"

什么！

要不是从没来过这个商场，舒言一定会认为自己得罪过这个营业员。

"去呀。"江皓宸朝收银台方向努努嘴，毫不掩饰地幸灾乐祸。

"过来，你过来一下。"舒言把江皓宸拽到角落，语气生硬地商量道，"我没那么多钱，你买件便宜点的。"

"奖金呢？"

"花完了，一分都没剩。"见江皓宸的眼神明摆着不信，舒言翻出取款短信在他眼前晃了晃，"真没骗你。"

"你干什么了？"看舒言的样子，不像会乱花钱的人。

舒言跟江皓宸连朋友都算不上，自然不会把家事告诉对方，只敷

衍道:"我有我的用处,你就说,怎么才能买件便宜点的?"

"只要你向我道歉,我……"

之前,江皓宸每次提出这个要求,都要被舒言整蛊一顿,没想到这次他话还没说完,对方就干脆利落道:"江总,对不起我错了,请您接受我最真诚的歉意。"

为了表示诚意,舒言还礼貌地后退一步,三鞠躬。

"你上坟呢!"习惯了舒言浑身带刺的样子,偶尔温顺下来,江皓宸只觉得别扭,冷脸道,"我饿了,吃饭去,快点!"

"急什么,这不正走着,脾气这么大,以后肯定娶不到老婆!"

"不用你操心,管好自己吧!"

"我挺好的,都怪舒有顺,回去看我不新账旧账一起跟他算!"

"啰唆死了!"江皓宸嘴角上扬,只觉得碎碎念的舒言,比一本正经时的样子可爱多了。

江皓宸最想吃的,当然是舒言亲手做的饭,可被告知家里没食材了,两人在街上转悠一圈,来到一家麻辣烫店。

"就吃这个?"江皓宸对食物的挑剔,几乎到了让人发指的地步,不说别的,这卫生条件就不敢恭维。

"知足吧,这可是网红餐厅,轻易排不上座。"舒言觉得人生真是奇怪很,刚刚还横竖不对眼的人,这会儿竟然会像朋友一样坐着吃饭。

果然跟舒言说的一样,店里到处都是人,好不容易在角落里找到两个拥挤的座位,起先她还担心江皓宸被人认出来,看看周围的食客只顾招呼碗里的菜,头都没抬一下,这才放心去取东西。

"这里面有色素吧?"江皓宸对麻辣烫的味道还算满意,转而挑剔饮料。

"是啊，不仅有色素，还有食用香精。"舒言仰头喝了一大口饮料，笑盈盈道，"看见这个瓶子了吗，这是反复回收利用的，消没消毒都不知道，还有刚才那个开瓶器，每天不知道经过多少人的手，那细菌简直……"

"呕……"江皓宸刚刚填饱的胃，瞬间翻江倒海。

而始作俑者舒言，却优哉游哉地继续吃着，完全自带免疫抗体。

"舒言，你真不是个女人！"女人不都是爱干净爱美的吗，可对面这个，脸上连个粉都不打，这吃相……更是不敢恭维。

"知道了，谢谢。"舒言轻嗤一声，不以为然。

女人，她要是把自己当成一个弱女子，这么多年，坟头草都能喂大好几头猪了。

"你的法语在哪里学的？"江皓宸思维跳跃得厉害，堪称前言不搭后语的典范。

舒言倒不觉得奇怪，只调侃道："你是不是在想，厨师技校什么时候开外语课了？"

"噗……"

江皓宸以前觉得舒言是故意针对他，现在才发现，她对自己下手同样狠。

"你什么时候开始学做菜的？"

"很久以前。"

"以前为什么没参加过比赛？"别问江皓宸怎么知道，只要他想，甚至能查到舒言是在哪家医院出生的。

"不想去。"

"为什么现在又想去了？"

"江皓宸，吃饭的时候话太多，会消化不良。"这家伙怎么突然变

得这么话痨，跟他高富帅的顶配人设一点也不相符。

"江皓宸？"隔壁桌的两个女生对视一眼，像是发现了什么了不起的秘密。

"好奇心"的传播速度比流感快多了，一桌、两桌、三桌……很快，整个小店的人都停下筷子，目光齐刷刷地移了过来。

紧接着，是噼里啪啦的手机闪光灯。

"江皓宸！"老板当然不会放过这个活广告，举着手机就冲了过来，"老公，快，快给我拍个合影！"

"不好意思，我们还有事……"舒言见情势不对，拽起江皓宸拔腿就跑。

依照以往的经验，凑热闹的人只会越来越多，江皓宸一个保镖都没带，万一出来个仇富的人要杀要砍的，她可担待不起。

"砰！"

一个不小心，手边的筷子跌落到汤碗里，汤液溅了两人一身。

八千多块的衬衣，就这么交待了。

舒言只觉得心肝脾肺肾，哪儿哪儿都疼。

"快拍快拍，一会儿传网上，点击量一定暴涨！"这是想出名博眼球的。

"哇，太帅了，比照片帅多了！"这是江皓宸的崇拜者，脑残粉。

"江总，我是搞创意策划的，方便加您微信吗……"这是毛遂自荐，求合作的。

"……"

"对不起让一下，不好意思……"舒言只觉得自己闯过了人山，又进了人海，等耳根终于清静的时候，身上的衣服都跑得湿透了。

"唉……"

平时严重缺乏锻炼，舒言累得上气不接下气，缓了好一会儿，方才艰难地挤出几个字："你……没……没事吧？"

江皓宸可不是舒言，就算再来五公里也绰绰有余，只轻飘飘道："手疼。"

呃？

舒言茫然抬头，见自己始终死死拽着江皓宸的手腕，这会儿都没放开。

"对不起啊，我没注意。"触电般松手，舒言只觉得脸红涨得难受，有些尴尬地小声道，"弋阳该等急了，走吧。"

"嗯。"江皓宸深深看了舒言一眼，某种异样的感觉再次从心底浮起。

"你俩去哪儿打仗了？"见二人狼狈而归，各自衣服上还沾着大小不一的辣油，弋阳几乎要怀疑人生。

"还不是某些人太受欢迎了。"舒言成日跟油烟为伍，身上都没像现在这么狼狈过，只觉得以后还是要离江皓宸远些，名人什么的，简直太恐怖了。

脑子里的念头还没转完，一双手直直伸到面前来。

"干啥？"舒言下意识后退一步，与他保持安全距离。

"当然是赔衣服。"江皓宸充分发挥了"理不直气也壮"的个人风格，想当然道，"是你偏要带我去吃什么麻辣烫，又把汤汁溅我一身，我不找你赔找谁？"

还有这种操作？

三观噼里啪啦碎了一地，舒言气极反笑："江皓宸，你是靠碰瓷起家的吧？"

见过无赖，没见过这么无赖的，亏得她刚刚还觉得这家伙似乎没

那么讨厌了，真是分分钟脸疼。

"那家店难道不是你找的？"江皓宸以手支额，一副好整以暇的样子。

只要他高兴，分分钟可以把这座城市所有的衬衣都买空，如今，纯粹是想看舒言爹毛的模样。

恶趣味。

"没错，是我找的。"被动挨打从来都不是舒言的风格，她很快点头道，"所以，您该把饭钱付了，还有精神损失费、误工费、陪聊费啥的，也不跟您多要，就算二万块吧。"

"你说什么？"江皓宸不怎么正的三观，也晃了一下。

"劳务费明码标价不打折，至于衬衣……"舒言拧眉思索一番，释然道，"您身上这件就是我赔的，之前的，舒有顺一人做事一人当，你要不嫌弃他吃得多，可以让他以身相许。"

以身……相许？

这女人可真敢想！

趁江皓宸被口水呛得说不出话来，舒言忽闪着大眼睛，煞有介事地继续补充："如果小江总同意，整个舒家八辈祖宗都会感激您的大恩大德，我一定把您的照片挂在大堂，早晚三炷香。"

"噗……"弋阳本想忍着，但为了不把自己呛死，还是把嘴里的茶喷了出来。

"你再给我说一遍……"

江皓宸紧握的手关节咯咯作响，感觉把二十几年的忍耐力都耗光了，也没忍住想掐死舒言的冲动。

"这都跟观音菩萨一个待遇了，小江总不会还不满足吧？"舒言无视江皓宸的怒意，忍着发酸的腮帮子补刀，"您等等，我这就去把舒有顺叫出来。"

"舒言你……给我等着。"江皓宸这狠话撂得一点气势也没有，因为话音未落人就没了影儿，生怕晚走一步，就真要带上舒有顺这个拖油瓶。

求生欲极强的弋阳不敢冲出来当炮灰，但还是偷偷朝舒言竖了竖大拇指，表示自己在精神上支持她。

原以为江皓宸吃了瘪会知难而退，没承想第二天晚上在包间里坐着的，还是同一张"傲娇嫌弃"脸。

可能认定弋阳就是个24K猪队友，也可能担心在哥们儿面前再丢脸，总之，这次只有江皓宸一个人以及……他的菜单。

"毛血旺不加血，糖醋里脊不放醋，宫保鸡丁不要鸡块……"总之，三岁孩子看了，都知道江皓宸是故意来砸场子的。

舒言四处打量一圈，找扫把。

"钱已经付了，要是现在把我扫地出门，就是欺诈。"江皓宸很有自知之明，一下就看穿了舒言的企图。

钱？她什么时候收过钱？

她目光冷冷地瞥到舒有顺身上，舒有顺立刻脚底抹油，假装自己不存在。

防火防盗，防猪队友。

"可以上菜了吗？"江皓宸暗暗为自己的妙计得意，连语调都是上扬的。

得，做吧。

"言言，江皓宸三番几次过来，肯定是对你有意思。"舒有顺隔着门缝凑过来一张笑开花的大脸，"俗话怎么说来着，想抓住男人的心，

就要先抓住男人的胃，你一定要把握住机会啊。"

　　他后半辈子的荣华富贵，在此一举了。

　　"你走不走？"舒言作势扬了扬锅铲。

　　抓男人抓胃？

　　谁见过哪个男人出轨是因为小三做饭好吃？

　　什么俗话雅话的，简直就是一派胡言。

第三章
chapter three

/ 欲 擒 故 纵 /

"你这丫头怎么这么暴躁，也不知道像谁了？"防止舒言秋后算账，舒有顺决定坦白从宽，"钱都给你奶奶了，回头自己去拿。"

"都给了？"

"咋了，我还不能赚两百块辛苦费？"舒有顺拿出长辈架势，不到一秒就妥协，"行行，给你还不行。"

"算你还有点求生欲。"舒言望着舒有顺离开的背影，抿嘴失笑。

钱收了，菜就要做，江皓宸的要求虽然刁钻了些，但还不至于让身经百战的舒言束手无策，稍稍斟酌，她决定从毛血旺开始。

哼，谁说毛血旺里一定要有血，要这样，天底下所有的剩男干脆都去老婆饼里找老婆好了。

不知道江皓宸是不是提前算了卦，他点的菜虽然不在菜单里，但材料都齐全。舒言将毛肚、牛百叶、火腿肠、猪大肠和豆芽一一放进滚烫的开水里煮熟，捞出来备用。

又另取过一个炒锅，把花椒、大料之类的配料炒香，再把主料放入香喷喷的红油底料里炖入味儿，切蒜末爆香淋上热油，一道不加血的毛血旺就做成了。

"这么简单，我还以为多难。"厨房外，传来不合时宜的轻嗤。

转头，江皓宸双手插兜倚在门边，一脸嫌弃。

"你不在包间好好坐着，来厨房干吗？"

准确来说，江皓宸是被香味儿吸引过来的，但傲娇如他，肯定不会实话实说，只勾一勾嘴角："我不来看看，怎么知道你有没有偷摸下毒？"

"不好意思，忘了你还有这喜好。"舒言照葫芦画瓢，回给江皓宸一个同款"嫌弃脸"，可惜她个子不够高，少了居高临下的感觉，气势就少了大半，只能用语言来凑，"下次一定早早准备着。"

挑战一个厨师的底线，后果很严重。

"你也得敢。"江皓宸也不等菜端到桌上，直接抢过舒言手里的筷子，原本只是想尝尝味道，不承想这一尝，一盘毛血旺直接见底，看得舒言目瞪口呆。

"不辣吗？"舒言对祖师爷发誓，她真没有关心江皓宸的意思，只是单纯地对他这吃法表示怀疑还有……崇拜。

难道吃了一回变态辣，细胞组合出新抗体了？

这句话，直接换来江皓宸的怒目抗议："知道辣还不快给我倒杯水！"

该死的，明明要来找碴儿，怎么一不小心吃这么多，这没出息的胃，简直要气死他！

"我又没让你这么吃。"

别说水，连冰都没见一块，江皓宸就被赶出了厨房。

"舒言，你就这么对待客人？"江皓宸严重不满，不满得都溢出来了。

"客人就该在包间里好好待着，我不需要蹩脚助手！"嫌弃，毫不掩饰地嫌弃。

"你……"

舒言才不管三七二十一，直接把厨房门从里面锁住，这才勉强得了会儿清静。

宫保鸡丁不要鸡肉？

好办，舒言想都没想，直接用豆腐代替。

素食，简单健康。

舒言勾唇轻笑，为自己的机智点一百个赞。

把一整盘毛血旺一扫而光的后果，就是足足灌了三壶茶水，舌尖上的香辣味儿还在隐隐缠绕，正要再喝第四壶，却见舒言端着盘子进来。

红白相间的宫保鸡丁，看起来颇为爽口，江皓宸却是习惯性地皱了皱眉："我说了，不吃鸡。"

"谁说是鸡？"

"那是什么？"江皓宸满脸疑惑。

"自己尝尝不就知道了。"她又不是十万个为什么的答案。

"你别走。"见舒言要转身，江皓宸几乎本能地制止。

"还有事？"

"我怎么知道你骗没骗我？"江皓宸夹了一块"鸡块"入口，"这

分明就是鸡，我对鸡肉过敏，哎哟，我要去医院……"

看着歪倒在椅子上，戏精、杠精双双附体的江皓宸，舒言又好气又好笑："是啊，我也想让医生解释解释，为什么不能吃鸡的人会对豆腐过敏？"

"你说什么？"江皓宸眼眸一亮，瞬间满血复活。

"说你的演技太浮夸了。"舒言没时间搭理横竖都看不顺眼的江皓宸，只把一沓钱放到桌上，简洁明了，"这顿算我的，以后舒有顺再收钱，我会让他自己给你做。"

三伯投胎的时候可能打盹儿了，半分爷爷的厨艺细胞都没遗传到，吃他做的菜，保证会给人留下终生……阴影。

"这真是豆腐？"江皓宸又吃了一块，明明就是鸡块的味道。

"这叫素食鸡丁，你如果想知道得更详细些，可以回去请教钟总厨。"

钟恩德肯定比她懂得多，关键是脾气比她好。

"喂，你走什么走，给我打包！"

打包？

舒言看着盘子里所剩不多的菜，诧异：现在有钱人都这么节俭了？

"做贼心虚"的江皓宸显然误会了舒言的意思，别无他法，只能用高分贝来掩饰："看什么看，别以为我会吃这些破剩菜，我是要拿回去检查检查你给没给我下毒！"

对，就算没下毒，肯定也放了罂粟，要不自己怎么会来了还想来。

原以为舒言会辩解或是冷嘲热讽，没想到对方只淡淡一笑："慢走。"

不送。

江皓宸看着床头柜上那一沓钞票和两盒剩菜，整夜没能睡好。

一闭上眼，舒言那张带刺儿的脸就直往脑子里钻。

这女人桀骜不驯不识抬举就算了，她竟然敢把钱退回来！

后知后觉地意识到自己吃了软饭，江皓宸心情更差了。

没休息好，第二天自然没什么精神上班，市场部总监讲完整体规划，等了好几分钟都不见江皓宸有所反应，只好尝试着追问："小江总，您觉得哪里需要修改？"

"我需要再考虑考虑，回头跟你说。"江皓宸把电脑一合，对刘秘书吩咐，"把我茶几上那两盒剩菜热一热。"

简单一句话，让会议室瞬间陷入诡异般的寂静。

他们的小老板一向豪掷千金，哪顿饭不是满满一桌子，他竟然会吃剩菜？

这明显不符合标准人设啊。

难道是？

众人暗暗交换了一个默契的眼神，是了，听说近几个月食堂开销特别大，小老板一定是借此提醒他们不要浪费粮食。

中午，充分领会到老板意图的市场部精英们，不约而同地避开高价大菜，以清淡的素食为主。

所以吧，聪明人的困扰，很多时候只是单纯地……想太多了。

将剩菜一扫而空，江皓宸满足之余又有些失落，那丫头明显很不友好，再厚着脸皮去找她，岂不是把自己三十年的脸面都丢尽了？

可是不去，胃里的馋虫又在不停地抗议。

弋阳进门，就见江皓宸拿着筷子在盘底的油渍上划来划去，这样好的调侃机会，他自然不能放过："颢澜集团什么时候穷到连老板都要舔盘底了？"

"你哪只眼睛看到我舔盘底？"江皓宸脸色一沉，"越来越不像话了，

连门都不敲就进来，小心我把你扔回老爷子那里。"

"敲门的话，怎么能看到某人 falling in love（坠入爱河）这种千年奇观呢？"弋阳直接往江皓宸面前的办公桌上一坐，有模有样道，"本大仙掐指一算，你没戏。"

"什么没戏？"江皓宸明知故问。

"那丫头脾气拧得很，一看就是个富贵不能淫的主儿，保不齐现在正扎小人骂你呢，怎么能喜欢你。"弋阳一针见血，切中要害。

"谁要她喜欢？谁稀罕她喜欢？"江皓宸分分钟炸毛，"我就是两只眼都瞎了，品位也不会差到那种地步！"

"哎哟，什么嘴硬来着？"弋阳毫不客气地戳破江皓宸的心事，想了想又轻咳道，"既然你不喜欢她，那就留给我吧，我倒觉得她性子不错，蛮有意思的。"

"你病得不轻吧？"江皓宸冷冷的目光，像看阶级敌人，"为了不让老爷子骂我把他好好的孙子带傻了，我决定现在就辞退你。"

"喂喂喂，开个玩笑而已，我不追，就算天底下的女人都死绝了，我也绝对不打那丫头的主意，行了吧？"弋阳就是为了躲爷爷安排的差事，才在灏澜挂了个闲职，少了江皓宸这个保护伞，日子分分钟没法过。

至于气节什么的……大丈夫能屈能伸，不是吗？

"哼！"这还差不多。

"晚上有个联谊酒会，一起去玩呗？"弋阳主动转移话题。

"不去。"没看他正烦着嘛！

"能不能别这样，搞得跟失恋似的。"一计不成，弋阳又改用激将法。

失恋？

为了证明自己没有失恋，江皓宸准时出席酒会上，环顾一圈，弋阳没找见，倒是围上来几个半生不熟的女人。

"小江总，我是曦曦，上次清莴山庄拍卖会上，咱们见过。"

江皓宸看了看面前的女人，心想闲着干点什么不好，非要把眼睛整得跟塑料娃娃似的。

"皓宸，你来了呀，快来这边坐。"另一个留着棕色鬈发的女人，为了显示自己跟江皓宸的关系比前者好，亲昵地直呼其名。

"嗯。"江皓宸眉心微不可见地蹙了一下，任由那女人挽上自己的胳膊，在其他人羡慕嫉妒恨的眼光中往主场走去。

这样的消遣活动江皓宸参加过不少，主要就是为了多挥霍钱，以及制造各种花边新闻给江凌风添堵，以前觉得这么打发时间也不错，今天才坐了一会儿，就觉得烦躁不堪。

能混进上层圈子的，哪个没点眼力见儿，不等江皓宸发话，棕发美女已经先一步摆手："把音响声音调小些。"

见江皓宸面色稍霁，棕发美女适时捧过一杯酒："皓宸，我敬你一杯。"

江皓宸端着酒杯的手指稍稍一顿，忍不住想：如果那丫头也能这么温顺懂事，该多好？

"做你的春秋大梦去。"

舒言扬起锅铲气势汹汹的样子，紧接着闪过脑海。

"哼！"江皓宸轻嗤一声，那丫头天生反骨，只怕连"温顺"两个字怎么写都不知道。

"皓宸，你是不是有心事呀？"美女体贴入微的关怀没能让江皓宸感动，却让他灵机一动想出个妙计。

开餐厅最重要的就是客源，如果把舒家菜馆的客源截断，让那丫

头彻底没生意，还不是要乖乖向自己低头认错？

对，就这么干。

江皓宸嘴角上扬，大步流星地离去，身后是棕发美女娇滴滴的挽留声："皓宸，你要去哪里呀，皓宸……"

自从舒言获得厨神大赛冠军，舒家菜的名气的确提升不少，每天预订满满，但那都是在正常市场运行情况下，有江皓宸的强行干涉，马上就不一样了。

接连三天，早早确定好的客人都以各种各样的原因取消了预订，餐厅门可罗雀。

"事反常态必有妖"，舒言稍稍一想，就知道是怎么回事了。

江皓宸扬扬得意地等着舒言来道歉求饶，左等右等，连根头发丝都没看见。

在第 N 次无辜挨骂后，刘秘书终于鼓起勇气提醒道："老板，舒小姐……她好像没有您的电话号码吧？"

江皓宸仔细想想，两人一见面就明争暗斗不断，就是想留联系方式都没有机会。

还以为那丫头骨头多硬呢，原来是求饶无门。

这么想着，江皓宸心情大好，却没有表露出来，只轻哼："她没长腿，不会来办公室找我？"

果然是为了这事。

刘秘书默默为自己的机智点了个赞，继续仗义执言："老板，咱们公司大门口需要刷脸打卡，舒小姐不是灏澜的员工，怎么进得来，就算侥幸进了大楼，也会被前台拦住的。"

是吗？

他怎么不知道公司有这么不人性化的规定？

江皓宸左思右想，总觉得舒言来过。

"你去大门口问问，这几天有没有女孩儿来找过我？"

啊？

"啊什么啊，我的话不好使？"

"好使，好使。"刘秘书叫苦不迭，心想老板可千万别一时兴起，提出把刷脸系统换了，那样，他会被董事长拍死的。

郁闷的刘秘书来到大门口，准备随便问一嘴了事，没承想保安大哥挠了挠头，说昨天下午真有个女孩过来找江皓宸，为他们拦着不让进，还争吵了几句。

刘秘书第一时间把消息告诉江皓宸，江皓宸眸中闪过一丝精光："真的？"

"是，但保安没见过舒小姐，不能肯定是不是她，我已经安排人去查监控了。"

"除了她还能有谁？"跟刘秘书的严谨比起来，他的老板显然很草率，直接取过外套穿上，"算她识趣。"

"老板，您要去哪儿？"

还能去哪儿，当然是找舒言，想着舒言恭恭敬敬跟自己道歉的模样，江皓宸就觉得自己这步棋走得简直不要太棒。

紧赶慢赶过来，却发现舒言并不在店里，连舒有顺也不在，问了问正在打扫卫生的王阿姨，才知道叔侄俩都送外卖去了。

"宫廷菜外卖？"还有这种操作？

王阿姨不知道眼前的江皓宸就是罪魁祸首，见他面露疑惑，解释道："这都三四天没有生意了，言言说未来一段时间只怕都会这样，只好先

接外卖，否则那些菜都要浪费了。"

"不就是一点菜嘛，能有多少钱？"那丫头就是小气。

"小伙子，话可不能那么说，言言用的都是最好的食材，而且越贵的食材越是只能当天用。"王阿姨连忙替舒言辩解。

"她什么时候回来？"江皓宸再次问道。

"出去好一会儿了，按理说应该回来了。"王阿姨轻声呢喃。

江皓宸转身出了院子，外面刮着不大不小的风，吹得膝盖冷冰冰的，冻骨头。

"这么冷的天去送外卖，那丫头真是脑袋被驴踢了。"

事实证明不能在背后议论人，江皓宸刚念叨完，一个熟悉的身影就出现在胡同口，不是他想象中骑着粉色小电车的可爱模样，舒言吃力地推着黑不溜秋的大电动车往前走，她甚至没有戴头盔，任由寒风把整齐的刘海儿吹得乱七八糟。

明明是解气的场面，江皓宸却莫名觉得火冒三丈。

"舒言！你这女人是不是缺心眼！"

一次找不到他就找两次找三次，再不济总能在大门口蹲守，至于那些菜，扔了就扔了，别说三天，就是三百天他也负担得起！

"江皓宸，你还敢在我面前晃悠！"仇人相见分外眼红，对于江皓宸的呵斥，舒言更没有什么好脸色，直接开骂，"以前我只觉得你是个纨绔子弟，虽然不学无术又败家胡闹，人品总该没什么大问题，没想到你这么卑鄙无耻，竟然玩阴招！"

纨绔？

不学无术？

败家？

虽然很多人都这么认为，但指着江皓宸鼻子吼出来的，舒言还是头一个。江皓宸错愕片刻，面色黑如锅底："你说什么？"

"难道我说错了吗！"舒言毫不示弱，甚至还往前走了几步，"你敢说不是你害得我没生意，你敢对天发誓，呜呜……"

后面的话再也说不出来，因为江皓宸已经结结实实吻上舒言的唇。

"呜……呜呜……"舒言从未跟男人有过亲密接触，突然席卷而来的男性气息让她整个人陷入死寂般的僵硬，挣扎动弹不得。

"放开我，你个无赖！"舒言使出吃奶的力气从江皓宸怀抱里挣扎出来，正想利落地给他一巴掌，整个人却又被抵在角落。

江皓宸长臂一挥，直接把舒言两个手腕反扣住，声音如冰："舒言你给我听好了，我江皓宸要定你了。"

这么多年，从来没有一个女人让他这么牵肠挂肚，管他是不是爱情，先留在身边总没错。

舒言本来委屈得双眼通红，听到这话，惊愕得眼泪都憋回去了："江皓宸，你有病吧？"

有病就赶紧吃药，别出来吓人。

舒言眼眸中满是抗拒，江皓宸直接视而不见，只自顾自补充道："我知道你昨天是来找我认错的，虽然没见着面，可我向来大度，这次的事就算了。"

"你搞错了吧，我昨天什么时候找过你？"她是打算做点下泻药的菜给这家伙送过去，让他在马桶上待个一天一夜，以报近日之仇，可这个计划还没有实施呢。

舒言诧异地看着江皓宸，越发肯定这家伙就是有病。

妄想症。

"舒言，我都既往不咎了，你不要得寸进尺！"

江皓宸不是傻子，短暂的得意劲儿过后，很快就意识到以舒言的

性子，绝不可能登门求饶，在门口嚷着见他的女人，是脑残粉的可能性更大，但他需要一个台阶来找舒言，这才将计就计。

尽管，他自己都不肯承认。

"江皓宸你……"骂人的话说了一半，舒言突然意识到什么，竟突然转了神色，反问道："你真喜欢我？"

江皓宸一时也搞不清楚自己对舒言到底是种什么感情，只有些敷衍道："废话。"

"那你会对我好吗？"舒言又问。

"会，你想要什么，只要钱能买到的，我都能给你。"作为首富之子，江皓宸这话说得底气十足。

"这样啊，那我答应了。"舒言认真地点点头，甚至露出一个久违的明媚笑容，"可以先放开我吗？我有一个礼物要送给你。"

画风转变得太快，快得让江皓宸有些适应不过来。

难道每个女人都喜欢钱，一听有花不完的钱就高兴？

如果是这样，那就好办了。

"好不好嘛。"

猝不及防的撒娇卖萌，如一阵电流直击心底，江皓宸哪还能拒绝，松手道："行，就给你一次表现机会。"

"你等着，别动哦。"舒言笑得灿烂，然而转身的瞬间，眸中却闪过一丝决绝。

没让江皓宸等待太久，舒言很快返回原地，这回，她手上多了一把炒勺，二话不说直接打过去："大爷的，敢占我便宜，看我不打得你满地找牙！"

江皓宸做梦都没想到舒言送他的礼物会是一顿暴揍，一时躲闪不过，脑门上挨了一下。

"你这个疯女人！"江皓宸一边捂着头，一边躲闪着继续往自己身上招呼的炒勺，要多狼狈有多狼狈。

舒言动作干净利落狠，直把江皓宸赶出胡同，才气喘吁吁地冷嗤："江皓宸，少做你的春秋大梦，就算天下男人都变成太监，我也不会看上你这个败家子！"

竟敢强吻她，不给他点厉害看看，真当她手无缚鸡之力呢！

"舒言，你给我等着！"

舒言毫不理会江皓宸的威胁，只作势又扬了扬炒勺："下次再让我看见你，揍的就不是炒勺，而是菜刀了！"

看到江皓宸顶着额头上的红包回来，弋阳乐得前俯后仰，差点没笑出内伤，好一会儿才咬牙忍住，苦口婆心地劝道："皓宸，你还是早早放弃吧，别的女人最多图点钱，这丫头是铁了心要你的命啊！"

表白的多了，但表成这个鬼样子的……真是"活久见"。

"再让我听到一声笑，就立马消失！"江皓宸躺在沙发上，额头敷着冰袋。

这女人太虎了，简直就是个母老虎。

"我不笑，保证不笑。"弋阳乖乖坐到江皓宸身侧，刨根问底，"你到底把她怎么了，弄成这个鬼样子？"

这几次接触下来，他知道舒言不是个不讲理的人，更不会为小事情绪失控。

"她那么虎，我能把她怎么样！"江皓宸好不容易压下去的怒火又噌噌往上蹿，扯着额头上的伤口发疼，忍不住低呼一声。

"慢点，脾气别那么暴躁。"弋阳好心劝着。

说来真怪，江皓宸情绪多稳定的一个人，可以说泰山崩于前而色

不变，怎么一遇上舒言就会出状况？

而且状况一次比一次严重。

"我暴躁了吗？"江皓宸也不知道自己是怎么了，只能用黑脸来掩饰尴尬。

弋阳低头想着什么，待再次跟江皓宸四目相对时，黑眸中已经没有一丝戏谑之色，只一字一顿道："皓宸，收手吧。"

"什么意思？"

"你对她上心了，再这样下去只会越陷越深。"情不知所起，可一旦被某个人牵绊住，就再也走不出来了。

"咯噔！"

江皓宸只觉得自己的心脏漏跳了一拍，但很快否决道："我只是对她有点兴趣而已，离上心还远着。"

"那她打你的时候，你为什么不反抗？"

"我不打女人。"

"那你可以报警或者让她受到双倍的惩罚。"弋阳并没有因为江皓宸的刻意逃避而沉默，只继续道，"就是因为你喜欢她，所以不忍心让她受到伤害，甚至，宁愿受伤的是自己。"

"你走吧，我想一个人静静。"

弋阳走了，他的话却始终在江皓宸耳边回荡。

因为喜欢，所以不忍她受伤。

真是这样吗？

"你真把江皓宸打了？"舒家大厅，舒有顺不敢置信地看着舒言。

"我骗你干什么。"舒言也不知道自己哪儿来的勇气，可打了就打了，她并不后悔。

"完了完了，小姑奶奶，你可闯大祸了！"舒有顺比舒言现实得多，一张大脸愁得像打结的苦瓜，"江皓宸那么有钱有势的男人，怎么会咽得下这口气，你等着吧，咱们这饭馆是别想再有生意了！"

江皓宸要整他们这种小老百姓，绝对不比捏死一只蚂蚁难度大。

冲动是魔鬼啊！

"左右梁子已经结下了，他要是还使阴招，我就去告他，实在不行，就去网上曝光他。"现在是和谐法制社会，可不是封建时代的家族垄断，他江皓宸想一手遮天，也得问问法律同不同意。

"你啊你，真是没点分寸。"舒有顺恨铁不成钢地戳戳舒言的脑袋，低低叹息，"算了，现在说什么都没用了，实在不行咱就把房子卖了远走高飞，他总不至于追着咱们不放。"

"舒有顺，你以为拍武侠片呢，还得浪迹天涯逃命去？"想什么呢，要不要那么夸张。

"唉！唉！"

这一晚，舒有顺不知道叹了多少声气，不过功夫不负苦心人，总算让他想出一个解决办法，那就是：赔礼道歉。

当然了，指着舒言去道歉，除非太阳从西边出来，所以这活儿只能他自己偷偷去干。

鉴于上次的经验，听说舒有顺是来找江皓宸的，保安并没有直接把他赶走，而是立刻跟刘秘书汇报。在刘秘书的带领下，舒有顺很顺利地见到了江皓宸。

过了一晚上，江皓宸额上的红包消下去许多，只隐约剩下一个小小的轮廓，舒有顺一进门就连连道歉："小江总真是对不起，太对不起了，言言那丫头脾气暴做事冲动，其实昨天晚上她后悔得不得了，还哭了

一场呢，真是太抱歉了。"

那丫头会后悔地哭？

江皓宸轻嗤，除非大白天见到鬼。

这么想着，江皓宸淡淡一笑："三伯是吧，请坐。"

"不敢当不敢当，您喊我名字就行。"如果说识时务者为俊杰，那舒有顺绝对是俊杰中的顶配人设，在沙发上坐下后，他低头从兜里掏出一个小瓶子，"小江总，我从药店给您买了消肿药，您千万别嫌弃。"

"多谢了。"江皓宸爽快地收下药，似笑非笑道，"她真后悔了？"

"岂止是后悔，连肠子都要悔青了。"舒有顺一本正经地胡说八道，临了还不忘找个合理理由，"言言原本是想亲自来给您道歉的，可是一大早她奶奶的血压有点高，只好留在家里照顾了。"

这一点，舒有顺说的倒是实情，舒奶奶岁数大了，身体总会时不时出状况。

"她很孝顺奶奶吗？"

"非常孝顺。"舒有顺点头如捣蒜，为了增加可信度，还顺便讲了讲原委，"言言她爸在她很小的时候就得病去世了，她那个妈……总之，她是爷爷奶奶一手带大的，跟奶奶关系最好。"

"那只要是为奶奶好，她是不是什么都愿意做？"

"那当然，我觉得要她的命她都愿意。"舒有顺拍着大腿打包票。

"还真是难得。"江皓宸脑筋一动，似乎想到了让舒言乖乖服软的办法。

从那天起，舒家菜馆恢复了往日的热闹，舒言自然也不必再送外卖。见状，舒有顺忐忑的老心脏总算踏实下来，并为自己能屈能伸的"义举"感到骄傲。

江皓宸再也没来过，可这并不代表他忘了舒言，相反，这几天他总是时不时想起那个吻，她的唇那样清甜柔软，像一块彩色的棉花糖……

"老板，您在笑什么？"刘秘书捧着文件进来，就见江皓宸一脸痴相地盯着手里的茶杯，连茶凉了都不知道。

"我笑了吗？"江皓宸快速调整表情，一本正经。

"没笑没笑，是我看花眼了。"求生欲让刘秘书冰雪聪颖，从善如流地改口，"老板，为了庆祝新项目开工，大家晚上要去 K 歌，您要不要一起？"

"你们去吧，不用省钱，所有消费都记我账上。"明天一早，他还有重要事情要做，必须养足了精神。

隔天一早。

"小江总，您不知道那丫头的起床气有多厉害，我现在去叫她，会没命的。"舒有顺头摇得像拨浪鼓，浑身每个毛孔都在拒绝。

江皓宸也不多说什么，直接从包里掏出一沓百元大钞："够吗？"

"这……"对舒有顺这种常年负债的人来说，钱跟命是直接画等号的。

犹豫的话还没说出口，钞票的厚度又增加了一倍。

"这下该差不多了。"

"是是是，足够了。"

舒有顺麻利地收下钱，暗暗鼓励了自己一番，硬着头皮往舒言房门前走去。

不就是河东狮吼嘛，在金钱面前，算得了什么？

"言言，起床了。"舒有顺试探着敲了敲门，意料之中的没有反应。

停顿两分钟，舒有顺又继续敲门："言言，该起床吃饭了。

"言言。

"言言……"

"啊啊啊啊啊啊！"披头散发的舒言像一根巨大的弹簧，忍无可忍地从床上弹了起来。

看了看桌上的闹钟，才十点。

"大清早的吵我睡觉，舒有顺你是不想活了！"

第四章

chapter four

/ 对 你 有 意 思 /

　　对，在舒言的世界里，中午十二点之前统称为"大清早"，谁敢吵，她就敢跟谁拼命。

　　舒言发起起床气犹如河东狮附体，连天都敢撕出个口子来，已经不幸领教过数次的舒有顺实在不想重蹈覆辙，早在那团杀气到来之前，就退出数步，手指连连向外指："冷静冷静，不关我的事，都是他指使的。"

　　要不是看在那两万块钱的份上，他才不来捅这小马蜂窝，这年头，果然什么钱都不好赚。

　　他？

舒言搓了搓惺忪睡眼，怒发冲冠地冲到院子里，却见江皓宸跟奶奶坐在井台边上，亲亲热热地聊着什么。

"江皓宸，大清早的你又想干吗！"挨了打还敢来，真不知道该说这家伙勇气可嘉，还是阴魂不散。

可是不知不觉中，她又回想起那个吻。

心思像野草一样杂乱不堪，舒言醒醒神，逼着自己不去想那些杂七杂八的，直接下逐客令："赶紧走。"

作为两万块劳务费的附加值，江皓宸早已从舒有顺那里得到"友情提醒"，但真正看到眼前的舒言，还是差点咬掉舌头。

宽松到能塞下两个人的睡衣，如果他没有看错的话，睡裤还穿反了，头发像一团乱麻顶在脑门上，也不知道这女人梦里是不是又拎着平底锅跟谁打仗去了，才制造出这样的惊悚效果。

"言言，小点声，都吓到你二伯了。"舒奶奶颤颤巍巍地站起来，枯瘦的手紧紧抓着江皓宸不放，又过来拉舒言的手，"有德啊，这是你侄女言言，言言，快叫二伯。"

啥？

舒奶奶乱认人这一点，舒言头疼却无可奈何，正要解释，江皓宸却分分钟长辈附体："就是，快叫二伯。"

什么？

舒言杏目怒瞪，就差真拿扫把给江皓宸扫地出门，然而对方却不以为意，只用无辜中带着挑衅的眼神跟她对视。

舒言咬紧牙关，看到奶奶那舐犊情深的眼神，愣是在"滚犊子"脱口而出之前，逼着自己把这句话咽回肚子里，脸上堆出一抹杀气十足的笑容："二伯，您老人家……还好吧？"

主要是脑子还好吧，一大早就来给她添堵。

老人家？

他哪里老？

江皓宸满脸黑线，再一想，自己现在的确顶着"长者"的身份，索性倚老卖老："挺好挺好，就是有点饿，乖侄女，咱们是不是该吃饭了？"

吃，才是重点。

自从吃过舒言做的饭，江皓宸再吃什么都觉得不是那个味儿，真不知道这丫头在菜里下了什么迷魂药。

"你……"

舒言话还没说出口，舒奶奶就心疼得直流眼泪："有德啊，都是妈妈不好，这些年让你在外面受苦，连饭都吃不饱……"

江皓宸没想到自己一句无意的话，会造成这么严重的后果，连忙安慰："没事没事，您别担心，让言言做顿饭给我吃就行。"

吵了她清梦还想吃饭，世上有这等好事？

有。

舒奶奶这个软肋，让舒言不得不再次妥协，但也不算完败，因为江皓宸也被拉到厨房打下手。

"吃什么？"

厨房里，熬了一晚上的高汤咕嘟咕嘟冒着香气，引得江皓宸食指大动。

舒言懒得看旁边那张讨厌的脸，随手把冰箱门一开："食材都在这儿了，想吃什么自己做。"

"我会做要你干什么。"江皓宸皱眉扒拉半天，目光突然定在案板边那捆芹菜上，"就它了。"

芹菜叶馄饨。

经过一番讨价还价，威胁与反威胁，择芹菜叶的任务落到江皓宸身上。

叶子不多，过水清洗后只有小小一团，怎么算也不够四个人吃的，舒言只得又挑出些细梗剁碎，再跟之前剁好的牛肉末放到一个容器中搅拌均匀。

"帮我舀一碗面粉。"舒言分身乏术，只能吩咐江皓宸。

"嗯。"

江皓宸难得痛快地答应下来，只是他一贯养尊处优，干粗活的经验实在缺乏，手中的碗高高扬起，动作干净利落，可惜力道太大，落入盆里的面粉为了抗议这样粗鲁的行为，洋洋洒洒反扑回来。

"咳咳咳……"江皓宸被呛得咳嗽连连，拧眉控诉，"舒言，你是不是故意的！"

"江皓宸，你五行缺心眼……"舒言看着洒了一桌子的面粉，正想好好数落罪魁祸首一顿，然而一转身，心里的火就像被捅破的气球，瞬间倾泻一空。

眼前的江皓宸，衣服、头发、脸颊，甚至睫毛，哪儿哪儿都是面粉，就像刚从面缸里跑出来一样，要多滑稽有多滑稽。

"哈哈哈……"舒言笑得前俯后仰，几次试图忍住，结果却是笑得更大声。

"别笑了，有什么好笑的！"不就是身上溅了点面粉嘛，这女人真是没趣，没见识。

江皓宸一本正经生气的样子，还是蛮有气场的，但配上眼前的滑稽模样，任谁都怕不起来。见恐吓没用，他抬手在脸上蹭了几下，这样一动，面粉非但没有被擦拭掉，反而像染料一样在脸上洇染开。

真成大花脸了。

"哈哈哈……"舒言笑得连说话的力气都没有，只连连摆手让他离开。

"还笑。"

"你自己去……照照镜子。"舒言摆摆手让江皓宸出去，再看着这张滑稽的脸，她都要笑出内伤了。

看舒言在那儿幸灾乐祸，江皓宸一张帅脸漆黑漆黑的，但目光触到案板上剩余的面粉时，突然玩兴大起。

只见他悄悄抓过一把面粉，直接往舒言脸上抹去。

舒言没有任何防备，直接被抹成了大花脸，身上也到处都是面粉，只是她穿着白色的厨师服，看不出来而已。

"江皓宸，你竟敢暗算我！"舒言抬手就去抹脸上的面粉，完全没有吸取江皓宸之前的经验教训。

"哈哈哈哈哈哈……"这次轮到江皓宸幸灾乐祸，完了还不忘补上一刀，"独乐乐不如众乐乐，这么好的面粉，当然要一起分享才有意思。"

"好啊。"舒言大大的眼睛用力忽闪一下，很快抓起一把面粉往江皓宸身上撒去。

江皓宸虽然有所防备，但面粉这种见缝就钻的东西，哪是躲能躲掉的，这下衣服裤子全白了。

"哼，让你暗算我。"舒言撇嘴。

"来来来，匀你一点儿。"

"江皓宸，有本事你给我站那儿……"

一阵玩闹，当舒有顺遛弯儿回来时，厨房已经成"车祸现场"了。

"你俩这是干什么，急着'白头'偕老吗？"幸亏这会儿厨房里没

有明火，否则就这粉尘满天飞的样子，说不定等不到他回来就爆炸了。

"谁要跟他白头偕老，哼！"

"谁要跟她白头偕老，哼！"

两人异口同声，连动作语调表情都一样，就跟商量好似的。

舒有顺看着好笑，也不凑在这儿当电灯泡，只故作严肃道："快收拾干净开窗通风，否则一会儿没法开火了。"

"看什么看，还不快收拾。"舒言扔了把扫帚给江皓宸，"你负责扫地，我来弄桌面。"

"舒言，我是客人。"江皓宸没忘了强调自己的身份。

"你是上帝也没用，赶紧扫。"舒言挥了挥手里的毛巾，威胁，"再废话，小心我把抹布塞你嘴里。"

"虎女。"

"你说什么？"舒言没听清楚，正要刨根究底，可不知何时漏出的洗菜水混着面粉在地上积了一摊，舒言好死不死地正好踩在上面，整个人失去重心向后倒去。

"小心！"江皓宸眼疾手快地向前奔了一步，堪堪拽住舒言的胳膊，可不幸的是他自己也踩到了打滑的地面，两人直直朝灶台倒去。

高汤！

江皓宸眼睛都直了，那可是刚熄火不久的滚烫高汤，这么大力道撞过去，舒言一定会被烫伤！

来不及转圜念头，江皓宸身子用力往下一压，借着惯性掉转方向。

这下，两人齐齐撞到水槽边上，舒言个子矮些没受什么伤，但江皓宸就没有那么幸运了。他个子太高，手臂护着舒言又不能动弹，只听"哐当"一声，额头撞到抽油烟机上。

之前被炒勺砸的肿包刚消下去，这下可好，又得肿了。

就这受伤频率，江皓宸觉得很有必要给自己可怜的额头单独上个意外险。

"你怎么样了，没事吧？"舒言急急从江皓宸怀里挣脱出来，一脸紧张。

"我又不是铁头，撞出那么大动静怎么会没事？"江皓宸是个没事都会时不时飙演技的主儿，怎么会放过这个借题发挥的机会，"疼，哎哟……"

舒言拨开他刘海儿看了看，的确红了一片。

"去包间吧，我给你喷点消炎药。"舒言不是没良心的人，看得出来江皓宸在保护她。

"疼，你给我吹吹。"这丫头难得温柔一回，必须装得更可怜些。

"江皓宸，你不矫情能死啊，赶紧的。"偶像剧里温馨惬意的一幕并没有上演，因为舒言活得比男人还粗糙，根本不想细腻温柔。

喷了药，舒言直接下命令："你在这儿休息一会儿，我包好馄饨喊你。"

差点酿成大祸，以后定要加倍小心，绝不能在厨房玩闹。

"还有面粉。"江皓宸的手，轻轻拂过舒言的脸颊。

纤长的手指好似上好的胭脂，只一下就染红了舒言的脸，心也扑通扑通跳到嗓子眼，让她几乎落荒而逃。

江皓宸凝神片刻，笑意慢慢荡漾开来。

等解决掉面粉问题再回到厨房的时候，馄饨已经下锅了。

三碗，每碗十个，还有几个在沸水中翻滚着，那是给舒奶奶的，要煮得更烂些。

江皓宸默默看着，突然心念一动："舒有德……他去世了吗？"

"不知道。"并不是舒言故意抬杠，她的确不知道。

算起来，那个从未谋面的二伯已经走失五十多年了，五十年沧海桑田，足以经历太多次生生死死。

只是私心里，她总希望二伯还活着，能活着来见奶奶一面，不至于让老人家把这份遗憾带到地底下。

"他在哪里？"江皓宸又问了一句。

"不知道。"舒言神色黯淡，她跟江皓宸还没熟悉到能够敞开心扉的地步，更不想用家里的凄惨故事来博同情，转了话题，"颢澜集团那么闲？"

如果她没看错，这家伙丝毫没有要走的意思。

"你哪只眼睛看到我闲了？"江皓宸语气急转直下，"舒言，因为你得了第一，颢澜的股价连续跌了好几天，我当然要来找你报仇！"

只要思想不滑坡，理由这东西……还是很好找的。

"要不要借你一把菜刀？"舒言慢条斯理地捞着馄饨，"如果不是你心胸狭隘，故意刁难，我还想不到另辟蹊径的好办法，如果你还有点良心，就自刎向广大股民谢罪吧。"

"你……"

就在不久前，江皓宸还是那个仅凭三寸不烂之舌，就能横扫整个董事会的张狂少东家，可短短几天，他竟屡次被舒言噎得说不出话来。

要是颢澜集团那几个元老知道了，一定会拍手称快，感谢舒言这位"天使小姐"为他们出了口恶气。

舒言才不管他"你不你的"，直接塞了一碗馄饨过去："赶紧吃，吃完该干吗干吗去。"

她还忙着，没工夫招呼这祖宗。

鉴于舒有顺不知踪影，江皓宸理直气壮地将另一碗馄饨也捞到面前，边吃边问："晚上吃什么？"

典型吃着碗里的，惦着锅里的。

"不好意思，晚餐已经有人预订了。"舒言挑挑眉，露出一丝反感又不失礼貌的微笑。

江皓宸就等舒言这句话，脸上的得意掩都掩不住："对啊，就是我订的，不止今天，往后一个月，都是我订的。"

"什么？"舒言只觉得一整排乌鸦从自己面前飞过。

"我付了十倍的价格，又替他们重新安排了颢澜大酒店的豪华包间。"看着舒言晴转多云的脸，江皓宸觉得嘴里的馄饨格外香，一本正经地点头，"对，就是这么简单。"

舒言脑子转得飞快，舒家菜用料讲究，做工烦琐，一餐吃下来并不便宜，十倍，那就是几万块了，至于颢澜的豪华包间，更是远远不止这个数。

"江皓宸，为了对付我，你可真下血本了！"舒言真想钻到江皓宸脑子里看看这家伙是不是哪根筋搭错了。

"一点点钱而已，算不上耗费。"江皓宸并不放在心上。

贫不与富斗，更何况是首富……老祖宗留下来的，果然都是至理名言。

当然，如果舒言以为江皓宸就是专门来给自己添堵的，就太小看眼前这个欠揍的少爷了，江董事长十分看好舒言在宫廷菜系上的造诣，想着考察一番后，将她收归麾下，这种可以天天享受美味的差事，江皓宸当仁不让。

"吃吃吃，胖死你！"舒言怕自己再待下去，会忍不住用馄饨汤给江皓宸洗洗头，拍桌子走了。

几分钟后，院里传来暴躁的怒吼："舒有顺，你给我出来！"

一次又一次把这家伙引来，今天就新账旧账一起算！

江皓宸和舒言之间硝烟战火不断，大有打持久战的趋势，弋阳看热闹看得高兴，忍不住给子路打去电话："你是没看见给皓宸气得，头发都竖起来了。"

弋阳欢脱不羁，猫咪到他嘴里都能秒变老虎，子路不由得失笑："你少夸张，我又不是第一天认识皓宸。"

江皓宸虽然脾气很差，但要影响他的情绪，一点也不容易。

"我用人格担保，这次真的一点都……只夸张了那么一点点。"

"你少掺和，要再惹毛皓宸，可别指望我捞你。"好奇心人人都有，但像弋阳这样好奇心爆棚到足以跟狗仔队抢饭碗的，还真不多见。为着这个，他不知道被江皓宸教训了多少次，偏偏这家伙自愈能力极强，过不了两天就好了伤疤忘了痛。

"喊，小爷这么手眼通天的，还用你捞。"弋阳丝毫没有身为"弱势群体"的自觉，轻嗤一声后，补充道，"真的，改天你一定要见见她，太有个性了。"

"知道了。"

跟弋阳相反，子路是三个人里面性子最稳重的，就算情绪有所波动，嘴角那抹若有似无的笑容也没有多少变化，倒是坐在他对面的女孩好奇道："弋阳又说什么了？"

这女孩正是江皓宸父亲选定的联姻对象，零售巨头唐悠集团唯一的千金乔影。

乔影穿一套黑白相间的休闲套裙，脚上配一双最新款的白色耐克板鞋，手腕上玲珑的翠玉镯子配着西餐厅柔和的灯光，衬得她皮肤白皙透亮，如瀑布般的黑发随意披散在身后，精致的五官正如她的性格，棱角分明又不失柔美。

"那小子你还不知道，没影的事都能说到天上去。"子路跟乔影碰了碰杯，简单解释道，"说皓宸刚认识一个大胆有趣的女孩子，很特别。"

"他换女朋友比换衣服都快，就算大浪淘沙，也该淘出几个看得过眼的。"乔影轻轻摇晃着高脚杯，并没有掩饰自己的不屑。

子路品着酒，眼角余光却没错过乔影脸上任何一个细微的表情，心也松弛下来，劝道："小影，无论皓宸交多少女朋友，都没办法跟你相提并论，等你们结了婚，他慢慢也就收心了。"

"你明知道我的想法，又何必用这话来试探？"乔影一语点破要害，干净利落。

跟大多数女孩一样，乔影对爱情有着自己的绮丽幻想，但不同的是，她有足够的资本去选择最好的那一个。

绯闻缠身、不着边际的江皓宸，连她心里最基本的底线都够不到，这一点，子路不可能看不出来。

"你啊。"子路轻笑，眼角淡淡的细纹迅速荡漾不见，他依旧是如常的语气，"颢澜和唐悠合作多年，彼此互为项背，你能跟皓宸结婚，对谁都是好事。"

"我就一俗人，没有为唐悠奉献一生的伟大觉悟。"乔影低头切着牛排，长长的睫毛微微闪动，"不知道谁出的馊主意，也不怕树大招风。"

颢澜和唐悠，作为各自领域的龙头老大，背后不知道有多少明枪暗箭，联姻能巩固地位是不假，但同样也会把自己推到风口浪尖上。

好处不止一倍，风险，同样不止。

"同样的话，从你跟皓宸嘴里说出来，感觉却完全不一样。"子路扶了扶金框眼镜，挑眉轻笑，"我真的很好奇，到底什么样的男人才能

入得了你的法眼。"

"我也想知道，拭目以待吧。"乔影轻笑着举起手中的高脚杯。

"干杯。"子路轻笑。

两人默契地转到下一个话题。

男女之间或许有纯粹的友谊，但子路对乔影，明显不属于这个范畴。从六年前那场意外的碰面开始，爱情的种子就在子路心里疯狂滋长，但他这个农村出身的穷大学生，淌着血泪披荆斩棘，才好不容易走进乔影的世界，再没有更多勇气说出那句"我爱你"。

乔影不愿嫁给江皓宸，他应该松口气，可是连江皓宸都没资格走进乔影心里，他又算得了什么？

这世上最不缺苦逼的人。

舒言很苦逼，子路很苦逼，但有个人，比他们更苦逼。

没能蝉联冠军，钟恩德虽然还是颢澜大酒店的行政总厨，但人前人后的地位已不如从前，他一贯对菜品要求严格，手下的厨师长们没少挨训，之前那些人就算有所不忿，也只能在心里腹谤，现在，却敢明里暗里小声嘀咕。

"师父，您不用理会那些个落井下石的小人，人总有失手的时候，一次小小的比赛，还能把您这么多年的厨艺全否定了吗？"

后厨如社会，有坏人，自然也有好人。

中餐厨师长王林的厨艺是钟恩德一手教的，听到别人编排师父的不是，气得脸色发青。

"世事难料啊。"钟恩德重重叹息，不甘又无奈。

得过那么多大奖，他自有他的骄傲，原本以为能身怀让同行羡慕的光环退休，没想到天有不测风云，竟被一个二十几岁的丫头片子截了和。

"什么世事难料，要我说，分明就是有猫腻。"王林是个直肠子，想到啥说啥，"其他几人拿到的都是中规中矩的食材，为什么那个舒言偏偏就抽到老掉牙的白芸豆？而且江皓宸看似处处为难她，但就是他的为难，才把评委的注意力吸引到舒言身上的，您不觉得奇怪吗？"

太过巧合，落到别人眼里，就一定是有蹊跷。

人心最经不起怀疑，更何况是在自信心摇摇欲坠的时候，钟恩德不由得信了七八分："股票下跌了几天，都没有人放在心上，是早就打算好卸磨杀驴了。"

"师父在颢澜干了十几年，没有功劳也有苦劳，他们怎么能这么做？"

"当年的董涛主厨比我风光多了，还不是说辞退就辞退。"钟恩德苦笑，"职场如战场，没有丝毫情面可讲。"

"董涛？就是那个用过期食材导致顾客食物中毒的主厨？"虽然时隔多年，但王林也有所耳闻，小声道，"听说他差点被判刑，是董事长出面赔了好多钱才了事的。"

"知人知面不知心啊。"钟恩德不愿多言，"在企业利益面前，一个员工算得了什么。"

"那师父怎么打算？"王林追问。

钟恩德苦涩的笑容里，透着年过半百之人在职场上举步维艰的凄凉："得了奖，自有无数人想高薪挖我，可现在这样灰溜溜走，有哪家愿意要？"

以钟恩德的厨艺，找个工作糊口轻而易举，可要想找跟颢澜薪资待遇相差无几的，难于上青天。

"您凭什么走，该滚蛋的是那丫头片子！"王林愤愤不平，似乎又

想起什么，"不对，师父您得想办法阻止她进来。"

"不去。"舒言回答得斩钉截铁，根本不需要任何人阻止。

兼职 HR 的江皓宸剑眉轻蹙，简短地抛出质疑："欲擒故纵这一套我玩得比你溜，趁本少爷今天心情好，直接说想加多少钱？"

"谢谢。"舒言头也不抬。

"你这女人，就是敬酒不吃吃罚酒。"

以前，江皓宸总对那些贪图自己钱财的草包女人嗤之以鼻，但现在，他突然觉得女人草包点也好，起码温温顺顺，不像眼前这个，一身挣不顺的逆鳞。

"我酒精过敏，什么也不想喝。"

灶上的蒸笼散着丝丝热气，舒言套上一次性手套，把红彤彤的螃蟹取出，又取过事先准备好的白瓷碗，将剔出的蟹肉蟹黄分别放入碗里，再用擀面杖把醒在一旁的面团擀平，将蟹黄蟹肉揉入面团中，切成三四厘米长度的小段。

这道叫"金银夹花"的宫廷菜是宋代风靡一时的"签菜"源头，更是古代海鲜食材有文字记载的第一道功夫菜，到舒言这里，她把寻常的薄面皮改良为西点所用的起酥面皮，烹饪方式由蒸笼变为烤箱，这样，不仅外皮酥脆爽口，蟹黄也格外金黄油亮，香鲜爽口。

看着金灿灿的诱人美食，江皓宸的胃瞬间占据上风，决定暂时偃旗息鼓。然而他刚要伸筷子，白瓷盘却在眼前划过一道优美的弧度，稳妥地落到舒言手上。

"你要干什么？"抢钱可以，抢美食……江大少爷分分钟耍毛。

"我做的，当然我先吃。"

"胖成这样，你还好意思吃？"江皓宸嫌弃的目光在舒言身上打量一圈，趁舒言自我怀疑的短暂瞬间，充分发挥胳膊长手长的优势，一把抓过半盘酥酪。

至于吃相什么的，算了算了。

"江皓宸你属土匪的啊！"

江皓宸顾不得跟舒言拌嘴，他满脑子就一个念头，好吃，太好吃了！

这些日子，他几乎把舒家菜馆当成食堂，要说一时新鲜，也该新鲜够了，可偏偏舒言每天都能变着法子做出更好吃的东西，让他一天都不敢少来，生怕错过什么。

不行，无论如何，一定要把这个女人挖走。

"我是不会离开这里的。"

这里。

被拒绝几次后，江皓宸终于找到这两个关键字。

简单。

江皓宸大手一挥，决定把舒家这座老得掉渣的祖宅买了。

闷闷的平房，冬冷夏热，连个暖气都没有，他早看不过眼了。

"你吃错药了吧？"头疼、无奈、气愤，舒言只觉得面前这张帅脸让自己呼吸困难，缓了口气，一字一顿道，"江皓宸你听好了，就是给我五百万，五千万，五个亿，这房子我也不卖！"

这房子是奶奶一辈子的家，她就算饿死，也不能断了奶奶找回二伯的唯一指望。

舒言不能，有人能。

当支票拍到面前时，舒有顺几乎不敢相信自己的眼睛——我的天，这是多少个零？他这辈子，不，上辈子上上辈子加起来，都没见过这么多钱。

"怎么样，有诚意吧？"江皓宸气定神闲。

"有有有，太有了。"点头频率太高，舒有顺油亮的脑门跟灯泡一样反光。

稍稍平复心情后，他将信将疑道："小江总，您不是开玩笑吧，这地段虽然挺好，但小城市的老房子……实在不值这个价。"

这么多钱，足够把前后两条胡同里的房子一起打包买了。

舒有顺的诚实，让江皓宸对他唯利是图的印象稍有改观，语气中更是带了从舒言那儿扳回一局的得意："一点小钱而已，你只说愿不愿意。"

"愿意，太愿意了，您等着，我这就回去找房产证。"舒有顺点头如捣蒜，生怕稍一迟疑，这个从天而降的大馅饼就没了。

舒爷爷共有四个儿子，大儿子早夭，二儿子被人拐走下落不明，这座祖宅的实际继承人只有舒有顺和舒言，虽然舒有顺只占一半份额，但房子自成整体，卖掉一半，另一半也不能留着了。

江皓宸嘴角上扬，跷着二郎腿等舒言来向自己道歉服软。

舒言并不知道舒有顺这个见钱眼开的"猪队友"背叛了自己，此时，她正在陪奶奶晒太阳。

"言言，咱们老舒家祖上有余德啊，当年你爷爷学了你太爷爷的手艺，那菜做得多好吃啊，整个北平城，没几个人比得上，多少人排着队要来吃。"

舒奶奶受阿尔茨海默病困扰多年，脑子早就糊涂了，可提起当年那段过往，混浊发黄的眼眸中却闪现出晶亮的光彩："老百姓喜欢吃，那日本鬼子听说了，也想来尝尝，你爷爷打定主意，就算死也绝不让日本鬼子吃上一口他做的菜。可就在宴席前一天晚上，有个陌生人来到菜馆，让你爷爷务必要接下这桌菜，而且务必要做他最拿手的河豚。"

"好呀，河豚有剧毒，正好可以把那帮小鬼子毒死。"这个故事舒言已经听过无数遍，但为了让奶奶高兴，她还是适时附和。

"河豚有剧毒不假，但厨师界有个不成文的规定，那就是做河豚的厨师必须为客人尝第一口，你爷爷倒不怕死，但那毒发作很快，日本人要是看到你爷爷死了，自然知道有毒。"舒奶奶轻轻拍一拍舒言的手，笑得开心，"还是那个陌生人有办法，他让你爷爷把河豚肝脏里的毒取出来混到其他菜品里，日本人见你爷爷试了河豚无毒都放下心来，却没想到毒早已随着其他菜吃到肚子里。"

河豚之毒无药可解，那几个日本军官美餐一顿后，回去没过两个小时就相继中毒身亡，舒爷爷和舒奶奶也利用这短暂的宝贵时间，被那位陌生人护送出城，平安逃到千里之外的江城。

"妈，这些话您翻来覆去说了几千遍了，求您换个新鲜的故事吧！"舒有顺可没舒言有耐心，进屋听了两句就双手合十，做求饶状。

舒奶奶混浊的眼珠木然一转："我之前……之前说过吗？"

"没有，从来没说过。"舒言瞪了舒有顺一眼，悄悄指了指自己的脑袋，"他这里有病，您别搭理他。"

"行行行，我有病。"

呃，这么好说话？

见舒有顺连跟自己拌嘴的精力都没有，舒言心里有种不祥的预感。

"你翻箱倒柜地找什么？"

"还能找什么，房产证呗。"想起那张巨额支票，舒有顺就两眼放光，"早就知道江皓宸有钱，没想到他出手这么阔绰，这么座老得掉渣的房子给了两千万，够咱爷仨花一辈子了。"

"你说什么？"舒言脸上的血色褪了个干干净净。

"傻眼了吧，你没听错，真的是两千万！"见舒言噌地站起来，舒有顺催促道，"愣着干什么，快帮忙找房产证，万一那少爷回过神来反悔了，咱们哭都没地方哭去！"

这下，马蜂窝彻底被捅破了。

"滚！马上给我滚出去！"舒言眼圈泛红，一腔怒气化成歇斯底里的低吼。

毫无防备的舒有顺，被突如其来的怒吼声吓了个哆嗦，一边捂着心脏，一边抱怨："你又发什么疯，吃枪药了！"

舒言的心脏也在哆嗦，不过是被舒有顺气的。

"滚！"舒言艰难地闭上眼，生怕再跟舒有顺对视下去，她会忍不住冲到厨房拿菜刀。

舒有顺不是傻子，当然明白舒言为什么这样气愤，放缓了语气劝道："言言，你二伯走失五十多年了，如果他还记得这个地方，多少年前就找回来了，你又没得老年痴呆，认清现实行不行！"

"有德……是有德回来了吗，他回来了？"舒奶奶不明就里，颤颤巍巍地摇晃着舒言的胳膊。

"奶奶您放心，二伯一定会回来的。"舒言胡乱抹了抹脸上的泪水，咬牙一字一顿，"谁要敢断了您的指望，我就跟他拼命。"

……

舒有顺噤声。

江皓宸在雅间左等右等，连舒言的影子都没见到，只有舒有顺灰头土脸地折回来，叹息连连："言言这孩子跟她爸一样，认死理儿，您说有了钱买座宽敞的大别墅住，再找两个保姆照顾老太太，不比她自己累死累活强？"

舒有顺性子野，不务正业不假，但重情重义也是真的，否则当年也不会为了维护舒言的爸爸，失手打死那两个小混混。

他答应卖房子，也是想让舒言过得轻松点。

江皓宸心念一动，鬼使神差道："你们找过吗？"

"怎么没找啊，人刚丢那会儿，周边城市都找遍了，连个影子都没有。"舒有顺当年只有两岁，这些事都是后来听说的。

"有照片吗？"江皓宸又问。

那女人吃软不吃硬，如果他能完成舒奶奶见儿子的心愿，她一定会答应来颢澜。

"那个年代连饭都吃不饱，哪有闲钱拍照。"舒有顺油亮的大脑袋摇了两下，长叹，"找不到也好，有这么个念头吊着，我妈还能多活几年，要不……"

第五章
chapter five

/ "亲口" 告诉你 /

"要不答应，以后可没有机会了。"成功解锁新招数，江皓宸又是高高在上的欠揍模样。

"你要怎么找？"

这不是拍偶像剧，舒有德走失的时候别说玉佩吊坠，就连草绳也没挂一根，这样找人，无异于大海里捞针。

"这你就别管了，总之，活着见人，死了，让你知道坟头在哪儿。"江皓宸语气肯定，好像舒有德就在他家后院一样。

"这可是你说的。"

舒言实在不知道是哪位天使大姐给江皓宸的自信，可"找到舒有德"这个承诺实在太诱人，哪怕只有牛毛般那么一丝机会，她也绝不会放过。

"当然，本少爷一言九鼎，有合同为证。"江皓宸早料到舒言会答应，嘴角的笑意又深了两分。

合同？

乙方按时为甲方准备一日三餐，除甲方要求，否则十天内菜色不得重样。

乙方不得对甲方大呼小叫，更不能顶撞或变相挖苦讽刺。

备菜或菜品制作过程中，甲方有任何疑问，乙方应全程微笑讲解，不得轰甲方离开。

……

厚厚十几页合同，大到动作，小到表情，规定得那叫一个详细，舒言每往下看一行，愤怒的小火苗就更旺一分。

"江皓宸，你不要太过分了！"她忍无可忍。

保姆每周还有两天休息呢，她可倒好，就差没按手印卖身了。

"我可没强迫，签不签完全看你自己。"江皓宸以手支额，幽幽叹息，"奶奶念叨舒有德念叨了一辈子，如今人明明就有希望找到，却因为……"

"少废话，我签！"两个大字跃然纸上，跟它们的主人一样干净利落，舒言把钢笔往江皓宸面前一拍，"该你了。"

"注意态度。"江皓宸签完字，随手把合同一翻，背面被忽略的补充条款映入眼帘。

"笑容不真诚扣一分。"

"态度不好扣一分。"

……

总之，扣分项很多，而分数直接影响着找人的速度。

苍天大地各路神仙，世上怎么会有这样的妖孽，她好想打人啊。

"等等。"江皓宸握着钢笔的手突然停顿了一下。

"您又怎么了？"有求于人，舒言在气势上直接短了一截。

"我要在合同上再加一条。"

"什么？"虱子多了不痒，债多了不愁，反正已经那么多条了，也不在乎多一条少一条。

江皓宸在合同下方的空隙上，一笔一画写着："不准用炒勺砸人，若有违背，罚跪键盘。"

"噗……"舒言刚喝进嘴里的水，直接喷了出来。

舒言被江皓宸"压迫"得苦闷不堪，却不知道自己现在的遭遇，正被另一个人羡慕嫉妒恨。

那个人就是钟恩德。

钟恩德在颢澜待了这么多年，虽然地位不如从前，但消息还是灵通的，当他知道江皓宸几乎天天待在舒家时，整个人都不好了。

五十九岁的尴尬年龄，退休节点，他无论如何都不能被替代，更不能被淘汰。

其实无论江凌风还是江皓宸，都没想过要让舒言取钟恩德而代之，是他的疑心，慢慢把自己心底深处的阴影逼了出来。

"师父，要我说，江家对您不仁，您也没必要有义，后厨这地方，随便搞出来点什么，就够让他们焦头烂额了。"

营造品牌的美誉度就像搭积木，需要长年累月的不懈努力，但要崩塌，只在一瞬间。

"你说什么？"钟恩德的语气冷意森森。

王林不明白自己明明是帮着钟恩德的，怎么对方却动怒了，下意识地站起来："师父，我的意思是……"

钟恩德何尝不知王林是为自己鸣不平，可作为师父，他不能让徒弟年纪轻轻就想错了路。

"你记着，想要在后厨这方天地混出名堂，菜的品质就是你的良心，不能有半点闪失。"

钟恩德虽然焦虑郁闷，但并未丧失做人的底线。

王林虽然点头答应，面上却忧心忡忡："那咱们现在怎么办？"

"做好菜。"做好每一道菜。

客人的舌头不会骗人，只要客人更喜欢吃他的菜，舒言就别想后来居上。

"阿嚏！"在厨房洗菜的舒言，重重打了个喷嚏。

是不是那家伙又想算计她？

江皓宸，想起这个讨厌的名字，舒言就觉得牙疼、头疼，哪儿哪儿都疼。

而这，只是个开始。

"小心小心，都慢着点，这边，对，就放在这里……"

循着喧闹声来到院子，只见大到衣柜、鞋柜、电脑桌，小到熨斗、抱枕、书本，堆了个满满当当，还有几个人拿着五颜六色的壁纸，恭敬地站在旁边。

"你们要干什么？"

"舒小姐，这是从小江总别墅里搬过来的东西，他说您这里的条件……稍微差了些，要我们重新布置一下。"

舒言两眼一抹黑，差点栽倒。

实在不想牵连无辜，舒言深吸一口气，咬牙道："江皓宸人呢？"

谁同意他住过来的，难道又是舒有顺？

见舒言愤怒的目光像刀子一样往他身上刮，舒有顺连连摆手："不是我，这次真不是我。"

他冤，比十个窦娥加在一起都冤。

刘秘书适时给舒有顺做证："舒小姐，老板说要住得近些，才更方便帮您找二伯，所以就……"

江皓宸的诡辩彻底让舒言无语，隐隐咬牙切齿："这么说，还是为我好？"

近点方便，难不成那家伙身上装了定向接收器，能让舒有德感受到磁场怎么的？

"当然。"刘秘书虽然也觉得江皓宸完全是一派胡言，但在外人面前，还是坚决维护自家老板的权威。

"他什么时候过来？"

"老板说他还有些工作要处理，要您把午饭打包好，给他送到公司去。"刘秘书恭敬地递过来一个价值不菲的保温餐盒。

"江皓宸！"牙咬得咯咯响，舒言觉得再这么下去，摆在她面前的路只能有两条：要么跟江皓宸同归于尽，要么失手先送江皓宸去见上帝，然后在那高高的铁窗里度过余生。

然而，某人的要求远远不止这些。

"小江总还说，您那个房间采光好，他要住您那间，麻烦您搬到隔壁去。"

趁舒言还没拿扫把轰人，求生欲满分的刘秘书迅速补充道："为了尽快找到您的二伯，老板紧急成立了一个团队，只要……他住进来，团队就可以开始工作了。"

"江皓……小江总真是太英明了。"软肋被人抓得死死的，舒言只能自己泻掉一身怒火，咬牙含笑，"我现在就去给小江总腾房间，保证他今天晚上就能住进来。"

腾房间算什么，只要能找到二伯，让她睡厨房都行。

刘秘书只是征得当事人同意，干活什么的完全不用舒言动手，众人利落地把房间打扫得纤尘不染，再小心翼翼地把新家具用品各归其位，原先有些糟乱的房间焕然一新。

舒言左顾右盼了好一会儿，也不敢相信这是她之前的小屋。

算了，还是厨房比较适合她。

"舒小姐，小江总在开会，请您到办公室稍等。"江皓宸的资料，早在网上传得满天飞，他不愿子承父业，在欧洲修完学业后，便在亲爹的经济支持下专注于动漫产业的研发制作，前几个月投资的动漫电影，票房口碑成绩都很不错。

舒言从没接触过动漫，难免有些好奇，询问道："我可以四处看看吗？"

"当然可以。"

作为大 Boss 的朋友，舒言享受到极高的礼遇，在谢绝陪同讲解服务后，一个人在楼层转悠。

黑白相间的装修风格，简约的装饰品，处处充斥着时尚气息，临近正午，两侧敞开的办公区域空无一人，舒言沿着走廊一路向前。

"《炫光使者》前后耗资 1.5 亿，如今以超出预期两倍的利率完成了第一轮资金回笼……"

宽敞的会议室，江皓宸坐在正中间侃侃而谈，他穿着一本正经的职业装，表情严肃，与印象中无赖不羁的样子判若两人。

一直觉得那家伙是无赖，这会儿看，倒还真像个总裁。

江皓宸的目光不经意一转，就见舒言有些难以置信又有些崇拜地看着自己，然而还没来得及享受，门口的人已转身离开。

"吃饭吧，下午接着说。"

江皓宸没有指定午饭菜单，舒言就随意准备了肉末菠菜和罗汉大虾，外加几个小糖窝头，荤素搭配，营养均衡。

肉末菠菜是最寻常的家常菜，将菠菜洗净过热水，再将煸炒出来的肉覆在上面即可，但所用的肉是用秘制调料处理过的，味道鲜香浓郁；至于罗汉大虾，更是刀工火候缺一不可，虾尾金黄粉丝酥脆，刚打开餐盒，香味便四下弥漫开来。

会议室好像孙悟空头上的紧箍咒，离了地方，江皓宸秒现原形，大快朵颐之余，嘟囔道："以后想看我就正大光明地看，不用偷偷摸摸的。"

唉，谁让他长得这么帅呢，真是伤脑筋。

"谁偷摸看你了，我是无意间走过去的。"舒言血气上涌，不用照镜子也知道自己脸红得厉害。

"我允许你看。"见舒言脸涨得快要滴出血来，江皓宸玩心更甚，小声呢喃道，"你脸红了。"

"才没有，明明是屋子里的暖气太热。"舒言努力为自己争辩。

"不用解释，解释再多也改变不了你已经爱上我的事实。"论起自恋程度，江皓宸若排第二，绝对没人敢说第一。

"谁爱上你了？"真想知道江皓宸这莫名自信是从哪儿来的，赶明儿她也去批发一番。

"如果不是，你怎么不敢看我？"

"谁说我不敢。"舒言硬着头皮跟江皓宸对视，却见对方迅速倾身，在她脸颊上印了重重一吻。

"跟我吧，我也喜欢你。"江皓宸第二次表白，跟上次一样令人猝不及防。

"你个流氓，想都别想！"舒言一把推开江皓宸，拂袖而去。

看着落荒而逃的舒言，江皓宸凝神望着空空如也的餐盘，陷入深思。

这个满身带刺的丫头，以前似乎没有谈过恋爱，她想找个什么样的男朋友呢？

又或者，她在等什么人？

"没有，绝对没有。"舒有顺时不时充当叛徒，"言言这丫头'孤'惯了，对感情严重不信任，之前虽然有几个男生追过她，但都被她直接拒绝了。"

"为什么？"江皓宸不解。

年轻女孩不都幻想着嫁给白马王子吗？

"还不是因为她那个畜生不如的妈！"脱口而出了一句，舒有顺似乎意识到说了不该说的话，连忙拢回话头，"这么说吧，这孩子没有安全感，小江总您要是真喜欢她，就多对她好点吧。"

这是江皓宸第二次听舒有顺提到舒言的妈妈，他有心追问，却明白舒有顺看似好拉拢，实际上却极有底线，不该说的只怕一句也问不出来。

罢了，江皓宸忍不住低叹，自己这辈子的耐心，差不多都耗在这丫头身上了。

关于"抓住男人的心，要先抓住他的胃"这一点，舒言有天然优势，更何况她还那么漂亮，那么与众不同。

江皓宸就这样一点点陷了进来，连他自己都措手不及。

又或者说，从没有爱过谁的他，还没明白这就是爱情。

公司的事，江皓宸只负责在"大政方针"上拍板，并不用具体去执行什么，所以大部分时间都耗在家里，看着舒言忙进忙出，只为做好一道菜品。

江皓宸虽然是个纯吃货，对餐饮却没什么兴趣，否则也不会放弃站在巨人肩膀上的机会，另立山头单干。可是看得久了，他也跃跃欲试。

"这玩意儿有那么难吗，我试试。"

有……那么难？

古话怎么说来着：初生牛犊不怕"死"。

被江皓宸质疑难度的菜，名字叫火芽银丝，没错，就是慈禧太后曾经吃过的那道。

这道菜的原料很简单，主要就是新发的绿豆芽和火腿，可是做工却异常烦琐，光准备材料就要两天。

为什么呢？

因为精心选出来的火腿肉，要在自然环境下风干两天才能使用。

至于处理豆芽，更是细活中的细活，这个过程中，要用到尖头和圆头两种不一样的细钢针，先用尖针慢慢穿过豆芽，再用圆针穿一遍，才可以把豆芽完完整整地穿成空心。

"给你。"舒言揉揉发酸的双眼，把针往江皓宸面前一推。

江皓宸有样学样，直接用圆针一穿："这不是很简……"

"咔嚓！"

豆芽不畏强权，很不给面子地裂开了。

舒言以手支额，笑了笑不说话。

"笑什么笑，这只是个意外。"为了挽回面子，江皓宸没有再投机取巧，乖乖用尖针穿孔。

"咔嚓！"

"咔嚓！"

"咔嚓咔嚓！"

豆芽越来越少。

江皓宸的脸色，越来越黑。

舒言还在一旁煽风点火："一共就这么点豆芽，再浪费下去，就只能干吃火腿了。"

"我说了，这只是意外。"这么轻易就放弃，绝不是江皓宸的性子，他稍稍平息情绪，继续跟豆芽做斗争。

失败了太多次，怎么也总结出一些经验教训，渐渐地，动作也得心应手起来。

"你看，弄好了！没断！真的没断！"江皓宸献宝似的把豆芽递到舒言面前，笑得像个孩子。

"看见了，看见了。"舒言有些哭笑不得，为了把自己从这项繁重工作中解放出来，又鼓励道，"一回生二回熟，会越来越好的。"

"当然，这么简单的事，我会做不好？"江皓宸成功被套路，干活更卖力了。

在两人"愉快"的合作下，费时费力的火芽银丝终于做成。

体会到亲自劳动的乐趣，江皓宸对厨艺的热忱一发不可收拾，时不时做出些自带杀伤力的黑暗料理，成为厨余垃圾的一分子。

自上次卖房未遂后，舒有顺就被舒言赶出家门，原以为一天两日就能回来，然而有了江皓宸给的钱，舒有顺正好出去吃喝玩乐，一个多星期不见踪影。

舒言从小身体就不太好，每到秋冬换季时就要病一场，赶上舒奶奶血压总是不稳，舒言紧张照顾了几天，结果奶奶情况稳定了，舒言自己却头重脚轻，脑子也迷迷糊糊的。

这一病，饭是肯定做不了了，只好让江皓宸自己解决午饭。

信息刚发出去，对方的电话就打了过来。

"你怎么了？"

"有一点头疼，不碍事。"

"嘟嘟——"

电话挂断了。

半个小时后，江皓宸手拿温度计，劈头盖脸一顿训斥："你这女人是不是傻，自己发烧了都不知道！"

"没事，多喝点热水就好了。"小时候生病，为了不让奶奶担心，她总是悄悄忍着，后来奶奶脑子糊里糊涂，更是全靠自己一个人扛，突然有人关心，她忍不住有些感动。

虽然这个关心她的人脸很黑，脾气很臭。

"热水能包治百病，还要医生干什么。"江皓宸二话不说，弯腰把舒言从床上捞起来，快步往外走。

"江皓宸你放我下来，我不要打针。"舒言用力挣扎，但男人坚实的怀抱犹如铜墙铁壁。

平时虎里虎气的女汉子，竟然跟小孩子一样害怕打针？

好，他又抓住她一个软肋。

到医院，江皓宸坚持挂知名专家号，五十多岁的医生阿姨并不认得江皓宸是何许人也，只冷冷瞥了他一眼："现在的小伙子真是越来越不像话了，女朋友都烧成这样才来医院。"

舒言慌忙解释："您误……"

"您说得对，以后不会了。"江皓宸截过话头，又问道，"她怎么样，是不是要住院？"

"没那么严重，打完吊针回家按时吃药就行。"

"医生，能不能不打针……"舒言心底某个地方霍然一痛，原本就没有几丝血色的脸更惨白了。

"不许任性，万一转成肺炎就麻烦了。"江皓宸温柔的语气前所未有，眼神却是不容置疑。

舒言默然。

"麻烦您给安排个 VIP 病房。"

江皓宸理所当然的话语，立刻收到四道鄙夷的目光。

算了，只能说穷人的世界，富人永远不懂。

舒言十几年没打过针，偶尔一次，药效便格外快，回到家，烧就慢慢退下来。

"来，尝尝我亲手做的土豆丝。"叮里叮咚一阵忙碌，江皓宸亲手做的病号饭端到舒言面前。

啥？盘子里那堆黄里透着黑，散发着浓浓焦煳味的棍棍，是土豆丝？

土豆丝的创始人要看到这个，一定后悔当初发明这道菜。

"还不错吧，尝尝。"江皓宸一脸得意，丝毫没意识到自己已经刷新了黑暗料理的底线。

若是平时，舒言断然不会允许这种菜来折磨自己的味觉，但今天江皓宸陪自己去医院一路忙进忙出，再打击他就有些过分了。

左挑右拣，好不容易挑出一根还算不错的。

"咳咳……江皓宸,你家什么时候改卖盐了!"舒言咳得眼泪都出来了。她严重怀疑这家伙是为了报之前芸豆糕的仇。

"别那么夸张行不行。"为了证明自己的确真做了菜,江皓宸夹起一筷子土豆丝放进嘴里。

"咳咳……咳咳咳……"他明明很认真去做了,怎么还会这样?

"男怕入错行,大概就是这个意思。"舒言心里默默想着。

"你害怕打针,是怕疼吗?"吃完饭,江皓宸突然问道。

舒言默然,过了很久才点头:"是。"

心疼。

十岁,打吊针的时候那个被她叫作妈妈的女人还在,醒来,却再不见踪影,连只言片语都没有留下。

只因爸爸得了绝症。

婚姻是什么?如果只能共富贵,大难来时却要各自飞,她宁愿一辈子形单影只,也好过被最亲密的人,捅那心头一刀。

"你妈妈……"

"我不想提这个人。"舒言打断江皓宸的话,默默把身体转向里侧。

没一会儿,枕巾就被泪水打湿了一片。

江皓宸心里一抽一抽地难受着,但为了不让舒言更伤心,愣是忍着什么也没问。

算了,管她有没有妈妈,有自己就够了。

舒言很快好了起来,经历过生病事件,她跟江皓宸的关系比之前缓和不少,大有偃旗息鼓握手言和的架势。

对此,最高兴的莫过于舒有顺,时不时地嘀咕:"咱们老舒家真是祖坟上冒青烟了,言言,你可要好好把握机会,只要嫁进江家,几辈子吃喝不愁。你爸知道了，都得高兴得从地底下爬出来！"

"你有事没，没事赶紧让开。"舒言实在不想对牛弹琴。

"还没过门，豪门少奶奶的脾气倒先长了。"舒有顺并不生气，而是锲而不舍地给舒言洗脑，"就江皓宸这条件，别说打灯笼，就是开着远光灯也找不出第二个，你要不赶紧下手，到时候被别人抢了先，哭都没地方哭去。"

"我为什么要哭？"这几天，江皓宸那张脸时不时在脑子里转来转去，搅得她心神不宁，不由得横眉，"你喜欢就自己嫁，再唠唠叨叨，小心我手里的炒勺！"

"我没跟你开玩笑。"舒有顺神色忽然严肃起来，"言言，江皓宸你都看不上，到底想找什么样的，你总不能真就自己一个人过吧？"

"一个人过有什么不好的，落得清静自在。"孤单，总好过被人算计，被人戳心。

"现在怎么都行，等你老了怎么办？"

"老了再说老了的话。"舒言扬起炒勺，不耐烦，"这么多话，成心找打是不是！"

"行行行，我惹不起你这小姑奶奶。"舒有顺挠挠头，"那个，最近手头有点紧，借我五百块……二百块也行。"

"走不走？"舒言把菜刀重重往案板上一插。

这年头不用点武力威慑，耳根子还不能清静了？

"一点也不尊重长辈。"舒言吃软不吃硬，舒有顺不敢顶风作案，麻利开溜。

看着舒有顺有些臃肿却步履矫健的背影，舒言无声长叹。

想当年，三伯也是热血青年，有着对未来炽热的期许，可是一朝冲动锒铛入狱，近三十年的铁窗生涯将他的意志消磨得干干净净，只

能靠打牌玩乐来麻醉自己。

她懂三伯的苦，所以愿意一次又一次拿出所有积蓄为他还债，却不能放纵。

回过神，她又想起舒有顺刚才那个问题。

她想找什么样的男朋友？

或许正如钱钟书先生《围城》里的那句话：我爱的人，我要能够占领他整个生命，他在碰见我之前，没有过去，留着空白等待我。

江皓宸有过那么多女人，真真假假的，占去他太多的时间和精力，等短暂的新鲜劲过了，自己也不过是众多敝屣中的一个。

罢了，不是所有人都像杨绛先生那样幸运，能拥有钱钟书先生一生一世完整的爱，她还是不要奢求了。

"见鬼了？"江皓宸一进来，就见舒言盯着门口潸然泪下，不由得吓了一跳。

"你是鬼吗？"舒言侧一侧头，再转回来时，脸上已经没有一点泪痕，"饭就快好了，你去包间等着吧。"

话音未落，人已经被拖到房门口，江皓宸把一个四四方方的礼盒往舒言手里一塞，直接下命令："给你半个小时，把衣服鞋子换上，还有脸……"

这么多天早就见惯了素颜，江皓宸想着舒言也不会化妆，摆手道："算了，抓紧时间。"

"干什么？"

"去参加一个活动，赶紧的。"

"为什么要我去？"他身边女伴不是挺多的嘛，掰着头发丝数也不该轮到她。

"本少爷今天心情不好，就看你不顺眼。"江皓宸不想说实话，只能蛮不讲理，"要是害我迟到，新得到的消息，你就别想知道了。"

"江皓宸，每次都用这招，有意思吗？"

"没意思，但有用。"某男笑得欠揍，说出来的话更欠揍，"要不，我帮你？"

"呸！"房门被重重摔上。

当那扇门再次打开的时候，眼前的人，差点闪瞎江皓宸的眼。

樱桃红削肩长裙，颜色亮丽，金线绣的暗纹梅花在夕阳映照下若隐若现，栩栩如生。薄施粉黛的小巧脸颊，在银狐披风的衬托下，更显得白皙亮泽，楚楚动人。

经常素面朝天的人，一旦精心修饰，往往会有惊艳效果，所以，即便是"万花丛中过，片叶不沾身"的江皓宸，也贪看住了。

"很……奇怪吗？"舒言第一次化妆，见江皓宸"神色复杂"地盯着自己，底气不足地摸了摸脸。

活了二十四年，她几乎没太关注这张脸，但前几天去商场选购食材，走到化妆品柜台时，却鬼使神差地停下脚步，带回来一整套彩妆产品。

女，为悦己者容。

"没……没有，挺好的。"层层涟漪在心底四散开来，江皓宸讨厌这种情绪不受控制的感觉，轻咳一声掩饰尴尬，"走吧。"

"我需要做什么？"江皓宸参加的宴会，级别一定不低，说不紧张是骗人的。

"该吃吃，该喝喝，看着顺眼的人就说几句话，不顺眼的不用搭理。"江皓宸不需要讨好谁，舒言自然也不需要。

"嗯。"

江皓宸轻轻握了握舒言微凉的手，轻声道："别担心，一切有我。"

温热的触觉，仿佛带着某种特别的能量，让舒言揪在一起的心慢慢舒缓开，她粲然一笑，用食指在唇上一比："少说话，时刻保持微笑。"

这样的舒言，俏皮中带着可爱，江皓宸心念一动，在她头发上胡乱揉搓几下，语调上扬："傻女人。"

舒言并不习惯这样的亲昵，只觉得整个身子都僵硬起来，连忙往车门边移了移，用头发将脸上的红晕遮住。

在很久以前，世上没有胭脂，女子的脸，只为情郎而红。

江皓宸脑子里突然闪过这句话，再看向舒言的目光，越发温柔如水。

江城不大，颢澜集团唯一的国际大酒店已然是地标性建筑。

还没到目的地，远远就看到一排排豪车，可见出席活动的人非富即贵。

"离我那么远干什么，我又不能吃了你。"江皓宸随手把车钥匙交给门童，朝舒言侧了侧胳膊。

呃？

高跟鞋不受控制地摇晃两下，勉强找回重心，舒言有些僵硬地把手搭在江皓宸胳膊上。

"不用着急。"为了迁就舒言的步子，江皓宸特意放慢了速度。

"真不知道女人为什么要穿高跟鞋，跟踩高跷似的。"

"想美，就要承担美带来的痛苦。"江皓宸侧头看舒言一眼，挑眉，"连双高跟鞋都没有，还算女人吗？"

"照你这逻辑，不会踩高跷也不算男人，要不，你踩个给我看看？"舒言后背挺直，笑容得体，毫不示弱。

"小江总好。"

"小江总您好。"

江皓宸自带吸睛体质，沿路不停有人跟他打招呼，对于舒言，众人虽诧异，但还是微笑示意，舒言也会微微点头，回以礼貌的笑容。

　　"看不出来，还挺像那么回事的。"江皓宸的表扬往往很含蓄，能有这话，说明舒言的表现远远超过他的预期。

　　"没吃过猪肉，总见过猪跑。"舒言笑得狡黠。

　　江皓宸一愣，旋即黑了脸："舒言，你说谁是猪？"

　　"谁……"

　　话未出口，一阵香风由远及近。

　　"皓宸，别来无恙。"

　　清甜软糯的声音犹如浓郁的酒香，让人闻之欲醉。

　　舒言下意识转头，对上一张既熟悉又陌生的娇美容颜。

　　之所以熟悉，是因为在电视、网络以及商场广告牌上多次见到过；至于陌生，她们的确没有见过面。

　　当红影星崔浅，江皓宸最知名的前女友，没有之一。

　　当年阴错阳差走到一起后，崔浅主动放消息给媒体，她很清楚吃瓜群众想看什么，凭着江皓宸女朋友的身份，她很快由一个名不见经传的杂志模特，成为演艺界新宠，如今已经是家喻户晓的明星了。

　　私人活动，没有保镖助理前呼后拥，崔浅笑盈盈地走上前来，看也不看舒言一眼，只紧紧盯着江皓宸："最近忙什么呢，电话也不接？"

　　江皓宸神色淡淡的，语气也没有任何波动："你怎么来了，真是稀客。"

　　"江董事长亲自发的请帖，我当然要捧场。"崔浅不动神色地挤开舒言，亲昵地拉了拉江皓宸的衣袖，"这么长时间不见，晚上可要好好聚聚。"

　　"不好意思，我还有事。"江皓宸的目光越过崔浅，落到舒言身上，

"走了。"

"皓宸……"

"皓宸。"一道儒雅的男声，适时打破僵局。

转头，只见子路跟乔影并肩上前，乔影穿一件淡绿色晚礼服，修身长裙自锁骨向下迤逦而下，如一袭淡淡的清风，沁人心脾。

舒言一眼就喜欢上了，这才是自幼被精心富养出来的端庄千金，跟怎么看怎么有几分风尘气的崔浅站在一起，只有四个字：相形见绌。

"来了。"江皓宸跟子路点点头，又对乔影笑道，"气色红润有光泽，怎么样，还是故乡水最养人吧？"

"是啊，所以才迫不及待地回到祖国的怀抱。"乔影见惯了明星，并未对崔浅的出现有多惊讶，只朝舒言微微笑道，"这位就是弋阳常提到的奇女子吧，果然很特别。"

"我是舒言，很高兴认识你。"舒言暗暗握拳，决定回头好好找弋阳那家伙算账。

"你好，乔影。"乔影微微一笑，友好地伸出手。

"我们先去那边，你们随便转。"短暂寒暄后，江皓宸拉过舒言的手腕，礼貌告辞。

"真尿，被人一挤就没影了。"江皓宸黑着脸不满。

"人家要跟你叙旧，我掺和在中间算什么。"舒言撇嘴。

"谁要叙旧？再敢自作聪明，看我怎么收拾你。"

"喂，你把脉呢，快放手。"

"少废话。"江皓宸握得更紧。

不小心走快了些，舒言肩上的披风有些倾斜，江皓宸熟练地帮她拢好，语气却是嫌弃："连个衣服都弄不好，你还能干点什么？"

这么多年，江皓宸身边的女人换了一个又一个，他也对着她们笑，但那种笑是敷衍的，是落寞的，是上位者对攀附权贵之人的鄙夷，可是这一刻，他眼睛里有光。

从眼底绽放出来的独特光芒。

崔浅定定地看着，掩饰不住的恨意在眼眸深处闪烁。

乔影倒不恨，只是一股莫名的酸涩情绪涌遍全身，连带着语气也苦涩了起来："看来弋阳说得没错，这个舒言……的确不同。"

或许失落也是能传染的，子路的心像落水的铅球，一点点沉下去，面上却含笑道："是，的确不同。"

乔影一再拒绝跟江皓宸联姻，拒绝的次数多了，连他都相信乔影真的对江皓宸毫无感情，可刚刚这一幕，却说明了一切。

不是不喜欢，恰恰是太喜欢。只是江皓宸性情太过飘忽不定，乔影摸不透他的想法，也得不到他的真心，才会用拒绝来掩饰心里的胆怯。

江皓宸，有着旁人望尘莫及的出身、羡慕嫉妒的长相，他活得那样纵情恣意。

子路何尝不知道性情张扬的人，更容易给人留下深刻的印象，可他那样卑微的出身，从一开始，便没有任性的资本。

这些年，他拼了命地工作，原以为只要乔影没有意中人，便可以通过自己的努力，一点点拉近彼此的距离。

但这一刻，子路无比清晰地明白：有些距离，是永远都无法逾越的鸿沟。

"江皓宸，你知道我有多羡慕你，多嫉妒你。"

第六章
chapter six

/才 会 相 思，便 害 相 思/

"董总好。"

"王总您好，咱们上次谈的……"

这是颢澜和唐悠两大集团联手进驻江城的交流酒会，觥筹交错笑语盈盈间，根本容不下谁的忧伤，子路迅速收拾好情绪，融入人群中。

舒言不懂生意场上的事，也刻意避着不想听什么"商业秘密"，就四下品尝美食。

"喂，总算找到你了。"弋阳脚底生风，一贯的活力四射，他上下打量舒言一圈，啧啧称叹，"整个人都不一样了，果然是人靠衣裳马靠鞍。"

"本小姐自带气场好不好？"舒言眼波一横，"还没找你算账呢，说，背后都编排我什么了？"

"语文怎么学的，那能叫编排吗？明明是表扬。"纠正完"语病"，弋阳走开几步，用小夹子从中餐台上夹了一个白瓷盏过来，"尝尝杏仁燕窝，特意让钟总厨打飞的过来做的。"

舒言眼眸一亮，不是为了燕窝，而是做燕窝的人："我可以见见钟总厨吗？"

闲暇时候，她看过好多厨师做菜的视频，以及现场访谈节目，算是钟恩德的资深粉丝，上次厨师大赛原本是打算要合影的，可被江皓宸一搅和，完全没顾得上。

"这倒不难，可钟总厨这会儿应该在厨房，你这身装扮……"

衣服倒也没多大关系，关键是高跟鞋，厨房地上多多少少都有油渍，如果一不小心摔着，江皓宸只怕要跟她拼命。

"这有什么难的。"舒言穿高跟鞋穿得正难受，远远见江皓宸正被几个人围着谈事，拉着弋阳就往外走，"换了换了。"

麻利地在卫生间把备用衣裳换了，舒言感觉自己的灵魂终于又回到身体里，欢快地哼着歌出门，却见乔影正一脸忧愁地对着镜子。

红酒渍，只有一小处，因在胸口处，就显得格外醒目，见乔影用丝帕沾了水，舒言连忙阻止道："别擦，千万不能用水擦。"

"你这是……"乔影看着一身运动服的舒言，有些诧异。

"嘘，保密。"舒言做了个嘘声的动作，随后从包里摸出一枚小巧的蝴蝶胸针递过去，"酒渍没办法擦掉的，先用这个遮一遮。"

小巧的蝴蝶胸针，有种似曾相识的熟悉，乔影只觉得眼皮一跳，

礼貌婉拒："你把胸针给了我，江皓宸会不高兴的。"

"那家伙虽然脾气臭点，但没那么小气。"见乔影还是有些犹豫，舒言索性替她别好，赞许道，"很漂亮。"

他没有那么小气。

如果舒言看到江皓宸黑如锅底的脸色，一定后悔说出这句话。

"她人在哪里？"把自己送她的东西借人，那女人还真敢。

真的要这么明显吗？

心底某处情绪有决堤的倾向，连乔影自己都无所适从，只能维持着有些僵硬的微笑："她没说，不过……弋阳应该知道。"

弋阳，未来会很忙，起码再没有时间见舒言。

"弋阳，你能不能快点？"舒言一步三回头地催促着，再一转头，见钟恩德正在案板前低头摆盘，心里的激动几乎要溢出来。

"钟总厨您好。"

钟恩德应声回头，跟舒言真挚愉悦的笑容相比，他的脸色明显僵硬很多，待看清来者是舒言后，更是快速蒙上一层若隐若现的冰霜。

"原来是舒总厨。"在职场打拼了几十年，钟恩德还不至于连这点控制情绪的能力都没有，很快微笑道，"您怎么到这里来了？"

"别别别，您千万别这么说，否则我真该找个下水道钻进去了。"第一次面对面跟偶像说话，舒言激动得小心脏怦怦直跳，之前想好的台词也忘得干干净净，索性开门见山，"我看过许多您做菜的视频，也学着做过，但那道九转大肠怎么都做不好。"

"九转大肠"是传统鲁菜的典型代表，成菜后，酸、甜、苦、辣、咸五味俱全，色泽红润，质地软嫩，完美诠释了鲁菜高超的烹饪技巧和讲究"五味调和、平和养生"的中庸之道。

可是，正如它名字的字面意思，这道菜的制作工序也"千回百转"，清洗、调味、烹煮、油炸、加工……其间需要灌入十多种作料，哪个环节稍稍差一点火候，菜品的口味就会大相径庭，对厨艺的考验可见一斑。

面对这个"横刀夺位"的威胁者，钟恩德就算不恨之入骨，起码也是憎恶的，可舒言清澈的眼眸笑盈盈地望着他时，不知为何，他心底竟有一种久违的亲近感，不禁接话："经常做，做着做着就熟练了，你如果想学，我可以教你。"

"真的可以吗？"舒言怎么也没想到，看起来冷冰冰的钟恩德竟然这么好说话。

别说舒言，钟恩德都不知道自己哪根筋搭错了，可话已出口，再收回也不合适，只淡淡点头："当然可以。"

"太好了！真是太感谢您了！"舒言欣喜若狂，恨不得马上出去买两根大肠。

她倒是想，想得美。

"乔影的衣服脏了，我只是把胸针借给她遮一遮，没有送给她。"舒言耐心解释。

"你还想送给她？"江皓宸脸色又黑了一度。

那枚胸针是他在法国一个拍卖会上花高价拍来的，据说是路易王室家族的私藏。他一向爱若珍宝，别人摸都不让摸一下，怎么可以送给别人戴？

舒言不知道这些，所以实在不明白江皓宸生气的点在哪里，想了想只有一个可能："我知道那枚胸针一定很贵，不过，乔影家也很有钱，不至于不还的。"

"去，要回来。"江皓宸想吐血，更想一巴掌拍死舒言。

这个笨女人什么时候才能明白自己的心意？

"不行，她衣服脏了。"舒言坚持，不能说话不算话。

"舒言……"江皓宸满腔怒火，偏偏又搞不明白这火从何而起，"把我送你的胸针送乔影，丢下我去厨房找钟恩德，在你眼里，乔影比我重要，钟恩德也比我重要，是不是？"

这都哪儿跟哪儿，有什么可比性？

"江皓宸，我只是去咨询些厨艺上的问题。"

"那就把我撂一边？"心里的邪火嗖嗖往上蹿，江皓宸不由得提高了声音，"舒言，我是你男朋友，无论做什么，你都要以我为先！"

男朋友？

自己什么时候答应了？

"江皓宸，我说过了，我们俩不合适。"这家伙也太霸道了，霸道得莫名其妙。

"我说合适就合适！"话音未落，江皓宸已经拦腰把舒言捞进怀里，不容拒绝地俯身吻了下来。

江皓宸带着宣示主权意味的霸道深吻，让舒言的大脑瞬间陷入死寂般的空白，她僵硬惊愕地瞪着那张近在咫尺的脸，木然地任由对方熟练地攻城略地，长驱直入。

"呜……唔……"心里被一种难以言喻的复杂情绪占据，舒言纠结了好一会儿才勉强找回理智，只挣扎着摆脱江皓宸的束缚。

"你这个无赖，就会欺负我！"她抬手一巴掌就要打过去，然而江皓宸并没有躲闪的意思，只用一种难以捉摸的目光，怅然若失地望着她。

"咯噔！"

舒言扬起的手臂，就这样悬在半空中。

"打，怎么不打？"

"滚开！"舒言猛地推开江皓宸，头也不回地跑开了。

秋风瑟瑟，将舒言脸上滚烫的潮红渐渐吹散，然而心里那团杂草却越来越乱。她没有打车，只沿着人行道一直跑，一直跑。

江皓宸，他对自己有一种偏执的占有欲。

自己对他呢，难道真的一点都没有动心？

如果真是那样，他的吻落下来时，自己为什么没有立刻推开？

不，自己明明动心了，所以，才会落荒而逃。

因为怕。

从古至今，没有几个男人的感情能靠得住，更何况是处在绯闻旋涡中的江皓宸，他以前有过那么多女人，以后，只会多不会少。

她怎么能允许自己沦为他生命中一个短暂的过客。

可是，为什么她这么难受，这么恋恋不舍？

闲，一定是太闲了。

她要忙起来，忙到没时间去想别的。

"一天接待三桌？"舒有顺差点惊掉下巴，"姑奶奶，你用不用对自己那么狠？"

宫廷菜烹制过程烦琐，在只有舒言一个主厨的情况下，一天能准备出两桌已是上限。

三桌，完全就是要命的节奏了。

"我已经决定了。"

舒有顺盯着舒言左看右看，小声试探："你跟三伯说实话，是不是欠高利贷了？"

"我又不是你。"舒言随手把一个黑袋子拎到舒有顺面前，"把虾

剥了。"

舒家菜馆原本在江城就小有名气，自从舒言力压钟恩德成为厨神大赛冠军，更有许多人慕名而来，想要一尝美味，只是江皓宸财大气粗，其他人不得门而入罢了。如今餐馆终于对外营业，虽然接待量已是之前的三倍，但订餐本上，依旧密密麻麻。

自那天不欢而散后，江皓宸就没再回舒家，而是住在颢澜大酒店的总统套房里。

凭他江皓宸的颜值家室，不知道有多少女人等着往他床上爬，为什么要去找那不识抬举的丫头？

对，就冷着她，让她好好反省反省。

生气之余，江皓宸又忍不住想起那个吻，她的唇软软甜甜，像一朵初被采撷的朝花，带着露水的清香芬芳。

"乱想什么，干吗要想那个不识抬举的丫头！"江皓宸对自己不受控制的大脑严重不满。

"工作！不是还有那么多工作嘛！"继续转移注意力。

"舒言，我再给你最后一天时间，十二点之前你再不主动道歉，看我怎么收拾你！"江皓宸看着核批文件，咬牙切齿。

一不留神，本该签自己名字的地方，赫然落着"舒言"两个大字。

"该死的！你是那丫头派来的卧底吗！"江皓宸迁怒无辜，价值几万块的限量款钢笔，就这么被扔出去了。

办公室里一片寂静。

刘秘书一进门，就见江皓宸要笑不笑，要怒不怒，满脸纠结的滑稽样儿，不用问也知道又在想谁，他抿嘴笑道："老板，您的午餐准备好了。"

有熟悉的味道在鼻间萦绕，江皓宸默默咽了咽口水，想念舒言做的香辣猪蹄。

午餐很快摆上桌，肉末菠菜、宫保鸡丁、罗汉大虾，还有芹菜小馄饨和绿豆糕，每样都是舒言做过的。

江皓宸拿起筷子，一道道尝过去，每样都不是那个滋味。

"这么难吃的东西也好意思拿来给我吃，撤下去，都撤下去！"江皓宸把嘴里的馄饨吐出来，实在忍无可忍。

刘秘书只觉得苦笑都没有力气，试探道："老板，要不您还是回舒家住吧，或者，我让舒小姐做几道菜送过来。"

这几天，江皓宸每天吃的东西，还没有之前一顿多，再这样下去，就快要成仙了。

"谁说我要吃那丫头做的菜，出去出去！"被人说中心事，江皓宸直接恼羞成怒。

"是。"

刘秘书转身离开，正要回头关门，又听江皓宸冷冷道："把弋阳给我叫过来！"

弋阳这几天忙得天旋地转。

江皓宸见不到舒言，就把一身怒气都撒在"始作俑者"弋阳身上，要不是他多嘴，舒言就不会想去见钟恩德，不见钟恩德，就不会换衣服，就不会把胸针借给乔影，两人就不会吵架。

对，就是这样。

苦逼的弋阳还以为江皓宸良心发现要放过自己，几乎是飞奔着冲进办公室，直接趴到桌子上哀号："皓宸，我真的不能再做分析报告了，再做我就要死了！"

　　饿着肚子的人，心情都不会好到哪里去，更何况江皓宸已经半饱不饱地饿了好几天，当即冷哼："自找的。"

　　弋阳太了解江皓宸，一见这神情就知道有缓儿，扯过他的袖子一通左摇右晃："我保证从今以后再也不见舒言了，如果不小心见到，我立刻绕着走，绝不跟她说一个字……"

　　他从老爷子眼皮底下跑出来，就是为了轻松玩乐的，天天做那么多工作，简直比要他命还难受。

　　"放手。"江皓宸蹙眉。

　　"你不让我做报表我就放。"

　　"放不放？"

　　话音未落，弋阳就从桌上蹿了下去，倒不是怕江皓宸，而是发现餐桌上摆了饭菜。

　　"饿死我了。"弋阳边吃边诉苦，突然脑子灵光一闪，"哦，你吃不惯别人做的饭，又磨不开脸去找舒言，是不是？"

　　"我凭什么去找她！"提起舒言，江皓宸就气不打一处来。

　　偏偏有火没处发，闷得难受。

　　"又没有外人，别嘴硬了。"旁观者清，弋阳一句话就点到了关窍，"你啊，不是生舒言的气，是气自己怎么一不留神就上心了。"

　　不上心，就不会在意，更不会影响情绪。

　　"哼，长得清汤挂面似的，脾气还那么差，我眼瞎了才看上她！"

　　"不是，你激动个啥？"弋阳继续补刀，"我早就说你栽了吧，还不承认，情海无涯，早点回头是岸吧！"

　　"是吗？"

　　说真话的代价是惨痛的，从办公室出来，弋阳手上又多了两份烦琐到足够让他原地爆炸的工作，思来想去，他决定不再坐以待毙。

"言言，看在我被你连累得这么可怜的份上，你就主动跟皓宸服个软吧！"弋阳都快哭了。

舒言继续处理着鱼鳞，没有说话。

服软就意味着道歉，她做错了什么？

"真的，我从来没见皓宸对哪个女孩这么上心，这几天他……"

话音未落，舒言突然抬眸："你觉得，他爱我吗？"

弋阳愣了愣。

爱。

一个很强大，也很沉重的字眼，他无法回答。

舒言嘴角扯出一丝苦笑："看，连爱都没有，谈什么上心呢？"

"感情总要一步一步来，谁也不能一下子就爱上谁。"弋阳苦口婆心，"你说说到底想找什么样的男人，我也好知道皓宸输在哪里了不是？"

"钱钟书先生那样的。"舒言不擅长撒谎。

"中国一百年才出了一个钱钟书，你确定要这么找？"弋阳差点一头栽进面前的高汤锅里，定睛仔细看看，发现舒言神色认真，并不像开玩笑。

"我知道很难，可是爱情这种奢侈品，宁缺毋滥。"

"说真的，如果有人告诉我，只要我跳进这锅高汤里，就能让你如愿找到钱钟书先生同款，我眉头都不眨，绝对成全你。"

可问题是，就算他跳一百锅高汤，也无济于事啊。

"你的好意我心领了。"舒言感动地拍拍弋阳的肩膀，"珍爱生命，别想自残。"

趁自己陷得还不够深，赶紧抽身而退才是最正确的选择。

钱钟书，江皓宸。

无论从哪方面来比较，都不是一个重量等级里的存在。

弋阳知难而退，说和陷入僵局。

江皓宸早料到弋阳会去向舒言求助，一下午眼睛几乎长在手机上，可是等到日落西山，别说电话，连消息也没有来半条。

恼了，彻底恼了。

那女人，还真是铁石心肠。

江皓宸和舒言闹别扭，最惨的莫过于刘秘书，只见他忐忑地敲门进来："老板，您晚上想吃什么？"

"吃吃吃，就知道吃，你是饭桶吗！"江皓宸摔门而去。

独自一人走在大街上，时不时有香味从马路边的小饭馆飘出来，江皓宸饥肠辘辘，却一点走进去的想法都没有。

挣扎许久，眼见一条大路走到尽头，他终于下定决心，招手打了辆出租车。

小小后院里，每个人都在热火朝天地忙碌着，并没有人看见江皓宸。空气中熟悉的香味，让他的肚子咕咕直叫，下意识地抬脚往厨房走。

"王姨上菜了，二号包间的客人不要辣，别上错了。"

"好，放心吧。"

"言言，粉蒸蛋能出锅了吗？"这是舒有顺的声音。

他竟然没出去打牌，在店里帮忙？

"放着吧，一会儿我来取。"

江皓宸不知道是不是错觉，总觉得舒言的声音中透着疲惫，脚步又快了些，却听"哎呀"一声。

"流血了，我给你找个创可贴去。"舒有顺有点慌。

"只割到一点，不碍事。"

指甲连着皮肉生生被切了下来，殷红的血珠，刺得江皓宸双眼发麻。

来不及反应，人已经冲了过去："你这个女人怎么活得这么糙，连自己都照顾不好，还能干什么！"

"你怎么来了？"

"来看你切手，出气！"见舒有顺还愣在原地，江皓宸耐着性子提醒，"帮我拿个创可贴。"

"马上，马上。"舒有顺抿嘴一笑，头也不回地开溜了。

江皓宸四下环顾，取过一张厨房用纸小心翼翼地把舒言手指上的血擦干，见血珠还在继续往外渗，拧眉摇头："不行，得去医院。"

"出这点血就要去医院，医院的门槛早被踩破了。"舒言有些感动，但更多的是无奈，僵硬地补充道，"还有菜没上。"

江皓宸的注意力都在舒言受伤的手指上，这会儿才发现小黑板上挂着三张菜单。

"舒言，你是不是想死！"

难怪这么憔悴，这笨女人是把自己当超人了吗！

"我……这是我自己的事。"

"谁说的！"江皓宸几乎是一个字一个字吼出来的，"别忘了你跟我是签了合同的，你累死了我找谁做饭去！"

是啊，合同。

他怎么早没想起来这茬，白白饿了几天。

"江皓宸……"

"废什么话，舒言，我不妨再明明白白告诉你一次，我看上你了，要你做我的女朋友，你同意也得同意，不同意也得同意！"一个人生闷气什么的简直太蠢了，从今往后，就算绑也要把这丫头绑在自己身边。

"江皓宸，你当现在还是封建社会啊！"还想要包办感情呢。

"给我闭嘴！"他不想吵架，关键是没理。

"你……"

"我什么我，我要饿死了！"

"噗！"舒言不想笑，但实在没忍住。

因为手上有伤，江皓宸坚决不许舒言做菜，没办法，两人只好吃煮方便面加鸡蛋，江皓宸一份不够，直把舒言那份抢过来吃了，脸上才有了点笑意。

"不知道的，还以为你刚从难民营里跑出来。"舒言实在不知道该说什么好。

"没良心的女人，五天了，都不知道给我送点饭，你是不是成心想饿死我！"江皓宸怒目控诉，委屈得像个三十岁的孩子。

餐饮巨头，堂堂颢澜集团的少东家，在自己酒店里住着会饿肚子，说出去鬼都不信吧？

"看什么看，从今天起我去哪儿你去哪儿，我要你天天做饭给我吃！"只做给他一个人吃。

猝不及防又被表白了一次，舒言没有惊喜，没有感动，只想逃避。

"我们……不合适。"

她不知道该怎么面对江皓宸，面对这个不爱自己，却莫名有些离不开自己的男人。

更怕自己会沦陷得越来越深。

士之耽兮，尤可说也。女之耽兮，不可说也。要真到了那个地步，她该何去何从？

"我是男人，你是女人，有什么不合适的。"江皓宸觉得这个理由简直不能再对，坚决不允许反驳。

"江皓宸，你能不能讲点道理？"

"什么道理不道理的，我说的话就是道理！"江皓宸胡搅蛮缠，"舒言，你还想不想找舒有德了？"

"你……"舒言沉默。

软肋这种东西，实在是太伤脑筋了。

晚上，视频电话提示音响起，舒言放下手里的活儿，连忙按下接听键。

"肖曼曼女士，你这一大早起来就电话轰炸的习惯，什么时候能改改？"肖曼曼是舒言的大学室友兼闺蜜，两人好得如同连体婴儿，曼曼本科毕业后考取了澳大利亚墨尔本大学的研究生，两人只能隔着太平洋靠视频电话联络。

"不能。"曼曼悠闲地啃着吐司面包，只是别人吃面包配沙拉，她则抹着一层老干妈辣酱，看得舒言无力吐槽。

闲聊了几句后，曼曼突然停下话头，盯着舒言看了好一会儿："老实交代，是不是背着我谈恋爱了？"

"哪有，别胡说。"舒言果断否决，脑海里却闪过江皓宸那张扑克脸。

那一闪而过的迟疑没能逃过曼曼的眼睛，只见她放下面包，气呼呼道："好啊舒言，你连我都敢瞒着，快点老实交代，否则下次见面看我怎么收拾你。"

曼曼可不是"客套"人，她说收拾，可是真动手绝不含糊那种。

"我瞒谁也不敢瞒你啊。"舒言不是不想跟曼曼说，而是江皓宸身份特殊，两人目前又是这么个奇怪状态，她实在不知道该怎么说。

"那就赶紧交代，说，他是做什么的，长得帅不帅？"女人的八卦心，总能轻而易举被勾起。

"算是挺帅吧。"舒言脑子很乱,实在理不清思绪,只能暂时敷衍着,"回头再说,我先睡啦。"

挂电话不就好了,左右那家伙又不能真打飞的回来。

远在天边的可以靠挂电话来解决,近在眼前的,却不知该怎么应对。单方面确定了两人的男女朋友关系,江皓宸再次理直气壮地住回舒家,不过这一次,舒言态度十分强硬:"别想着赶走客人,否则你自己也别想吃饭。"

"就这几桌菜,撑死能赚多少钱,一会儿我让刘秘书送张支票过来,金额你随便填。"江皓宸冷下脸来,显然又有些生气。

别人要能攀上自己这棵大树,早恨不得天天撒欢玩乐去,哪像这女人似的长在厨房,拽都拽不出来。

是不是脑子缺根筋?

"你可以给我钱,却完成不了我的理想,更给不了我未来。"舒言脸上是前所未有的认真神色,"我要让舒家菜成为宫廷菜系的标杆,在我手上发扬光大,更要在传统的基础上加以改良,创造出独一无二的新菜。人们吃宫保鸡丁能想起丁宫保,吃东坡肉会记得苏东坡,我希望后辈吃某一道菜时,也能记得我。"

这一切的一切,哪件都不是仅靠钱就能办到的。

江皓宸怔住了。

他终于明白舒言为何与旁人不同,因为她一直都很清楚自己真正要的是什么,人一旦有了目标,就不容易动摇。

就像自己立志要成为改写国产动漫历史的那个人,是一样的。

"我可以帮你开分店,你想开到哪里就开到哪里。"江皓宸鬼使神差地又加了一句。

"路要一步一步走，没有能独当一面的好厨师，店开得越多，死得越快。"舒言起身，突然意味深长地拍拍江皓宸的肩膀，"你只要不拖后腿，我就很开心了。"

自己这是被嫌弃了？江皓宸怒目："舒言，你再给我说一遍！"

跟舒言重归于好后，江皓宸心情愉悦，处理工作的效率也高了许多，闲暇之余，便缠着舒言一起去买菜。不过，他已经不满足于做个吃货，而是积极动手，抢占主厨的位置。

"王姨，上菜了。"

"火牙银丝？"王姨怔了怔，确定自己没有老眼昏花，也没有失忆，蹙眉道，"言言，这道菜刚刚上过了呀。"

"什么时候？"

舒言正不明就里，舒有顺端着个盘子挤进厨房来："怪不得客人要退菜，简直太不像话了，你尝尝这都什么乱七八糟的！"

舒言刚学做菜那会儿，都不至于做成这样，亏得他还信誓旦旦地跟客人理论了半天。

舒言脑子稍稍一转，就明白是怎么回事了。

"江皓宸，谁允许你偷做我的火芽银丝！"

做也罢了，还敢瞒着自己偷偷端到客人桌上，这是打定主意要砸她招牌！

江皓宸没觉得有什么不对，反而振振有词："不都一样嘛，谁能吃出来？"

一样？

舒言实在不知道是谁给这家伙的勇气，大概……是钱吧。

从那之后，舒家厨房里多了一张醒目的标语：蟑螂、老鼠与江皓

宸不得入内，违者拍死。

可惜，蟑螂、老鼠不认得字，唯一认字的某男很自然地选择视而不见，继续以各种出其不意的方式轰炸着厨房。

"你说皓宸最近一直待在舒家？"江凌风诧异地看着对面的子路。

"董事长，我也有好些日子没见到小江总了，听弋阳说，他收拾东西住到舒家了。"子路给人的感觉，谦卑温和，见江凌风面色不善，又补充道，"舒言的厨艺的确不错，或许小江总跟您的想法一样，打算把她挖到颢澜来。"

"他什么时候对颢澜的生意感兴趣了。"江凌风和江皓宸的关系并不融洽，父子俩一年也见不上几次，之前，江皓宸在外面换多少个女朋友他都不管，可现在是跟乔家联姻的节骨眼上，绝不能出岔子。

子路心知肚明，但并不说破，只反问道："那董事长的意思是？"

"原本以为那丫头只是想谋个好前程，没想到她把心思打在皓宸身上了。"江凌风决不允许别人侵犯自己的权威，冷冷道，"你去趟江城，给那丫头一笔钱，该说什么，不用我教你吧？"

子路恭顺点头："是，董事长。"

从江凌风办公室出来，子路掏出手机编辑消息："我要去江城……"

从京城来的不速之客，不止子路一个。

此刻，乔影就坐在舒言对面。

"不知道你要来，都没好好准备。"舒言真的很喜欢乔影，特意为她做了一道暖身子的红酒烩牛肉。

"我也是正好有工作，顺道来跟你道歉。"

舒言知道她指的是上次胸针的事，摇头轻笑："是我考虑不周，跟你没关系。"不想就此多说，很自然转了话题，"快尝尝味道怎么样，我可眼巴巴地求表扬呢。"

"皓宸那么挑剔的人，都愿意吃你做的菜，味道怎么会不好？"乔影夹起一块牛肉，还没放到嘴里，就见舒有顺急急地冲进来："言言，看到你奶奶没？"

"不是让你照看奶奶吗？"舒言心里"咯噔"一声，人几乎是从椅子里蹿起来的。

"我就玩了会儿手机……"舒有顺不敢说自己刚才接了个牌友的电话跑出去了，只搪塞着掩饰过去，"她一个老人家走不了多远的，赶紧去追，一定能找到。"

"那你还愣着干什么，找啊！"吼出这句话，舒言先冲了出去。

出了这么大的事，乔影自然不能心安理得地继续吃饭，连忙穿好外套跟出门。

一个老人的确走不远，但有人"帮忙"，就完全不一样了。

"有德，有德他在哪里？"坐在车上的舒奶奶，茫然地环顾四周，双手紧紧抓着旁边的男人。

"老太太您别着急，有德大叔工作忙，特意让我们来接您，很快您就能见到他了。"

"哦哦，哦哦。"舒奶奶直点头，"他忙，他忙，我不打扰他，我就远远看他一眼……"

老人的唠叨，让男人脸上很快露出不耐烦，他拿出一瓶小小的喷雾往舒奶奶鼻子下一喷，老人就迷迷糊糊睡过去了。

"大哥，咱们不会闹出什么岔子吧？"开车的男人从后视镜里，小心翼翼地看了看后座的男人。

那男人随手把舒奶奶推到一边躺着，冷哼："天塌下来有老大顶着，更何况咱们只是把人骗出来，又没有要她的命，怕什么？"

五十万，没有比这更合适的买卖。

这边，舒有顺和舒言沿着四边小街，把角角落落都找遍了，也没有发现奶奶的踪影，只觉得脑子就要炸裂开来，连站都站不稳。

"言言，咱们赶紧报警吧，让警察帮着找，总好过在这里抓瞎！"没想到自己一时疏忽捅了这么大的娄子，舒有顺也心急如焚。

"奶奶，奶奶……"天空阴沉沉的，大有山雨欲来风满楼之势，舒言浑身颤抖地掏出手机，明明只有"110"三个数字，却好一会儿也没能拨出去，最后还是舒有顺拿过手机报了警。

"言言，天气这么冷，你先回去穿件衣服好不好？"

"是啊，奶奶会冷的，我必须马上找到她。"舒言猛地甩开舒有顺的手，跌跌撞撞地冲到马路对面。

都是她的错，她明明知道三伯是个不靠谱的，为什么要把奶奶交给他照看？为什么不把大门锁好？为什么不在巷子口安个监控探头……

看着舒言单薄倔强的背影，舒有顺重重叹了口气，拨出江皓宸的号码。

"喂，你好。"陌生的声音，好像是刘秘书。

舒有顺顾不上那么多，直截了当道："小江总呢，我找小江总。"

"对不起，小江总在参加视频董事会，还要一会儿才能结束。"

"一个小时就来不及了，你告诉小江总，舒舒奶奶走丢了，需要他帮忙！"

"好，我会转告。"

刘秘书推门进了会议室，黑压压几十号人目不转睛地盯着大屏幕，上面是董事长江凌风在做总结发言。

他有些犹豫，江凌风和江皓宸父子关系紧张，在全公司董事大会上不辞而别，不知道又要惹出多少风波。

犹豫着犹豫着，等江皓宸知道消息，已经是一个小时以后的事了。

"为什么不早告诉我？"

刘秘书跟了江皓宸五年，从没见他这样大发雷霆，吓得退后一步："您……您在开会！"

"滚，自现在开始从我眼前消失！"

第七章
chapter seven

/ 家 庭 煮 夫 /

这边，舒言不知道走过多少条街，问了多少人，依旧没有得到丝毫线索。

"轰隆！"

初冬的雨夹带着细碎的冰雹，有蚀骨的寒意，树上仅有的几片树叶，被毫不留情地扫落下来，街巷上再没有一人，只留舒言在寒雨中茕茕孑立。

"奶奶……您去哪里了……"

母亲不辞而别，父亲重病去世，这十几年是她跟奶奶相依为命熬过来的，难道老天爷真要这么狠心，把她唯一的亲人也夺走吗！

舒言再也忍不住，蹲在地上号啕大哭。

冰雨毫不留情地拍打在她身上，狂风呼啸着、叫嚣着，似乎要吞噬掉一切。

天若有情，天亦老。

没有谁会在乎一个小女孩的哀伤。

六神无主间，整个人被一股强大的力道骤然拽起，头顶那把大伞将暴风雨阻挡在外，带着熟悉气息的大衣暖意融融。

"穿这么点衣服在街上淋雨，作死是不是！"

舒言颤抖着睁大被泪水糊住的双眼，面前的江皓宸满眼猩红，头发蓬乱，许是一路疾奔的缘故，他的气息还有些不匀，雨水打湿了雪白的衬衣，透透的。

他的大衣，披在自己身上；他的伞，遮在自己头顶。这么久，舒言从未在江皓宸面前表现出软弱，但此刻，泪水却决堤似的怎么都止不住。

"我知道，我都知道了。"江皓宸上前一步，把舒言紧紧揽入怀中，用他温热的身体，融化她的恐惧。

他有些后悔，后悔刚才急火攻心吼了她。

可怜兮兮的小女人，像一只受惊的小兽，他怎么忍心对她凶？

"奶奶她……"舒言哭得哽咽，"她会不会被人拐走了？"舒言越想越后怕，挣脱掉江皓宸的手就要跑，"不行，我必须马上找到她！"

"你长这么大脑袋是摆设吗！"江皓宸一把将人拽回来，牢牢禁锢在怀里，"拐卖妇女拐卖孩子，是因为有利可图，拐卖一个九十岁的老人能干什么？"

这完全不符合常理。

"可是……"

江皓宸抬手抹掉舒言眼角的泪痕，柔声细语地安慰："相信我，很快就会有消息的。"

江城不大，舒言发现又及时，人怎么都不会丢。

泪水的闸门一旦打开，就再难收住，舒言呜呜咽咽地哭着，似乎要把这些年受的委屈统统宣泄出来。

晶莹的泪珠，如同锋利的匕首，一下一下戳在江皓宸心上。

"对不起，我来晚了。"

上次舒言生病的时候，他曾暗暗发誓要一直陪着她保护她，可他却食言，把她一个人丢在大街上淋雨。

他真是该死。

"呜呜……"

舒言心里百感交集，这些天，她怕自己不受控制地爱上江皓宸，怕他只是一时新鲜才对自己好，所以，她一直在逃避，在躲闪，可是这一刻，他温暖的怀抱让她踏实、安心。

就像记忆里爸爸的怀抱，让她不再孤单无助。

可是……

"别哭了，我会一直陪着你，一直一直，好不好？"江皓宸有些不知所措，笨拙地哄着怀里的小人儿。

"你骗我，你这个大骗子，你就是骗我喜欢你，骗我爱上你，然后再甩了我，让我伤心。"舒言没有心思掩饰情绪，索性把真心话一股脑全说了出来，"不就是让保镖把你抓回家，又拿炒勺打了你几下吗？你这个人怎么这么记仇，这么小心眼……"

"闭嘴。"江皓宸实在不想听到更多奇奇怪怪的想法，俯身吻上那片让他朝思暮想的柔软娇唇。

是，我就是这么小心眼，是你自己一头扎进我心里来，就要负责到底。

"舒言，你是我的，这辈子都是，我不许你生病不许你哭，更不许你淋雨虐待自己，要是再有下次，看我怎么收拾你！"江皓宸气势汹汹地宣示主权。

"你又凶我。"舒言可怜兮兮道。

"好好好，不凶你。"江皓宸把披在舒言身上的大衣裹紧些，完全不在意自己还在淋雨受冻。

水滴从脸颊上缓缓滑落，分不清是雨还是泪。

"小江总，人找到了！老太太找到了！"刘秘书冒着雨冲过来，一边跑，一边大声喊。

派出所。

舒奶奶颤抖着身子坐在椅子上，嘴里含混不清地喊着："有德……有德……"

"老奶奶，喝点热水暖暖身子吧。"子路坐在舒奶奶身边，用丝帕仔细替她擦拭着头发上的水珠。

"子路，你怎么在这里？"江皓宸没想到会在这里看到熟人，颇为惊讶。

"董事长让我来江城找你，西山路红绿灯那里，这位老人家突然挡在车前。"子路不动声色地看了舒言一眼，"我下车去问，老人家只含混不清地喊着有德，我猜她是不小心从家里走失的，就给送到派出所来了。"

从小胡同到西山路，足足有八九公里，奶奶竟走到那边了？

事情其实是有些蹊跷的，但舒言并没有想太多，只不停向子路鞠躬：

"谢谢您，真是太感谢您了。"

"舒小姐客气了，我想换作任何人，都会这么做。"

"谢谢您，谢谢您。"

舒奶奶身上湿透了，担心老人着凉，江皓宸直接把人带去了医院，原本只是例行检查，但结果却非同小可。

"老人家心肺功能退化得厉害，只怕也就这一两年的寿命了。"

一道霹雳直直劈到舒言心头，她膝盖一软，人差点栽到地上。

奶奶心脏有旧疾她是知道的，所以每年的体检都做得很仔细，怎么突然就时日无多了？

"不会的……你骗人，奶奶明明好好的！"她不敢相信，也不愿意相信。

作为旁观者，江皓宸要冷静很多，直接拍板："马上转去帝都最好的医院。"

"老人岁数太大，做手术恐怕风险更大。"那医生的医术在江城也是数一数二的，语气不容置疑，"你们要不相信，大可以试试。"

钱可以买来许多东西，但挡不住生死，江皓宸能做的，就是请最好的医生为舒奶奶治疗，尽可能地延续她的生命。

舒家，一片阴云惨淡。

舒言捧着一张全家福，无声落泪，爸爸，您告诉我，我该怎么做，才能帮奶奶找到二伯？

"让他们加紧排查，以最快的速度找到舒有德的消息！"江皓宸下了最后通牒。

调查多日毫无进展，不是他们不用心，也不是投入的人力物力不够，实在是几十年前的陈年旧事，留下的线索少之又少。

巧妇难为无米之炊。

同一夜，钟恩德从梦境中惊醒。

"你啊，不要有太大的心理负担，要我说都这么多天了，上头未必就想换了你。"钟恩德妻子姜妍递了杯水过来，好言相劝。

"不是为了这个。"钟恩德摇摇头，"这些日子，总梦到我娘在喊我回家，我拼了命地朝她身边跑，可就是看不清她的脸。"

姜妍一阵唏嘘："算起来，娘现在得有九十多岁了，哪还能活着，唉！"

远在天边，近在眼前。

没错，钟恩德就是舒言走失的二伯。

当年钟恩德跟舒奶奶去菜场买菜，邻市一对年久不孕的夫妇来江城看病，被医生告知夫妻二人这辈子都不能有孩子，正在伤心难过的时候，巧遇小小的钟恩德哭着找妈妈。见孩子实在可爱，两人一时动了私心，悄悄把孩子抱走了。

那个年代没有摄像头，除了挨家挨户找，没有别的办法，那对夫妇为了不被查到，连夜收拾东西去了别处，再没还乡。

四岁的孩子没有多少记忆，哭闹几日后，渐渐适应了新家的生活。许是冥冥之中自有天意，那对夫妻虽然不知道孩子的本命，但新取的名字里也有一个"德"字。

母子连心，这些年钟恩德时常会梦到母亲，原本只当是意外，但前几年养母弥留之际，终于将这个藏了几十年的秘密说了出来。钟恩德震惊之余也回去打听过，但当年那个菜市场早就被拆了，问了几个上岁数的老人，也都不知道，事情就搁置了下来。

颢澜大酒店顶层总统套房内，子路将自己来江城的目的原原本本告诉江皓宸，一个字都没有落下。

江皓宸嗤之以鼻："三十年了，他天天不是忙工作就是跟外面的女人鬼混，现在倒有时间管我了，这算盘打得倒是真好。"

在外人眼里，江凌风不仅是成功的企业家，更是出了名的顾家好男人，但有谁知道，一旦关上那扇维系公众形象的营销大门，两人脸上的笑容便会瞬间消失无踪，彼此形同陌路。

所以，江皓宸从不相信婚姻，他宁愿游走于花丛，成为众人眼里的轻佻薄幸男，也不愿挽着一双能给自己带来最大利益的女人手，走进那座外表光鲜的冰冷坟墓。

"皓宸，董事长这么做也是为你好。"子路淡淡一笑，语气中已有几分苦口婆心，"无论他外面有多少女人，也没有生下孩子，你还是颢澜集团唯一的继承人，不是吗？"

"那是他不敢。"江皓宸脸上毫无波澜，甚至连睫毛都没多动一下，"你回去告诉他，舒言是我看上的，就算离开，也要我自己说了算，他要再打主意，我不介意让他再忙些。"

那语气神态，不像对父亲，反而像对仇人。

"你啊你。"子路幽幽叹息，颇有些无奈，"皓宸，别怪我说得直白，你之所以喜欢舒言，是因为你身边从没有过这样的女人，可是，再多的新鲜感都会有过去的一天。"

"那你呢，你为什么喜欢乔影？"江皓宸剑眉微挑，双眸紧紧逼视着子路。

"因为她端庄优雅、聪明漂亮，而且，有背景。"子路很坦诚，并没有刻意掩饰什么。

起码在江皓宸看来是这样。

"所以，我绝不会娶她。"

相处多年，子路的确是生意上的好帮手，所以江皓宸提拔重用他，却并不能像弋阳那样，成为至交好友。

用弋阳的话说，子路的优点是理智，缺点，恰恰就是太理智了。

这样的人，更像一个代码，一个符号，而不是一个有血有肉的人。

"多谢。"

子路轻轻晃了晃红酒杯，一饮而尽。

"老板，董事长让您找的是舒言，您为什么要告诉小江总？"子路的秘书有些不解地问道。

子路嘴角扯出一丝苦笑："皓宸见了董事长就像见到仇人一样，我要去对舒言恶语相向，岂不是激化矛盾？"

"那是他们父子俩的事，也怪不得您啊。"

"话是这么说，可我能在颢澜站稳脚跟，全靠皓宸提携。如果能周旋着缓和他跟董事长的关系，也算稍稍报答知遇之恩了。"

"为了小江总，您可真是用心良苦，不知道他什么时候能理解您的一番苦心。"秘书大为感动。

"许多事不需要别人知道，自己心安就好。"子路轻轻一笑，"去忙吧，出差在外，正事也不能耽误。"

虽然被认定只剩下一两年寿命，但舒奶奶的精神不仅没有颓下去，反而比之前多了两分神采。出于愧疚，舒有顺把老人照顾得无微不至，至于舒言，则继续泡在厨房里研究菜品。

因为她接到一个大单。

一个名副其实的大单。

史密斯先生来中国参加活动，将其中一天的晚宴定在舒家菜馆，要跟他一起来的，还有法国大使馆的高级官员。

"我没有听错吧？"幸福来得猝不及防，就像巧克力味道的龙卷风。

"当然没有。"助理先生的中文很流利，"史密斯先生的几个朋友都很喜欢吃宫廷菜，希望舒小姐能给他们带来不一样的惊喜。"

"请史密斯先生放心，我一定认真准备。"

史密斯先生在国际厨师界的影响力不言而喻，以往来中国，他都会选择颢澜大酒店或与之名气相差无几的酒店用餐，此次选了名不见经传的舒家菜馆，可见上次比赛，舒言给他留下了很深的印象。

"欧耶！欧耶！欧耶！"送走助理先生，舒言再也压制不住心里的兴奋，一蹦三尺高。

江皓宸塞着耳塞把头埋进被子里，都隔绝不了外面的360度立体环绕噪音，终于忍无可忍："闭嘴，再不闭嘴，我就把你扔出去！"

跑调都跑到西伯利亚了，这哪是唱歌，简直是对听觉的凌迟！

"谁说音乐都要在一个调调上了，偶尔换一换地方不是挺好吗？"舒言心情好，看动不动就炸毛的江皓宸都格外顺眼，"我要好好琢磨一下菜单，只要史密斯先生吃得满意，以后舒家菜在国际上，就算有一块金字招牌了。"

虽然世界各地都有华人开设的餐馆，但为了赚更多的钱，往往各个菜系混杂在一起，厨师没有经过系统化的专业学习，厨艺往往也千差万别，所以西方人对中国宫廷菜的了解，少之又少。

史密斯先生的到来，给了舒家菜一个走向世界的契机。

"舒言，你抢了我的生意，还在我面前炫耀，是不是有些过分了？"江皓宸板着脸，语气却丝毫没有怒意。

舒言双手一摊，满脸嘚瑟："是啊，也不知道是哪个讨厌的家伙故意刁难，才让我阴错阳差地得到史密斯先生的赏识，我该恨他还是该感谢他呢？"

　　"你说呢？"江皓宸一手揽过舒言的细腰，居高临下。

　　"冤冤相报何时了呢，不如……就抵消了吧。"舒言明媚的眼眸中似有星光闪烁，她双臂一伸，娇小的身子八爪鱼似的挂到江皓宸脖子上，"这位先生，你觉得呢？"

　　江皓宸挑一挑舒言的下巴，似笑非笑："你是在勾引我吗？"

　　哪里用得着勾引，只要她笑一笑，他就义无反顾地扑过去了。

　　"就算是吧。"舒言从不矫情，既然招架不住某男的"温柔陷阱"，索性就彻底跳进去，不过，"你可要小心了，我这人脾气不好，要是再有什么娇花浪蝶腻腻歪歪的，我手里的炒勺可不长眼。"

　　"那你可得对我好点，要不然……"

　　"不然你想怎样？"舒言眼波一横，威胁意味十足。

　　三天不打，还惦记着上房揭瓦了？

　　"这个嘛……"

　　脸颊被印了重重一吻，人已经被打横抱起，原地转了几圈："我就天天缠着你，让你再也没有时间去研究新菜。"

　　"江皓宸，你快放我下来！"

　　"求我啊，求我，我就答应……"

　　平静惬意的生活总是短暂的，就在当事人都快忘了那段插曲时，江皓宸跟舒言在雨天拥吻的照片，突然出现在各大网站头版头条。

　　一石激起千层浪。

　　吃瓜群众的力量是伟大的，很快，舒言的资料就被彻底扒了出来，

大家对这位横空出现的富豪新宠，表现出了极大的兴趣。

还有鄙视。

"厨神大赛冠军？喊，攀关系走后门，真不要脸。"这是义愤填膺的。

"水冠军，名副其实的水冠军。"这是愤世嫉俗的。

"高配心机婊啊，看人家段位多高，短短几天，就借着江皓宸搭上了史密斯先生，以后可前途无量了！"这是羡慕嫉妒恨的。

"长得还不如我好看，也不知道江皓宸什么时候瞎的！"这是上升到人身攻击的。

一条条评论翻过去，舒言的肺都要气炸了。

喷子！

脑残的喷子！

不要脸的喷子！

一条条怼回去，奈何喷子太多，她就是添上三头六臂也不够用。

"江皓宸！"舒言拍案而起，直接冲到隔壁房间，"钱，我要钱！"

"都给你。"江皓宸一笑，直接把钱包奉上。

一直以来，都是他在舒家蹭吃蹭喝，自作主张买回来的各种大牌，舒言看都懒得看一眼。

这回，总算找到一点身为男朋友的存在感。

"你不问问我要做什么？"

"只要你高兴，就算买艘豪华游轮我也没意见。"钱对江皓宸来说，只是个数字而已，能花在心爱的女人身上，就是最大的价值。

舒言很感动，却高兴不起来，因为钱是有了，但她并不知道去哪里找水军。

高质量的水军。

"用不着那么麻烦。"江皓宸没想到舒言要钱是为了这个，当即解释道，"我已经打过招呼了，半小时之内，那些帖子统统会消失。"

连这点事都搞不定，他就白活三十年了。

"不，不要压下去，最好越炒越厉害。"舒言眼眸里一片阴冷，"当时我就奇怪，奶奶一个腿脚不灵便的老人，怎么就能在短短二十几分钟内就没了踪影，原来是有人故意为之。"

江皓宸要自己去查，没想到舒言也想到了。

"我又不是傻子。"感觉智商受到鄙视，舒言不满地瞪了江皓宸一眼，"他煽动舆论攻击，就是料到我一个小姑娘会顶不住压力情绪崩溃，更料到你会打压新闻，如此欲盖弥彰，就更可疑了。"

情绪崩溃？

她为什么要崩溃？就为了那些看不见摸不着的网络脏水？

把脏水烧开了泼回去，才是她舒言的风格。

江皓宸笑了，笑得畅快。

这才是他的女人，有性格。

有钱能让磨推鬼，更何况找几个水军。

很快，网上的形势就渐渐开始反转，他们把江皓宸跟舒言从相识到相爱的经过完全爆出来，又爆出数张舒言所做菜品的图片、多年间食客对舒家菜的好评，以及回怼喷子。

顺便，还提了一下舒言这么多年的不容易，以及走失的二伯。

反正都出名了，不好好利用一下名人效应，简直对不起那幕后黑手。

江皓宸看着一边嗑瓜子仁，一边刷评论的舒言，宠溺地友情提醒："很快就会有许多自称舒有德的人给你打电话，你可要做好思想准备。"

舒言将一颗剥好的瓜子仁塞到江皓宸嘴里，笑得狡黠："没关系，我留的……是你的电话号码！"

"舒言，你给我站住！"

江皓宸很"愤怒"，幕后黑手只会比他更愤怒。

崔浅怎么都没有想到舒言一个毫无娱乐圈生存经验的小女人，会有那么强大的心理素质，不仅没被舆论困扰，还迅速给了她反戈一击。

同情弱者是人的天性，这样一来，舒言不仅轻松洗脱了心机女的名声，还成了励志灰姑娘的标杆。

"浅浅，咱们下一步怎么办？"

"还能怎么办。"崔浅揉着酸胀的太阳穴，烦躁道，"把后面的事情都处理干净了，不许露出任何破绽。"

在这个节骨眼上，只能按兵不动，否则江皓宸一定会怀疑。

"是。"助理躬身退下，门刚刚带上，就听房间里传出一阵瓷器落地的哐当声。

弋阳都能看出来，崔浅怎么会看不出来江皓宸对舒言动了真心，所以，她才动用了自己最擅长的招数：煽动舆论泼脏水。

正好前头有舒奶奶莫名失踪的事，又打听到江凌风坚决反对江皓宸跟舒言在一起，这样一来，所有怀疑的矛头自然而然就指向了江凌风，和她半毛钱关系都没有。

她求而不得的男人，舒言凭什么轻而易举地站在他身边？简直做梦！

明明天衣无缝的招数，千算万算，却忽略了最关键的一点：舒言不冲动，更不好挑拨。

看来，该准备下一剂猛药了。

虽然这个办法实施起来困难了些，但她还有一个强大的帮手，不是吗？

舒言并不知道自己很快就要被拽到更深的漩涡中，准备菜品之余，她在一个个仔细筛选着江皓宸送过来的名单。

这世界上什么都缺，就是不缺想要攀龙附凤的人，短短几天，已经有几百个舒有德找上门来，虽然有几个似乎很像，但也仅仅是像而已。

至于江皓宸，他的确怀疑江凌风，但并未急着去理论。

江凌风不是沉不住气的人，这一点身为儿子的江皓宸比谁都清楚，他倒要看看，是谁胃口这么大，竟然想坐收他们父子的渔翁之利。

在为吃瓜群众表演了一出大戏后，一切再次回到原点。

至于舒言这边，史密斯先生的晚宴菜单很快定好了，分为开胃菜、热菜、甜点小食三个部分，至于茶，舒言并未准备寻常的龙井或普洱，而是遵照古方，用新鲜菊花瓣和山楂果烹制了新茶。

"挺有新意的。"江皓宸喝了一杯，表示认同。

"不是新意，是心意。"舒言含笑解释，"史密斯先生偏胖，喝这化瘀消脂，清凉降压的时令花果茶，最合适。"

茶是合适了，但菜还有一个问题，就是九转大肠的味道。

思来想去，舒言还是决定去请教钟恩德。

这一问，才知道钟恩德病了，已经在家休养半个多月了。

年纪大的人都不怎么擅长上网，以至于舒言找二伯的消息传得沸反盈天，愣是没有一丝风刮到钟恩德耳朵里。

阴错阳差。

"阿姨，请问这是钟总厨家吗？"舒言照着问来的地址，敲开了一栋单元楼的大门。

姜妍上下打量舒言一圈，可能是错觉，她竟感觉这女孩的眉眼跟

自己儿子有那么点相似，不知不觉就含了笑意："你是？"

"我是一个小厨师，听说钟总厨病了，来看望他。"

"哦哦，请进吧。"

中规中矩的三室一厅，面积并不算大，客厅正中间挂着大幅全家福，她听江皓宸提及过，钟恩德的儿子儿媳几年前就定居英国，所以家里只有夫妻二人，冷冷清清的。

钟恩德在阳台摆弄花草，转头看到舒言不由得诧异。

得知对方来意，钟恩德倒没有表现出排斥，幽幽道："人有人的命，菜也有菜的命，上次史密斯先生来中国，我原本也准备了这道菜，后来因为一些原因没上，希望你能做好。"

对于钟恩德的提点，舒言自是感激不尽，她不是善于掩藏心事的人，索性直接问出来："钟总厨，上次因为我您没有夺冠，您为什么还愿意帮我？"

这是彼此心照不宣的事，这样大剌剌地摆到台面上来，心底那股邪火却莫名泄了许多，钟恩德似笑非笑："你觉得我应该愤愤不平？"

"您愤愤不平是应该的，连我都替您委屈。"既然说了，舒言索性就把前因后果统统说了个清楚，随后郑重鞠了一躬，"钟总厨，我真的很抱歉。"

江皓宸跟舒言走到一起，钟恩德并不觉得奇怪，只是轻轻摇头："我说了人有人的命，我没有那么大度，所以就算教了你，也还是不怎么想看到你，你回去吧。"

他没有藏着掖着，至于能不能做出理想的味道，就看舒言自己的本事了。

"好。"舒言没有生气，反而觉得这倔老头更可爱了。

门一关，姜妍就恨铁不成钢地一阵数落："明明做了好事，嘴上偏不肯饶人，难怪你跟同事们相处不好，这孤拐性子也不知道像谁了！"

"你能少说几句吗？"钟恩德心烦意乱。

"行行行，我不说，由着你自生自灭去吧！"姜妍气哼哼地进了卧室，把门摔得震天响。

钟恩德望着窗外来来回回的车辆，重重叹息一声。

正如舒言所说，他心里愤愤不平，甚至是恨，可是当舒言用充满渴望的眼神望着他时，他偏偏无法拒绝。

罢了。

准备食材，试菜，改进……日子似乎进入了一个死循环，连着几天下来，就算江皓宸再喜欢吃舒言做的菜，也不由得抗议："舒言，今天晚上如果再让我看见九转大肠，我……"

"那你想吃什么呀？"

舒言本就软萌可爱，水汪汪的大眼睛忽闪忽闪地望着江皓宸，直把对方的心都化开了，哪里还记得自己可怜兮兮的胃。

"吃你。"某人俯身吻上来，肆意品尝着让自己沉迷的美好。

江皓宸没有睡懒觉的习惯，自然而然地承担了做早餐的任务，想着舒言这几天劳心劳力，特意从网上找了菜谱，准备煲一锅排骨汤。

"笨女人，你上辈子一定做了很多善事，才找到我这么好的男人。"江皓宸把洗干净的排骨放进炖盅，露出一个傲娇又满足的笑容。

还好周围没有娱乐记者，否则这一幕报道出去，不知道要让多少人惊掉下巴。

江皓宸"洗手做羹汤"的心是好的，奈何下厨经验实在不足，火开到最大，不一会儿咕嘟咕嘟的热气就把炖盅的盖子顶得移动起来。

"喂，谁让你动了！回去！"江皓宸想要伸手去碰盖子，但试了几

次也没能如愿，只能眼睁睁看着炖盅里的汤越涌越多。

"该死的！"江皓宸就算再没有常识，也知道排骨汤不会这么快就好，左想右想，拿了块湿毛巾垫着，想要把不停跳跃着的盖子拿开，不料被蒸汽一烫，他本能地就要往回缩手。偏偏好巧不巧，毛巾夹进了底座，如今大力度一扯，整个炖盅哐当跌下去，连汤带肉，结结实实从江皓宸大腿处直接翻落到脚背。

舒言被惨叫声惊醒，冲进厨房就看到这一幕，只觉得一阵寒风从脊背穿过，整个人都哆嗦了。

"别动！"

人吓傻了，但多年积攒的理智总归还在，见江皓宸俯身要去揭袜子，她大喝一声，端着一盆冷水泼过去。

江皓宸的脚已经烫麻木了，连痛都感觉不到，只看着舒言泼过来一盆又一盆冷水，又用塑料袋装了满满的冰块敷在脚面。

待人被送到烫伤科，已经是大半个小时以后的事情了。

紧急处理得当，伤情并没有恶化，但着实不轻，江皓宸的小腿和脚面上肿起了三个鸡蛋大小的水泡，小水泡更是密密麻麻排了一排，看上去触目惊心。

"傻瓜，我这不是好好的吗？"江皓宸不停帮舒言抹着脸上的泪水，偏偏越擦越多，怎么都停不下来。

江皓宸不说话还好，一说，舒言越发哭得厉害："都这样了……还没事，你……都是我不好，我以后再也不睡懒觉了！"

要不是她睡懒觉，江皓宸就不会一个人去炖汤，不去炖汤，就不会被烫。

"傻丫头，这怎么能怪你？"江皓宸心疼地把舒言揽入怀里，抚着她柔软的发丝轻声安慰，"现在我是病号，是不是不用再吃九转大肠了？"

"噗……"舒言瞬间破涕而笑，把鼻涕眼泪往江皓宸身上好一顿蹭，委屈巴巴地撇嘴，"就让你吃，天天吃。"

"哎哟，我胃疼……"

"别乱动，小心扯到伤口。"轻斥了一句，舒言想了想道，"你在这儿等会儿，我去借辆轮椅。"

"我不要！"江皓宸冷脸拒绝。

他只是伤了一只脚，又没有残疾，怎么就沦落到坐轮椅的地步了？

"你脚上的水泡不能碰着，坐轮椅稳妥些。"舒言耐心劝着。

"我可以走，不需要轮椅！"江皓宸坚决不肯打破底线，竟挣扎着从椅子上站起来，一蹦一蹦地往前走。

"喂，你的脚不能乱动！"舒言实在没有办法，只能上前搀扶住江皓宸，"慢点。"

"不用扶。"

"少废话，否则把你一个人扔医院。"舒言也有底线。

路上，舒言把身体偏向一边，尽量承担更多的力道，来减少江皓宸那只伤脚的活动幅度，一路小心翼翼地走到门口，额头上已是沁出汗珠来。

江皓宸突然有些后悔，不该死要面子的。

刘秘书很快来医院把江皓宸和舒言接回家，脚受了这么严重的伤，一个月之内是别想去公司了。在舒言的强硬关照下，江皓宸的生活轨迹跟国宝熊猫有得一拼，每天吃了睡，睡了吃。

"谁让你下地的，赶紧躺回床上去。"江皓宸想偷溜去院子里透透气，拖鞋还没穿好，就被舒言逮了个正着。

"躺着躺着，再躺下去我就要发霉了！"不让上街就算了，连院子也不许去，简直太过分了。

"你的伤口擦了药，外面细菌灰尘那么多，万一感染了怎么办？"舒言把江皓宸按回床上，像哄孩子似的柔声劝道，"再坚持坚持，等伤口都结痂了，你想去哪里就去哪里。"

"恐怕等不到那时候了。"

"等不到也得等。"舒言态度强硬，完全没得商量。

"我要上厕所。"江皓宸轻咳一声，低垂的眼眸里藏了笑意。

"三伯刚刚出去，你稍等一下行不行？"舒言有些为难。

卫生间在院子里，舒言也不是没想过给江皓宸准备个尿壶，可江皓宸连轮椅都不肯坐，又怎么肯用尿壶那种东西？这两天下大雪地面很滑，担心摔倒，舒言每次都让舒有顺扶着江皓宸。

"你陪我去。"

"那怎么行。"除了脚，江皓宸大腿上也有两处烫伤，陪他去卫生间那不是要……

虽然是女朋友，但他们并没有亲密到那种程度呀。

"瞎想什么呢，又没让你跟进去。"看舒言红着脸纠结，江皓宸心情大好，"当然，你要想跟进来，我也没意见。"

"臭不要脸。"

说好了不让舒言跟进去，然而到了门口，江皓宸却突然脚下一个趔趄，随后"哎哟"一声："地面太滑了，我站不住。"

舒言低头瞅瞅，一滴水都没有，哪里滑？

"不行不行，站不稳。"做戏做全套，江皓宸赖在舒言身上不肯动，"你扶着我。"

"江皓宸，你不要太过分了。"舒言脸红得发胀。

"只让你扶着，又没让你看。"

"你自己……"

"哎哟哎哟，脚好疼。"江皓宸龇牙咧嘴。

"行了行了，赶紧的。"舒言忍无可忍，只好妥协。

自此，受伤的江皓宸，歪打误撞地走上了人生巅峰，除了上卫生间亲力亲为，其他大大小小的事，全被舒言一手包揽。

"我想喝杯南瓜汁。"

"行，马上给你做。"

"哎哟，我的腿好像抽筋了。"

"我帮你捏捏。"

"力道再大一点。"江少爷满脸享受，突然又摇头道，"好像没什么效果啊，亲一下，亲一下就没事了。"

"江皓宸，别逼我把你扔出去。"

亲亲抱抱举高高，不是小女生喜欢的把戏吗？现在可好，这家伙玩得乐此不疲。

"你舍得吗？"江皓宸预谋已久，瞅准时机直接把人揽到怀里，"知道你不好意思主动，我来。"

看着小老虎变成了小花猫，天天蹭便宜的江皓宸默默感叹：唉，要知道受伤后的待遇这么好，就应该早点往脚上泼盆开水。

舒言不知道江皓宸连这么变态的想法都敢有，小心翼翼地帮他擦好药后，嘱咐道："早点睡吧。"

"我脚疼，睡不着。"江皓宸扯着舒言的袖子磨蹭，"你给我讲故事。"

舒言哭笑不得："江皓宸你几岁了？"

"我不管，我就要听故事。"舒言吃软不吃硬的性子，江皓宸拿捏得十分准确，索性直接把人裹进被子里，"要不你陪我一起吧！"

"放手。"

"听不见听不见，我睡着了。"江皓宸手脚并缠，几乎半个身子都压在舒言身上，这要换作平时，舒言一定会毫不客气地把他踹下床，可现在，怕扯到他的伤口，她连动都不敢动一下。

等你伤好了，看我怎么收拾你。

舒言咬牙切齿，又无可奈何，没过多久，也迷迷糊糊地睡过去了。

听着耳畔均匀的呼吸声，江皓宸缓缓睁开清明的眼眸，在舒言眉心印下一个轻轻的吻，满足地抱紧怀中的人儿。

岁月寂静无声。

第八章

chapter eight

/ 爱 人 不 疑 /

等江凌风知道江皓宸受伤的消息，已经是半个月以后了，他找江皓宸的目的很简单，还是为了联姻。

"我想我说得足够清楚了，我不会娶乔影。"江皓宸语气坚定，半分回旋的余地都没有。

"这就是你找到真爱的模样？"江凌风的目光落在江皓宸受伤的脚上，不是不心疼，但更多的是讽刺。

他的儿子竟然为了给一个女人煲汤，把脚烫得半个月走不了路，简直是滑天下之大稽。

"千金难买我愿意。"江皓宸并不在乎江凌风的讽刺，只淡淡道，"以舒言的水平，成为世界顶级大厨是早晚的事，娶到这样优秀的女人，是我的福气，也是颢澜集团的福气。"

"江家不会接受一个门不当户不对的女人。"

舒言是难得的人才，所以从一开始，江凌风就不惜花高价想把她挖到颢澜，但他要的是员工，不是儿媳。

"如果外公当年也这么想，妈妈这辈子会少吃很多苦。"

江凌风跟子路一样，是典型的凤凰男，而且是刚刚出土，抖一抖就能掉渣那种。

然而当年恰逢改革开放，历史给予了那一代人前所未有的机会，江凌风踏实肯干，又有着敏锐的商业头脑，从而被当时的著名企业家罗守成看中，把女儿罗瑶嫁给他。

江凌风借着岳父的东风，迅速起家，才一步步有了今天的成就。

"没大没小，长辈的事也是你能随便议论的？"江凌风黑眸一沉，那张在人前一贯和蔼的国字脸上，多了怒意。

"你还知道自己是长辈？真够新鲜的。"想起抑郁症缠身，夜里要靠酒精和安眠药才能入睡的母亲，江皓宸就给不了江凌风好脸色。

"江皓宸！"

"想教训我，先看看自己有没有那个资格。"江皓宸起身，一瘸一拐地往外走，刘秘书要来搀扶，被他一把推开了。

舒言只看江皓宸的脸色，就知道他又跟江凌风吵架了。

她想说什么，但再仔细一想，选择了沉默。

"喂，我在生气。"江皓宸瞅了又瞅，看了又看，始终不见舒言过来安慰，只好自己找存在感。

"很明显，隔着五米都能闻到火药味儿。"舒言低头调弄着面前的瓶瓶罐罐，难得抬头看了一眼。

"哎哟，脚怎么突然疼了，好疼啊！"江皓宸堪比金牌影帝，龇牙咧嘴浑身是戏。

这家伙还能再幼稚点吗？

舒言的白眼恨不得翻到天上去，放下手头的活儿来江皓宸身边坐下："良心建议，演技稍稍收着些，会显得不那么浮夸。"

"你这是嫌弃我了？"江皓宸笑得邪魅，威胁意味十足。

"还真有点。"舒言伸出冰凉的手，在江皓宸脸上乱揉一番，"笑一个。"

"舒言，你真是欠收拾了。"江皓宸一个翻身，利落地把舒言压在沙发上，无奈动作太大，脚背上的伤口被抻了一下，这下是真疼得龇牙咧嘴了。

"没事吧，我看看。"舒言仔仔细细把伤口检查了一番，确定没有血水渗透绷带，才松了口气，嗔怪道："给我老老实实待着，再敢胡闹，中午没饭吃。"

"我都这么可怜了，还要被你训。"江皓宸拉过舒言的手，两人四目相对，"你明知道他反对我们俩在一起，却一个字都不问，我知道你是相信我，可又担心你不在乎我，所以不想知道。"

"那我该怎么办，一哭二闹三上吊吗？"舒言在江皓宸怀里找了个舒服的位置窝着，"我变不成你爸爸心里理想的儿媳妇，但我能做最好的自己。"

爱人不疑。

她相信江皓宸对自己的感情。

江皓宸的心重重一震，她相信他，从决定跟他在一起那一刻，就相信。

"你放心，我永远都不会向他妥协。"左右他这些年没少给江凌风添堵，再加上一件最重要的，也没什么大不了。

"只要彼此相信对方，任何外力都没办法把我们拆散。"舒言伸出胳膊牢牢搂住江皓宸的脖子，"我从来不相信这世上有解不开的误会，所谓的误会，不过是彼此不信任、不坚定，又不能坦诚相待。"

更或者，原本就没有那么爱，只是找个理由分开。

"没错。"江皓宸点点头，突然道，"言言，你是不是觉得我很花心？"

"不止我，所有人都会这么认为吧。"舒言翻了个白眼，撇嘴道。

"那些人虽然是我名义上的女朋友，但我并没有跟她们亲近过，只不过是做给外人看罢了。"

"嗯。"舒言点点头。

"你信我？"江皓宸有些诧异，女孩子都喜欢吃醋，他想着舒言怎么也会表示怀疑，甚至会怼他几句。

"你记性真差，转眼就忘记我刚才说的话了。"舒言搓着江皓宸的脸，"信任信任信任，重要的事情说三遍，再敢记不住，就没饭吃。"

"是是是，我记住了，保证每时每刻都不忘。"江皓宸把目光转向桌上的瓶瓶罐罐，挑眉道，"你在做什么呢？"

一听这个，舒言扬起头，献宝似的解释道："前几天你说你妈妈失眠很严重，我试着调点安神茶，但愿能有点作用。"

江皓宸只是无意间说了一句，没想到舒言竟上了心，不由得又是一阵感动，轻笑道："怎么，这么早就想讨好未来婆婆了？"

舒言噌一下红了脸："胡说什么，我不理你了。"

"我胡说，那你脸红什么？"江皓宸长臂一伸，正要把舒言捞回怀里，电话突然响了起来。

"小江总，您快回来看看吧，太太她吃安眠药自杀了！"

江皓宸手一松，电话"哐当"落地。

当江皓宸拖着一只行动不便的脚来到某私立医院高级病房时，罗瑶已经洗完胃，躺在床上打点滴。

"妈，你感觉怎么样了？"

罗瑶抬眼看了看江皓宸，她空洞的眼神里没有喜悦、没有愤怒也没有希望，有的，只是一片死寂。

"为什么不去大医院？"江皓宸心里翻江倒海。

"大医院人多眼杂，董事长说这种事不能张扬出去。"保姆阿姨小心翼翼地看了江皓宸一眼，见其眼眸里一片猩红，赶紧解释，"给太太看病的医生，都是从大医院紧急请来的。"

江皓宸嘴角勾起一丝轻蔑的笑，是啊，堂堂颢澜集团董事长太太，被丈夫捧在手心里宠了几十年的"小公主"，怎么会得抑郁症这种不符合身份的病？

江凌风，他果然自私自利到了极致。

"带我去见医生。"

内科，神经科，心理科，帝都最好的医生，齐聚到了一处，见江皓宸进来，纷纷站起来问好。

"我妈妈是抑郁症导致的自杀吗？"江皓宸开门见山。

几个医生面面相觑，最终是神经科主任开口道："小江总，江太太并不是自杀，只是失眠太严重，一时服用了大剂量的安眠药。"

江皓宸心里豁然开朗。

今天下午，罗瑶应该要陪江凌风参加一个重要活动，她睡不着，

但为了第二天能够神采奕奕地出现在公众视野里，只能强行逼着自己入睡。

江凌风明明知道罗瑶的身体状况，还要拽着她四处秀恩爱。

是可忍，孰不可忍！

"从今天开始，如果你再拉着妈妈出去应酬一次，我就把你这些年来所有的丑事全部公布于众！"

人设崩塌，会给颢澜集团的品牌形象带来多么大的冲击，江皓宸比谁都清楚，可他只能用江凌风最在乎的东西来威胁对方。

如果能杀敌一千，他不介意自损九百九十九！

失眠？

对于一个沾枕头就睡着的人来说，舒言实在无法想象有人会睡不着觉。

安眠药和酒精，虽说能暂时起到作用，但时间久了，只会让情况越来越糟糕，罗瑶就是个例子。

还是食补吧。

"百合、桂圆、核桃、茯苓，都是比较好的安神食物，用它们来熬粥，每天睡前给阿姨喝一碗。"

江皓宸实在不想打击舒言的积极性，但还是不得不实话实说："药补、食补、催眠，各种法子都用过了，没一样管用。"

"哦。"舒言放下勺子，陷入新一轮沉思。

"你家多大？"舒言突然没头没脑地问了一句。

江皓宸愣了一下："五百……六百多平方米吧。"

江家有很多房子，最小的也在这个数。

舒言一下子就找到症结所在："平时只有阿姨跟保姆两个人在家，

白天还好，到了晚上，那么大的房子空空荡荡，孤寂、恐惧、不安，成倍成倍地往心里钻。"

见江皓宸不解地望着自己，舒言继续解释："特别是参加完活动的时候，外面热热闹闹，家里却清冷得像个冰窖，这样的落差日复一日地在心里积累，身体不出毛病才奇怪呢。"

舒言一阵唏嘘，这座老房子虽然不大，还旧得掉渣，但有奶奶，有三伯，有喜欢吃她菜的客人，现在又有了江皓宸，到处都飘着烟火气儿，这才是家的模样。

江皓宸鼻子一酸。

人人都想住最大的房子，睡最贵的床，可谁又知道，享受着那样生活的人，最渴望有个家。

舒言轻轻推一推江皓宸的胳膊："回家住吧，阿姨需要你的陪伴。"

"嗯。"

江皓宸回家时，把舒言也打包带回去了。

罗瑶精神很差，不怎么爱理人，舒言也不多说话，只一日三餐变着花样给她做好吃的。

一个星期下来，连保姆阿姨都胖了两斤。

"你叫舒言？"许是儿子在身边带来的踏实感，罗瑶的气色的确好了些。

"阿姨好，我是舒言。"

"菜做得挺好。"罗瑶看了舒言一眼，转头进了卧室。

她似乎明白儿子为什么会对眼前这个女孩情有独钟，她身上有种淡淡的烟火气。

这种踏实感，是多少胭脂水粉都代替不了的。

"言言，谢谢你。"舒言有多辛苦，江皓宸就有多感动。

"我只是做了点小事而已。"舒言并不觉得自己贡献了多少力量，只翻着越来越薄的备忘录，"史密斯先生下周就到了，我有些紧张。"

"你还会紧张？"江皓宸顽皮地挠着舒言的掌心。

他觉得自己越来越爱这个女孩，爱得一刻都不想放手。

"别闹。"舒言最受不住痒，四处挪动躲闪，偏偏整个人被江皓宸禁锢得死死的，只得搂着江皓宸的脖子投降，"讨厌，不跟你玩了。"

"撩了我就想跑，想得美。"

"喂，别别别，我……"舒言脸涨得快要滴出血，"我那个……来了。"

江皓宸挠着头发，帅气的发型很快变成一蓬杂草："乖，踏实睡吧。"

这丫头真知道怎么折磨他，再这样下去，他都要憋出内伤了。

"舒言住进了江家？"崔浅听到消息，鼻梁上的墨镜差点甩下来。

罗瑶是什么角色，她可是见识过的。

不，这不是重点，重点是舒言竟然在江凌风坚决反对的情况下，堂而皇之地踏进了江家大门。

"舒言，我还真是小看你了，江皓宸身边来来去去那么多女人，你才是最厉害的角色！"

之前有多少人惦记着江家少奶奶的位置，也不是没想过通过罗瑶来曲线救国，可罗瑶比江皓宸更难相处十倍，她们往往想尽办法，却连对方一片衣角都摸不到。

这个舒言，到底会什么妖法？

崔浅正气愤难耐，却见助理递了个文件夹过来："浅浅，这是先生刚刚让人送来的。"

"她妈妈还在？"崔浅翻开文件，黯淡的眼眸瞬间明亮起来。

助理面露不屑："当年丢下舒言父女俩，跟一个小老板跑了，没过几年因为生不出儿子，被小老板蹬了，现在就是个卖笑的酒鬼。"

"真是要什么来什么啊！"崔浅畅快地笑出声，"悄悄地把人给我找出来。"

"是。"

"等一下。"崔浅叫住助理，"这么好的机会,他为什么不自己去做？"

助理停住脚步："先生说自己身份特殊，容易露了把柄，还是您这边方便些。"

"哼,你告诉他,证据我都留着呢,他要想撇干净自己,门都没有！"

"先生让您放心，该他出手的时候，他自然就出了。"

"行了，赶紧去吧。"

她不是傻子,从那人主动找来谈合作时,就知道自己在给人当枪使,可那又如何，只要让舒言不痛快的，她都会毫不犹豫去做。

舒言，这次可怪不了我了！

一个人最在乎的，就是他的软肋，她要做的，就是找准软肋一刀毙命。

充实的日子过得格外快，转眼就到了约定的日子。

浑身每一个细胞都在亢奋中，以至于舒言这个常年睡到日上三竿的人，还没等闹钟响就自然醒，哼着小曲在厨房里忙来忙去。

"做个菜，到你这里，跟要加工艺术品似的。"

因着上次的烫脚风波，江皓宸被彻底隔绝在厨房外，只能倚在门边看热闹。

"你说对了，菜就是能吃的艺术品。"舒言答得认真，"爷爷说过，

做菜是门手艺，做菜这个人要有思想有温度，菜才能好吃。"

　　舒言撒娇的时候很美，生气的时候也很美，但江皓宸还是觉得她做菜的时候格外美，宠溺的目光将面前的人儿团团包裹住，不舍得移开分毫。

　　一行人如约而至。

　　为首的史密斯先生，给了舒言一个大大的拥抱："舒总厨，好久不见。"

　　"史密斯先生的中文进步许多。"舒言真诚地赞扬道。

　　"中国有句古话，叫作士别三日，当刮目相看，不知道是我的中文进步大，还是舒总厨的厨艺进步大？"

　　"这个……"舒言嫣然一笑，"我自己说，总有王婆卖瓜自卖自夸的嫌疑，还是要您亲自品尝。"

　　六个人依次坐下品茶，没过多久，精心准备好的冷盘就端了上来。

　　玫瑰水晶卷白里透红，山药桂花条配以糖稀点缀，宫廷酱牛肉切成薄薄几片，浇上蒜泥醋汁，颜色搭配恰到好处，简单精致。

　　考虑到西方人的饮食习惯，冷盘都是独立装盘，分别端到客人面前。

　　几人试着品尝，果然赞不绝口。

　　冷盘撤下去，便到了重头熟菜，舒言擅长的火芽银丝、糖醋小排、黑松露鲍鱼红烧肉、软炸里脊、清宫万福肉，以及这些日子才在钟恩德指点下做成的九转大肠。

　　火芽银丝和九转大肠所要耗费的烦琐工序，之前都有提及，但最最麻烦的，还数那道清宫万福肉。

　　这道菜的主料为精选五花肉、新鲜板栗、山东的金丝小枣以及西湖莲子。

做这道菜时，要用刀片在肉上横片，要连贯，不能断开，片到角时转刀再片，一直片到中心，再按照原来的样子小心卷回来。

考验的是刀工，更是耐心。

相传这道菜是慈禧太后六十大寿寿宴时，由一位山东籍赵姓御厨，根据中国传统的吉祥字创造的，经过蒸、煮、烹、炸等多道工序，把五花肉里的肥油全都提炼出来，使肉肥而不腻，口感很好，慈禧太后钦赐名字为"万福肉"。

"香，真的太香了。"一盘肉三五下就见了底，几个人都是一副意犹未尽的表情。

舒言用流利的法语，耐心地为大家解释菜的来历。

"原来是这样子，难怪如此好吃。"其中一位比史密斯先生还要年长些的先生连连点头，"舒小姐，您要不要考虑去法国开一家餐厅，我一定第一个为您提供支持。"

以前，他只觉得中国菜好吃，今天才知道中国的宫廷菜背后，还有这么多的故事。

"多谢先生赞扬，我相信舒家菜很快就能走出国门。"舒言不骄不躁，应对得宜。

一顿晚宴，在食客们满意的赞赏声中圆满结束。

"太棒了，简直比预想的还要棒！"为了这顿饭，她准备了大半个月，小心脏每天都在紧张忐忑着，这会儿终于能松口气了。

宴会结束，舒有顺转身就没了影儿，江皓宸坚决接过洗碗的"重任"，他笑着看向半瘫在沙发上伸懒腰的舒言："你知道今天那个人是谁？"

舒言一愣："哪个？"

"就是邀请你去法国开餐厅那个。"

舒言茫然，摇摇头。

"那是法国餐饮协会会长，埃尔蒂尔。"

"什么！"舒言噌一下从沙发上跳起来，"有眼不识泰山"几个大字在脑子里晃来晃去，"你再说一遍？"

她，是不是错过了成为法国名厨的机会了？

"别看了，看也追不回来了。"江皓宸只觉得心里打翻了什么，冷着脸抗议，"舒言，你竟然想抱别的男人大腿！"

明明他才是大腿最粗那一个，怎么不见这丫头讨好自己呢？

"什么叫抱大腿！"舒言一个抱枕扔过去。

她明明是想跟会长先生谈谈中国宫廷菜走向世界的问题，好不好？

俗！鄙俗！

大使先生不仅在法国有名，在中国的影响力也不容小觑，第二天，舒家菜馆的预订电话就被打爆了。

订餐的，约采访的，约美食杂志封面拍摄的，还有约讲课的。

总之一句话，舒言火了。

不靠美貌，不靠江皓宸女友身份，而是靠自己的厨艺，火了。

"言言，你应该找个经纪人了。"本着肥水不流外人田的原则，舒有顺勇于毛遂自荐，"我怎么样？"

"呵呵，不怎么样。"舒言揉了揉发酸的太阳穴，最终拍板，"订餐按着接待量往后排着，至于访谈，暂时还是算了吧。"

树大招风，前不久才闹了那么一出，还是低调点好。

有些人绞尽脑汁想出名，就是出不了，同理，有些人想低调，也只能想想而已。

"言言你行啊，悄无声息就成名厨了，我以后再想吃你做的饭，是不是要预约了？”

为着上次找回奶奶，舒言特意准备了一桌正席答谢子路，弋阳自然也在邀请之列。

“去你的，别给我捣乱。”舒言扬起铲子作势要打弋阳，直待对方退后两步，才笑呵呵道，“桌上有绿豆糕，特意为你准备的。”

“够意思。”弋阳朝舒言眨眨眼，转身向客厅奔去，却在某个不起眼的角落，悄悄回眸。

罢了，只要她过得幸福就好，又何必要拥有呢？

有些感情，注定深沉。

好巧不巧，这一幕正好落在刚进门的子路和乔影眼里。

两个人彼此心照不宣。

这顿饭，新晋成名的舒言自然是主角。

努力多年，终于看到曙光，舒言自然是高兴的。

法国不愧是世界最浪漫的国度，男人表达爱意的方式相当直接。比如现在，一个金发碧眼的帅小伙，直接捧了一束玫瑰花在舒言面前跪了下来。

“舒小姐，从见你第一眼开始，我就深深爱上了你，请你做我的女朋友吧！”

“咳咳……”

舒言差点没被自己的口水呛死。

这位先生，我连您叫什么名字都没记住，这样……真的合适吗？

对于舒言的震惊，外国帅哥并不介意，只继续表白：“舒小姐，我知道你有很多顾虑，但你放心，我从毕业开始就在中国工作，我的中文很好，你不用学法语，我也不会逼你跟我回法国去。”

啥？

这根本不是重点，重点是我并不喜欢你，好不好？

舒言深吸一口气，好不容易把因受惊而震裂的三观拼凑起来，尴尬又不失礼貌地解释道："先生，实在抱歉，我已经有男朋友了。"

"没有关系，你还没有结婚，我可以跟他公平竞争。"金发帅哥表现得极为"大度"。

江皓宸刚迈进门槛，"公平竞争"四个字就钻进耳朵，一张帅脸瞬间晴转大雪。

他脑子来不及再反应什么，拳头已经狠狠招呼过去。

一瞬间，人仰马翻。

见江皓宸丝毫没有停手的意思，舒言也顾不得会不会被误伤到，上前紧紧抓住他的胳膊："江皓宸，你干什么？"

"你说我干什么！"江皓宸眼眸中尽是猩红的怒意，只见他一脚将摔落在地的玫瑰花踢出老远，冷哼，"主意打到我女人身上来了，就凭这一点，他就该挨揍！"

简直该死。

"我又没有答应他，你发什么疯！"见那外国帅哥嘴角淌血，舒言连忙上前鞠躬道歉，"先生对不起，我马上送您去医院。"

"谁让你给他道歉了！"江皓宸一把将舒言拽到身侧，用看仇敌的目光盯着那外国帅哥，"滚！别让我再见到你，否则见一次打你一次！"

"中国怎么会有你这样的野蛮人，我要报警！"外国帅哥被同伴从地上搀扶起来，恨恨地跟江皓宸四目相对。

"随便你报什么，现在马上给我滚出去！"一想起他用那样爱恋的目光望着舒言，江皓宸就气得发疯，要不是还有一丝理智，这会儿只怕会冲上去打第二次。

“你能不能冷静些，他是我的客人！”舒言尽力放缓了语气，在江皓宸耳边小声道。

那男子是法国大使馆的工作人员，如果事情传扬出去，不仅对江皓宸及颢澜集团的声誉有很大的影响，甚至有可能引发复杂的外交问题。

更何况，这事明明白白就是江皓宸有错在先，大事化小是最好的解决办法。

“舒言，你是哪头的！”江皓宸处在盛怒中，哪有心思去考量后果，只越发口不择言，“你是不是看上他了，想跟他到法国去？”

舒言愣了。

她突然觉得眼前这个男人好陌生，他怎么能说出这种话，他心里竟这么不相信自己。

江皓宸也意识到自己失言，喃喃道：“言言……”

“你先走吧，我现在不想看见你。”舒言咬牙把眼眶里的泪水憋回去，转头向那外国帅哥真诚地道歉，“先生在舒家菜馆受到伤害，我万分抱歉，咱们马上去医院，后续您的营养费、误工费和精神损失费，都由我来承担，希望您能原谅。”

白白挨了两拳头，那外国帅哥自然不想放过江皓宸，但相比之下，他更想用宽容大度来博得舒言的好感，稍稍考虑便点头道：“那就有劳舒小姐了。”

“多谢先生谅解，我和家人都感激不尽。”舒言客气地引那外国帅哥出门，再没看江皓宸一眼。

从那以后，舒言就再也没看见江皓宸。

“言言，这都三天了，你就给小江总发条消息吧，这样彼此僵着有

意思吗？"舒有顺犹如热锅上的蚂蚁，在厨房连连转圈。

典型的皇上不急，急死太监。

舒言不是不想江皓宸，可是一想起那天的话，心就像有针在扎着一样疼得难受。

他那样多疑，连最起码的信任都不给自己，这样脆弱的爱，连一个正大光明的表白者都容不下，又怎么能抵挡住层出不穷的流言蜚语？

"言言，三伯知道你心里不痛快，可小江总之所以打人，还不是因为在乎你。"舒有顺孜孜不倦地劝解着，"他身边女人那么多，要是给别人钻了空子，你哭都没地儿哭去。"

"随他吧。"

能轻易抢走的爱人，就不叫爱人了。

"你这丫头，唉！"

舒言的心煎熬着，江皓宸只会比她更煎熬百倍，他后悔自己脱口而出那句话，悔得背地里不知道扇了自己几个耳光。

可他也生气。

她为什么要向着外人？

不管赔多少钱，哪怕蹲拘留所他都不在乎，他只要她向着自己。

她只能向着自己。

江皓宸跟舒言冷战，他身边的人也无辜遭殃，最惨的莫过于刘秘书，一连几十份文件压在手里，每次去找江皓宸签字，都要抱定视死如归的勇气。

"这都什么玩意儿，low 成这样也好意思来找我签字，告诉他，三天之内给不出一个让我满意的方案，这个项目就取消！"

"这个也一样！"

没五分钟，大大小小的文件被江皓宸摔了一地。刘秘书不敢说什么，只能一边捡文件，一边在心里默默为几位总监鸣不平。

同样的企划案，前几天小江总还挺满意地提了修改意见，谁让他们动作这么快，好死不死地正好撞枪口上来。

得了，返工去吧。

刘秘书捧着文件走到门口，手刚触到门把，身后突然传来江皓宸冷飕飕的声音："你是不是觉得我在故意刁难他们？"

刘秘书一愣。

老板莫不是会读心术？

心里这么想，他嘴上却打死也不能承认："哪能呢，您对他们严格要求，是为了帮助他们进步。"

江皓宸冷哼："是该进步进步，否则早晚被淘汰！"

呃，还有这么顺坡下驴的？

刘秘书纠结两秒，决定还是乖乖闭嘴比较好，否则，被淘汰的就该是自己了。

颢澜集团笼罩在一片愁云惨淡中，被骂了几次，下属们渐渐学乖了，只要没有万分火急的事，绝不往江皓宸面前凑。

"他们人呢，改的企划案什么时候拿过来？"没有人撒气，江皓宸越发不爽。

"那个……他们正在改。"

"改改改，改了这么久还没有结果，他们是饭桶吗！"避无可避的刘秘书，成为江皓宸唯一的出气筒。

刘秘书虽然自身难保，但良心还是挺不错的，小心翼翼地反驳道："老板，这还不到一天呢。"

还不到一天？

江皓宸想了想，的确如此。

该死的，时间怎么过得这么慢，简直度日如年！

见没被骂，刘秘书好死不死地又加了一句："老板，大丈夫能屈能伸，要不，您就主动跟舒小姐道个歉吧。"

男人大多傲娇，江皓宸更是其中之最，活了三十年，他跟谁道过歉？

他的字典里就没有"道歉"两个字。

可这件事的确是他错了，等着舒言主动来求和，更没有可能。

就这么冷战下去？这才三天，他就已经要疯了，再撑下去，早晚要把自己逼成精神分裂。

"出去！马上给我出去！"

刘秘书站在办公室门口，默默感叹：大实话，果然不能瞎说。

城市另一端。

"谢谢。"乔影把一个小瓶子交到弋阳手里。

那是她特意托人从国外买来的药膏，据说去疤效果最好。

"一片好意，你为什么不自己给江皓宸？"弋阳一脸不解。

"他未必愿意见我。"虽然因为舒言的出现，她渐渐正视了自己对江皓宸的感情，但她并不是一心只有儿女情长的小女孩，此时的笑，也更多的是豁达，"劝劝他吧，这样闷着总不是办法。"

"我也想劝，可他现在就是一怨夫，惹不起惹不起。"弋阳双手一摊，颇有些无奈地摇头，"你说说，这哪儿还是咱们认识的那个皓宸，他简直变了一个人，变得我都快不认识了。"

三个月前，要是有人告诉他江皓宸会为了一个女人不顾工作、不顾身份地在办公室发疯，他肯定会认为那个人疯了。

现在可好。

"又或者说，这才是真正的他。"乔影一语点到重点。

弋阳突然抬起头，目光直直地盯着乔影："我怎么觉得不对呢，他对舒言这么上心，你竟然一点也不生气。"

"那我该怎么办，一哭二闹三上吊？"这一点，乔影跟舒言的想法出奇一致。

她们都是有理想的女孩子，永远要做最好的自己，而不是成为别人的附庸，"绑架"别人的同时，把自己美好的人生也搭了进去。

见弋阳诧异地看着自己，乔影再次微微一笑："你，不是也一样吗？"

弋阳的心"咯噔"一下，漏跳了半拍。

原以为隐藏得很好的秘密，这样被人点破，有点狼狈，有点猝不及防。

他很快收拾好情绪，回以对方一个相同的笑容："是，我也一样。"

那个人出现，让他们明白了爱一个人是什么样的感觉，但他们从开始就晚了一步。

那又如何，可以带着这种感觉，去找对的那一个。

江皓宸"失恋"的消息，不胫而走。

之前那些为豪门梦碎而扼腕叹息的网红明星小主播，一个个心思又活泛起来，绞尽脑汁地想办法往江皓宸身上贴。

"小江总，今晚去唱K嘛！"

"皓宸，这么久不见，一起去打高尔夫嘛！"

"去去去，告诉她们江总没空！"弋阳先烦了。

江皓宸眉心微动，唇边泛起一丝意味深长的笑容。

"谁说我没空？"他起身伸了个懒腰，幽幽道，"告诉所有人，今

晚我在盛世天地包场，有一个算一个，统统都过来！"

盛世天地，江城最大的夜店。

"皓宸，你这是做什么？"

这家伙莫非气糊涂了，准备破罐子破摔？

第九章
chapter nine

/ 宣 示 主 权 /

江皓宸心情莫名大好，拍拍弋阳的肩膀："回去收拾收拾，晚上见。"

有人请客，自然不乏捧场的，待江皓宸和弋阳姗姗而来时，偌大的夜店里已经挤满了人。

趁机求合作的、博上位的、蹭吃蹭喝的，每个人都有目的，每张脸上都写满了欲望。

江皓宸莫名一阵反胃。

"小江总您终于来了，快到这边坐。"有那眼疾手快的直接扑上来把江皓宸团团围住，慢了半拍的，只能干瞪眼。

"好啊，我今天高兴要多喝几杯。"江皓宸不动声色地甩开一个衣着暴露的女人，拿起面前的啤酒一饮而尽。

原本想着勉强逢场做做戏，可那样黏腻的皮肤、呛鼻的香水味，他一秒钟都忍不了。

江皓宸在夜店 happy 的照片被发到舒言手机上时，她正躺在床上辗转反侧。

激将法。

舒言一眼就识破了。

哼，本小姐吃不香睡不着的，你还用上计了？

以为我不会耍毛是吧，行，这就耍给你看！

初冬的夜，空气干冷干冷的，舒言裹着羽绒服，足足走出二里地才打到车，直奔盛世天地。

"小姐，请问您……"

舒言直接打断服务生的话："来给江皓宸捧场的，他在哪里？"

这张脸，怎么好像在哪儿见过？

还有这杀气腾腾的气场……

服务生后知后觉地明白过来，语气有些忐忑："小江总他……"

正牌女友来闹事了，他是拦呢，还是拦呢？

还没等服务生纠结明白，舒言已经绕开他往场内走去。江皓宸那种自带光芒的人，在哪里都是格外耀眼的存在，舒言几乎没费什么力气，就看到那张日思夜想的脸。

她明明是生气的，可这会儿，心里却只想笑。

场子里的音乐，戛然而止。

所有人的目光，齐刷刷落在舒言身上。

"哎哟，这不是舒总厨嘛，您不在厨房研究菜品，怎么有工夫跑夜店来了？"僵持片刻，到底有那沉不住气又不知死活的，幸灾乐祸地开口了。

舒言瞥了她一眼，没有说话。

"小江总，您不是跟这位分手了吗？怎么她还缠着您呀？"

"哎呀，来了就一起玩嘛，不要搞得那么紧张。"一个娇娇柔柔的女孩端了一杯酒递到江皓宸唇边，"小江总，您说是不是？"

江皓宸没说话，只端起酒一饮而尽。

那女孩受宠若惊，顺势往江皓宸身上靠了靠："小江总。"

"乖。"江皓宸语气温柔，身体却很诚实，不经意地往旁边侧了一下。

"一边去。"舒言突然开口，霸气十足。

"哎呀，你这个女人好野蛮，没看到小江总喜欢跟我们一起玩嘛！"好不容易接近江皓宸，这帮女人自然不甘心他就这么被凭空劫走。

"你……们？"舒言刀锋般的目光一一扫过众人，轻嗤，"我男人又不瞎。"

"噗……"江皓宸想笑，又觉得不合时宜。

"还不走，等我拿刀来请你吗？"舒言笑得温柔，说出来的话却让人瑟瑟发抖。

江皓宸缓缓起身，把舒言揽在怀里，幽幽道："本来想出来透透气，可惜我家丫头一时一刻都离不开我，只好先回去了，还有……"他轻轻在舒言额头上印了一吻，"这丫头脾气大，平时就喜欢吃醋，所以，大家最好都离我远点，丫头的菜刀可不长眼。"

威胁，明目张胆地威胁。

舒言娇俏一笑："这件衣服别人碰过了，我不喜欢。"

"那就不要了。"话音未落，私人定制的昂贵线衣就像破布一样被

扔在一堆酒瓶上，江皓宸一把将舒言打横抱起来，"乖，回家给你跪搓衣板。"

不轻不重的话，如一道惊雷劈到众人耳朵里，瞬间被雷了个外焦里嫩。

刘秘书眼睛一抽一抽，心想，老板您花这么多钱包场，是为了秀恩爱的吧？

"母老虎。"有人实在按捺不住，小声嘀咕了一句。

舒言扯扯嘴角，只当没听见。

出了大厅，江皓宸没有往外走，而是直接按了顶层的电梯。

那是颢澜大酒店唯一的总统套房。

"放我下来。"舒言语气冰冷。

双脚刚落地，温柔的吻就铺天盖地地侵袭而来。

"对不起。"绵长一吻，江皓宸凝视着舒言娇小的脸庞，一字一顿。

只要她高兴，让他说一百遍一千遍对不起，又有什么关系呢？

舒言大大的眼睛里盈满了委屈的泪水，突然间问："哼，你是不是就喜欢小绵羊？"

求生欲极强的某男愣了愣，坚决摇头："不，我只喜欢母老虎。"

"江皓宸你说谁是母老虎！"

"来，我告诉你谁是！"

"你个讨厌鬼，放开我啦！"

冬天的夜，很长很长。

第二天，舒言揉着眼睛从梦境醒来时，发现江皓宸正炯炯望着自己。

春水般的目光，仿佛能把整个时光都溺进去。

舒言不太适应这样的灼热，有些不自然地把脸往被子里掩了掩："大清早的，不好好睡觉。"

"我可没本事一口气睡十个小时。"江皓宸故意叹息，"可怜我发麻的胳膊，都没有知觉了。"

睡得久也罢了，关键这丫头从头到尾连姿势都不换，睡相简直不是一般的好。

舒言一愣，才发现自己牢牢枕在江皓宸胳膊上。

如果没记错，昨晚自己就是枕着他胳膊睡着的，难道他一直没动过？

"对不起对不起，我给你揉揉。"舒言弹簧似的起身，从大臂到手腕认认真真按摩了好一会儿，才紧张地问，"怎么样，恢复知觉了吗？"

"嗯，好些了。"江皓宸就要笑出声来，好不容易才咬牙忍住。

见他语气有些僵硬，舒言更担心了，万一血脉长时间不流通堵住，岂不是要截肢？

想到这里，舒言都要哭了："你可别骗我，到底有没有知觉？"

"好像有……又好像没有。"江皓宸忍笑忍得一阵抽搐，揉着绷得酸痛的脸颊装模作样道，"可能多揉一会儿就好了吧？"

舒言关心则乱，但并不意味着傻，这会儿已是后知后觉地看出端倪，她也不说破，只反手在江皓宸胳膊上用力一拧。

"啊！"江皓宸猝不及防，连声呼痛。

"看来这法子比按摩有用多了。"舒言笑得狡黠，为了出刚刚被欺骗的气，又掐了一下，才眨眼道，"好了吗？"

"你这丫头还真是睚眦必报。"江皓宸疼得眼泪都快出来了，偏偏对"罪魁祸首"一点办法也没有，只把人搂回怀里，"睡觉一动不动的，累不累？"

"习惯了。"见江皓宸有些疑惑，舒言缓缓解释道，"我是奶奶带大的，从小就跟她一起睡，年纪大的人觉浅，我只要稍稍一动，奶奶就会起来给我掖被角，打扇子，然后一晚上就睡不着了。为了不让奶奶操心，我就逼着自己一动不动。"

舒言只是娓娓道来，却听得江皓宸心酸不止，这丫头乐观坚强，像小强一样压不垮打不倒，原来背后有这么多不为人知的苦楚。

他也受过委屈，可是他可以吵可以闹，可以放荡不羁地给父亲添堵，更可以肆无忌惮地挥霍金钱。

可舒言呢，她什么都不能做，只能更加小心翼翼，更加努力地提升自己，来支撑起整个家庭的重担。

见江皓宸突然沉默，舒言笑着晃了晃他的胳膊："你不用觉得我可怜，我挺好的。"

她的路是比大多数人坎坷了些，但那又怎么样，最艰难的时候已经过去了，现在她有能力给奶奶和三伯遮风挡雨。

江皓宸吻一吻舒言柔软的发丝，对她也是对自己说："是，你很好。"

你是最好的。

"如果昨天晚上我不出现，你会不会带别人来这里呀？"舒言突然转了话题，似笑非笑地抬头跟江皓宸对视。

得，秋后算账的时候到了。

"你说呢？"江皓宸好死不死地把问题抛了回去。

舒言眼波一横，猛地翻身压到江皓宸身上，双手抵住他颀长的脖颈："要不，你试试？"

"我眼又不瞎。"江皓宸直接套用舒言的话，轻而易举地重新占据主动权，"这么主动，却之不恭呀。"

江皓宸太了解舒言，知道以她的脾气，一定会霸气地来宣示主权。

就算她不来，他也可以假装喝醉，半夜去敲门求原谅。

他都那么可怜了，她还忍心把人拒之门外？

跟舒言重归于好后，江皓宸觉得日子每天都闪着金光，之前怎么看都不顺眼的策划案，这会儿只觉得哪儿哪儿都好。就连刘秘书也因为之前挨了许多骂，被奖励了一趟港澳七天游。

这下，之前莫名其妙挨骂的高层，总算后知后觉地知道了症结所在，恨不得每天早晚三炷香求各路神仙保佑江皓宸和舒言一直好好的，让他们也多过几天好日子。

是，大多数人都想过好日子。

可总有那么些人，自己过不好，也见不得别人过得好。

当汪月娥出现在院里时，舒言几乎不敢相信自己的眼睛。十四年，整整十四年，她皮肤黑了，那张不知道打过多少次玻尿酸的脸虽然还是记忆中的样子，但看起来非常僵硬，文出来的眉毛像两条臃肿的豆虫趴在那里。

当然，变化最大的还是眼神，世俗轻浮。

舒言只觉得一阵发堵，心底那道好不容易愈合的伤疤，再次生生撕裂开来。

短暂的沉默后，汪月娥上前亲亲热热地拉着舒言一阵打量，啧啧称赞道："言言，十几年不见长这么漂亮了，难怪能被颢澜集团的小老板看上，我那未来女婿呢，怎么没跟你一起回来？"

一番话，无异于伤口上撒盐。

舒言多么希望她是想自己了，或者是因为当年的不辞而别良心不安，才会找回来。

可她连假惺惺演个戏都嫌麻烦，直接这样大剌剌地告诉自己，她汪月娥就是奔着金龟婿回来的，再简单点，就是为了钱。

是啊，一个卷走家里所有的钱，抛下病重丈夫、年幼女儿的女人，怎么会有良心？

原本就是她痴心妄想了。

舒言猛地甩开汪月娥的手，她眼里含着若隐若现的泪光，语气却比这个季节的天气还要冷："你走吧，我、奶奶还有三伯，都不欢迎你。"

她想不明白，一个女人，一个母亲，怎么可以无耻到这种地步。

看着舒言冷漠的样子，汪月娥有一瞬间的内疚，但那内疚，也不过是天边一缕浮云，很快就飘得无影无踪，只急急道："言言，我是你妈妈，你怎么能这么跟妈妈说话！"

"妈妈，我有妈妈吗？"舒言心如刀绞，却不想在汪月娥面前露怯，只轻嗤道，"我生病起不来床的时候，是奶奶在照顾我；我上学交不起学费的时候，是奶奶豁出去老脸，去邻居家挨门挨户地借。我妈呢，我妈在哪里？"

从汪月娥抛夫弃女那一刻起，就不再是她的母亲。

"我……我那不是也有不得已的苦衷嘛。"汪月娥虽然早就想好了说辞，但真正站在舒言面前时，却怎么也不能理直气壮，只略过重点继续道，"况且这些年妈妈也吃了很多苦，就算有千错万错，也得到教训了，现在妈妈只想陪在你身边，咱们娘俩好好过日子，行不行？"

舒言笑了。

被汪月娥的无耻气笑的。

她想，或许自己这种有着正常三观的人，一辈子都无法理解汪月娥等人的脑回路。

在她们的认知里，永远可以肆无忌惮地伤害别人，等自己想回头了，就道个歉认个错，然后受伤害的人就该豁达地笑一笑，将自己之前受的苦一笔抹去，跟她握手言和。

卑鄙，冷血，自私自利。

舒言搜遍了所有词句，可惜造词的人都太善良了，竟没有一个词能配得上汪月娥的言行。

"从爸爸不治身亡那一刻起，我就发过誓，这辈子绝不会原谅你。"舒言指了指大门，"你走吧。"

再不走，她怕自己真会忍不住一巴掌掴上去。

"舒言，我是你妈，我就算有千错万错，起码生了你，你就这么狠心吗！"汪月娥没想到舒言脾气这么硬，有些急了。

她必须要让舒言认回自己，否则那人给的五十万就要还回去，更何况，只有母女相认，她以后才能舒舒服服地花江皓宸的钱。

绝不能放弃。

"你是给了我生命，但那个孩子，在十岁的时候就已经死了。"当年，舒言手上的点滴已经打完了，要不是奶奶及时赶到诊所通知护士，舒言的血管里很快就会注入空气，一命呜呼。

"言言……舒言，你不能走！"汪月娥死死拽住舒言。

"言言，谁来了？"舒奶奶被院子里的声音吵醒，颤颤巍巍走出来，就见汪月娥一脸凶神恶煞地在拉扯舒言，急急道，"你这个坏女人，不许你欺负言言！"

脑子糊涂的舒奶奶早就不认得汪月娥，只是本能地护着舒言，但这话落到利欲熏心的汪月娥耳朵里，却豁然开朗般一下子明白了关窍。

"好啊，你个老不死的，就是你天天在挑拨离间，让女儿不认我！"

舒言气得发抖，一边护着奶奶不让汪月娥靠近，一边大吼："滚！马上给我滚！否则我就报警！"

"你这个逆女竟敢骂我！"汪月娥跟跄了两步，突然狠狠一巴掌打到舒言脸上，"你搞搞清楚，十月怀胎生下你的是我，不是这个老不死的！"

要说之前舒言对汪月娥还有那么几丝难以言说的母女之情，这会儿，随着她一声声狠戾的咒骂，也消散得无影无踪了。

脸上火辣辣地疼，心，却凉得像一块寒冰。舒言木然地冷笑："不滚是吧，我马上报警。"

早在汪月娥掌掴舒言的时候，舒奶奶就急了，这会儿趁着舒言掏手机力道松了些，一下子挣脱束缚冲上前去："你个坏女人打言言，我也打你！"

舒奶奶一个九十岁的老人，哪里是汪月娥的对手，只见汪月娥一把扯过舒奶奶的手腕，咬牙切齿道："老不死的你给我听清楚了，她是我的女儿，就算死都是，跟你没有一毛钱关系！"

"你胡说，言言跟你才没有一毛钱关系。"舒奶奶被汪月娥掐得动弹不得，双手不停挥舞着，竟误打误撞扯到对方的头发。

汪月娥疼得大呼小叫，舒言一时半会儿竟拉扯不开两人，正想换个顺手的位置，却见汪月娥狠狠将舒奶奶推了出去。

"奶奶！"

舒言扑过去接，可再也来不及。

奶奶瘦弱的身躯，直直向前倒去，额头不偏不倚，正好撞到坚硬的石板台阶上。

"奶奶！奶奶！"

江皓宸刚进胡同，就听到舒言撕心裂肺的吼声，三步并作两步飞奔进来。

殷红的鲜血流了一地，而那些血，正一点点带走舒奶奶体内的温度。

“别动！”

江皓宸比舒言冷静许多，他没有叫救护车，而是打电话把还没有走远的司机叫回来，按着急救常识，小心翼翼地用围巾把奶奶的伤口裹住。

“汪月娥，我要杀了你！”舒言浑身哆嗦，眼睛里迸发出的疯狂足以把人活活吞噬掉，而她手里的刀，也的确就要捅到汪月娥身上了。

这个女人不是说她生了自己吗，今天，自己就豁出这条命，跟她同归于尽。

舒言的手腕被人用力按住，江皓宸面无表情地盯着汪月娥：“她是有罪，但该处置她的是法律，不是你。”

他住进来的时候，就在小院里装了摄像头，谁也抵赖不了。

舒奶奶被抱走，汪月娥看着地上那摊血，膝盖一软，瘫倒在地。

“奶奶您醒醒，您不能睡啊！”舒言哽咽不止，只怕怀里的奶奶突然断气，就这么撒手去了。

“言言你冷静些，奶奶福大命大，不会有事的。”江皓宸揽着舒言的肩膀不停安抚。

司机明白事态紧急，不用催促就把车开得飞快。

因提前打过招呼，他们到的时候，已经有医生护士推着手术车在门口迎接，直接把人推进了手术室。

“医生我可不可以进去，求求您让我进去吧！”舒言从未有如此低声下气的时候，差点就给医生跪下了。

医生有些为难地看了江皓宸一眼，转头开口道：“舒小姐，家属只能在外面等。”

“可是奶奶她……”

"言言，奶奶一定会没事的。"江皓宸示意医生进手术室，自己则紧紧抱住舒言，"奶奶还没有找到二伯，她不会就这么走了的。"

"呜呜呜……"舒言痛哭失声，抬手两巴掌狠狠扇在自己脸上，"都是我不好，要是我看到汪月娥马上把她赶出去，就不会惊动奶奶……我怎么能让她在我眼皮底下受伤……"

没有切身经历的人，根本无法体会到舒言此刻的心痛和绝望，奶奶一生坎坷，大伯早逝，二伯走失，三伯二十多年前锒铛入狱，身边仅能依靠的小儿子还得了绝症。可就算这样，这个七十多岁的老人也没有被命运击垮，而是尽全力照拂着自己的孙女。

汪月娥但凡有一点人性，也不会那样恶言恶语地咒骂奶奶，还把她推成重伤。

"不，这不是你的错，错的人是汪月娥，她会为自己的行为付出代价的。"别的不说，只看舒言痛不欲生的模样，他就绝不会让汪月娥好过。

不知道过了多久，舒言只觉得眼泪都要哭干了，手术室的门才被推开，主治医生摘下口罩，沉声道："我们已经尽全力医治了，但老人家岁数太大，裂开的头骨只怕没办法恢复。"

"你说什么，你说清楚，奶奶她没死……没死对不对？"舒言两只手死死抓住医生的手腕。

医生被抓得生疼，但也不好甩开舒言，只安抚道："舒小姐放心，老人家气息平稳，但什么时候醒过来就不知道了。"

"太好了！太好了！"舒言胡乱抹了抹脸上的泪水，喃喃道，"江皓宸，奶奶没有抛下我，真好，真好。"

最起码奶奶的身体还是温热的，不像爸爸当年那样，成为一具冰冷的尸体。

"是，奶奶不会抛下你的。"江皓宸的心一抽一抽地疼，"吃点东西吧，你要是饿晕了，谁来照顾奶奶？"

舒有顺冲到派出所。

"汪月娥那个贱人在哪里，我要杀了那个贱人！"

他今天赢了钱，特意从蛋糕店买了母亲最喜欢的软糕，不料一进门就看到院里一摊血，问了刘秘书才知道母亲出事了。

那个贱人还敢回来，她必须死！

"这位先生，请您冷静些，这里是派出所。"办案民警虽然对汪月娥的为人嗤之以鼻，但法律就是法律，不能由着个人泄私愤。

"我妈被她害得躺在医院，到现在都不知道是生是死，我怎么冷静！"舒有顺把菜刀往桌上一搁，"冤有头债有主，我不想牵连无辜，只要让我杀了汪月娥，我这条命要杀要剐你们随便！"

他好恨，恨下午自己怎么就不在家，否则还能让汪月娥那贱人活着进派出所？

"先生，请您立刻停止您过激的言行，否则，我们有权将您暂时拘留。"民警再次警告道。

"你们都跟汪月娥一伙的吧！"舒有顺的肺都要气炸了，僵持中，到底还是江皓宸有先见之明，派了两个保镖把他架走了。

病情稳定后，舒奶奶由 ICU 转到 VIP 病房，舒言一刻不离地守在病床边，困了就趴在床边睡一会儿，无论江皓宸和舒有顺怎么劝，都不肯去休息。

"言言，你真的不用太自责，这事跟你一毛钱关系都没有。"舒有顺知道舒言最重情谊，就怕她顺着牛角尖钻进去，不肯放过自己。

"三伯我没事，你不用担心。"连日苦熬，舒言憔悴得不成样子，眼底一片青灰，皮肤也黯淡无光。

"咱们全家，可能上辈子欠汪月娥那个贱人的，才会被她害得那么惨。"当年舒有顺还在坐牢，这些事都是后来听说的。

"无论怎样，我都会为奶奶讨回公道。"

舒有顺长叹一气："去休息会儿吧，找二伯的事还指望着你呢，你可不能倒了。"

是啊。

要说之前寻找二伯只是一件非常紧要的事，那么现在就是箭悬在头顶上，不得不以最快的速度去做。

二伯是奶奶这辈子最大的心病，要是有他陪在床前，奶奶说不定很快就能醒过来。

舒言着急，早就信誓旦旦承诺会找到舒有德的江皓宸更急，但他却没有时间催促找人，因为此时他正被江凌风关在家里。

"睁大眼睛给我看清楚！"一个黑色文件夹脱离江凌风的手，甩到江皓宸面前，"这十年，汪月娥因为卖淫，几乎把江城大大小小的派出所进了个遍，找这么个烂货，你不要脸颢澜集团还得要脸！"

江凌风最好面子，要他跟汪月娥做亲家，还不如杀了他。

"没搞清楚问题的是你吧。"汪月娥的资料，早在舒奶奶做手术的时候他就查到了，不仅如此，汪月娥银行账户里还多了五十万。

也就是说，她的出现，明显是有人指使。

"查了吗？"江凌风能坐到如今这个位置，不知道受了多少明枪暗箭，根本不用江皓宸多解释。

"那人狡猾得很，没留下任何破绽。"江皓宸自会好好留意后续，不必跟江凌风细说，只淡淡道，"汪月娥在言言十岁的时候就走了，她们之间早就没有任何关系。"

他绝不允许任何人把舒言和汪月娥混为一谈，哪怕是江凌风也不行。

"母女关系,不是谁说切断就能切断的。"江凌风厌恶地摆摆手，"从现在起，我不想再听到这两个名字，你也不许再去舒家。"

"我的事不用你管。"

"你挥霍钱财胡作非为我都可以不管，唯独结婚这件事不行。"江凌风使了个眼色，十几个穿着黑西服的高大保镖，齐齐聚拢而来，颇有黑云压城的感觉。

"十五号，颢澜和唐悠会签新一期的合作协议，到时候也会正式向媒体公布你跟乔影订婚的消息，这几天你就好好待在家里。"

江皓宸凌厉的目光扫视一圈，轻哼："你这是要软禁我?"

"我也不想。"江凌风缓缓起身，待看向保镖时，脸上淡淡的笑意已消失得无影无踪，"如果他要出去，不用拦，告诉我行。"

"你在威胁我?"江皓宸眉心一紧，双手紧紧攥起。

"我能威胁你什么，只不过不忍心在那丫头伤心欲绝的时候再补上一刀。"江凌风脚步稍稍一顿，头也不回地走了。

"言言……"江皓宸喃喃轻语，过了好一会儿，他拿起手机拨通弋阳的电话。

如今能帮自己的，只有弋阳和乔影，可他并不确定她肯不肯。

"乔小姐，董事长不许小江总出门。"两个保镖一左一右，恭敬有礼地把乔影拦在门外。

乔影也不恼，只维持着一贯得体的笑容："江伯伯不让皓宸出来，

没说不让我进去吧？"

　　保镖面面相觑，的确如此。而且乔影板上钉钉就是颢澜未来的少奶奶，得罪了她，可没什么好处。

　　这样想着，两个保镖默契地让开路："乔小姐请。"

　　江皓宸心下稍安，伸了个懒腰幽幽道："总算有个人能说说话了，去楼上坐吧。"

　　关上卧室门，确定没有保镖跟上来偷听，江皓宸感激地看了乔影一眼："谢谢你愿意帮我。"

　　"我不想稀里糊涂地嫁了，帮你也等于帮自己。"

　　这边，保镖蹑手蹑脚地从二楼下来，立刻向江凌风报告情况。

　　对乔影的到来，江凌风颇有几分意外，问道："听见说什么了？"

　　"没有，不过……房间里有声音。"

　　"声音？"

　　"嗯。"保镖的语气比刚才更古怪些，"好像是……那个声音。"

　　江凌风一愣，很快明白其话中所指，虽然心里觉得古怪，但转念一想又立刻释怀："我知道了，你们远远盯着就好。"

　　无论江皓宸出于什么目的，只要跟乔影发生肌肤之亲，婚事就抵赖不了。至于他对舒言念念不忘，以后偷偷养在外面，也不是什么大不了的事，睁一只眼闭一只眼算了。

　　没日没夜地在床边陪了几天，舒言实在累狠了，在被舒有顺劝着躺到沙发上后，一觉睡到天黑才迷迷糊糊醒来。

　　见床边坐着一个穿白衬衣的男子，舒言没有多想就下意识喊道："你来了。"

　　整整一天没见到江皓宸，她心里已经积攒了好多思念。

"你再不醒，我都要等睡着了。"弋阳转身，露出一张熟悉的笑脸，"睡一觉是不是轻松些了？"

"是你呀。"舒言跟弋阳关系不错，揉揉太阳穴伸个懒腰，"听说你回京办事，这么快就好了？"

"我能有什么大事，不过是老爷子闷了，把我叫回去训一顿。"

"你怎么又惹你爷爷生气了。"舒言神色凝重，一副过来人的口吻劝着，"老人家都是活一天少一天，能好好的，就让他们开开心心的吧。"

弋阳无奈叹息一声："我怎么不想逗他开心，可是他偏要我去做我不喜欢做的事，真伤脑筋。"

别看弋阳大大咧咧，跟谁都能玩到一起去，实际上他是比江皓宸家世还要显赫的超级家族，就是不想过早依着家里人的安排生活，才跑到江皓宸身边"避难"。

"你玩心那么重，有个长辈管着也好。"舒言轻柔地替奶奶按摩着胳膊，语气里满是骄傲，"奶奶从来都不拘束我，她说人活一辈子，最重要就是开开心心的。"

弋阳一回江城就知道了事情始末，如果舒言哭哭啼啼还好，她越是这样坚强，他心底就越是隐隐作痛。他下意识地轻轻揽了揽舒言的肩膀："别担心，一切都会过去的。"

这样突如其来的亲密动作，让舒言有些无所适从，正要不动声色地挣脱开，一道熟悉的声音冷冷灌入耳中："你在干什么？"

回头，江皓宸骨节分明的手指紧紧抓着门把手，脸上已有微微怒意。

"弋阳来看奶奶。"

上次打架的事历历在目，舒言紧张留意着江皓宸每个细微的表情，生怕他又有什么疯狂举动。

　　舒言担心的事没有发生，江皓宸只看了她一眼，就把目光牢牢定到弋阳身上："我问你。"

　　他真是后知后觉，这么久，才察觉到弋阳对舒言的心思。

　　江皓宸的眼神明白无误，弋阳连掩饰的余地都没有，但他并不想争执什么，只回答道："我先走了，明天找你。"

　　江皓宸沉默地让出一条道，算是回应。

　　病房，的确不适合打架。

　　还好他控制住了自己，没有不管不顾地冲进来，否则这会儿怕是鸡飞狗跳了。

　　"你今天干什么去了？"

　　刚刚被江皓宸的怒气牵扯了所有注意力，这会儿才发现他额头上满是汗珠，运动鞋和裤子上都沾了许多脏东西，大衣口袋处还刮了一个很大的裂口。

　　"以后不许见弋阳。"江皓宸往沙发上一坐，答非所问。

　　"江皓宸，你能不能对我有点信任？"舒言可以不见弋阳，但不能由着江皓宸这么捕风捉影地怀疑自己，耐着性子解释，"他只是想安慰我一下，并没有其他。"

　　"你又不是他，怎么知道他没有非分之想？"江皓宸觉得自己好不容易压下去的怒火又噌噌往上冒，"他揽着你的肩膀，那么温柔地望着你，这还不过分，要等你侬我侬才算过分吗？"

　　温柔的眼神？

　　她怎么没发现？

　　无理取闹。

　　舒言满脑子就是这四个字，又生气又委屈，可再争执下去，少不了大吵一架，只按捺着坐回床边："你回去吧。"

"舒言，你是不是觉得我无理取闹？"江皓宸强行扳过舒言的身体，让她跟自己对视，"老头子为了逼婚把我关在郊外别墅，我好不容易逃出来，一路跑了十几公里才过来，一进门就看见别的男人抱着你，现在你让我走？"

十几公里？

舒言并没有抓住"逼婚"和"抱着你"这两个关键点，而是噌一下站起来："外面又冷又暗，你疯了！"

城里到处都在施工，一到晚上，就有许多渣土车来来回回，那种车横冲直撞的，万一不小心伤着碰着，她要怎么办？

舒言心都拧到一起，双手紧紧拽着江皓宸的手腕，把他抓得生疼。

她担心他，比担心任何人都多。

江皓宸心里那些莫名其妙的怒火瞬间泄了个无影无踪，他把舒言揽入怀里，语气温柔："好了，这不是好好的嘛。"

"哪好，衣服都破了。"舒言吸吸鼻子把泪水忍回去，这才反应过来重点，脑子"嗡"的一声炸开。

逼婚？

"你爸爸要让你跟谁结婚？"

这事瞒是瞒不过的，江皓宸索性坦白："乔影。"

看江皓宸的神情，之前跟乔影有关的一幕幕接连从舒言脑海中闪过。

"那天在机场，你不想回家，就是不想被逼婚，是不是？"她早该想到这些。

乔影的形象气质、家世背景，哪一点都跟罗瑶如出一辙，江家需要那样端庄优雅的少奶奶，颢澜集团也需要一个更好的形象代言人。

他们的确很般配。

"舒言，你给我听好了，我不喜欢乔影，更不会娶她，你不准胡思乱想，更不准不相信我。"

起初，江皓宸对舒言的确只是比对别的女人多一点兴趣而已，可不知从哪一刻起，她慢慢走到自己心里，成为那个独一无二的存在。

在遇到她之前，他从未想过结婚。

可现在他想娶她，越早越好。

见江皓宸紧张担忧地盯着自己，舒言突然轻笑出声："你担心我会知难而退？"

是，她的确没有乔影的显赫家世，这样的先天硬伤无法改变，却不是逃避退缩的理由。

她什么都可以学，就是不知道什么叫放弃。

江皓宸愣住了。

他想过舒言会伤心难过，甚至还会怨自己为什么不早说实话，却怎么也没想到她会以一种战斗的姿态，跟自己并肩站在一起。

"干吗这么看着我，不认识了？"舒言双臂紧扣，像只树懒一样挂在江皓宸脖子上，含笑调侃，"按正常套路推算，你爸爸可能很快就要断了你的经济来源，所以，你要乖乖的，否则可没饭吃。"

江皓宸又好气又好笑："你是说，我要吃软饭了？"

他江皓宸要靠女人养？这丫头还真敢想。

"软饭多好，有助于消化。"舒言在江皓宸脸上左揉又蹭，玩得不亦乐乎。

这家伙克制住脾气没发火，比之前有进步了。

乔影端庄美丽，她也漂亮大方；对方是"海龟"金领，自己还是著名厨师呢，也差不到哪里去呀。

"可我就喜欢啃硬骨头，你说怎么办呢？"

舒言手心被江皓宸挠得直发痒，呵呵笑着左躲右闪，嘴上却不肯示弱："我怎么知道，凉拌呗！"

她爱的这个男人，优秀强大会发光，除了脾气有点臭……哎呀，忽略不计啦。

第十章
chapter ten

/ 互 为 项 背 /

　　"以后不许见弋阳。"平息战火风波，天下第一小心眼的某男，又把话题扯了回来。

　　"再说最后一遍，我跟他真的什么都没有。"舒言无奈地撇嘴。

　　舒言对感情的事格外迟钝，丝毫没发觉弋阳对自己有什么不同，江皓宸虽然吃醋生气，却也明白弋阳绝不会有什么过分举动。

　　"是，是我误会你们了，行不行？"

　　还是别点破，省得她以后都不自在。

　　"这还差不多。"舒言没有多想，因为她更关心另一个问题，"乔影不会找我麻烦吧？"

她并不讨厌乔影，甚至很喜欢，但对情敌基本的警惕心还是要有。

想着今天乔影说的话，江皓宸微微摇头："应该不会。"

见舒言一副如释重负的模样，江皓宸不由得失笑："怕什么，就算打架，吃亏的也会是她。"

自从上次携菜刀进夜店抢人，舒言算是"美名在外"了，人人都知道江皓宸新交的女朋友是个"虎女"，轻易惹不起。

"所以，少惹我。"舒言狡黠笑着，抬脚在江皓宸那只没受伤的脚面上踩了一下。

总要让这家伙长点记性，以后才不会瞎说大实话。

"舒言，你这是谋杀亲夫……"

江皓宸在医院陪了一整晚，第二天早上到公司，弋阳早早等在办公室门口。

"进来吧。"江皓宸语气平静，并没有像昨晚那般暴怒。

"皓宸……"

"你喜欢她，为什么不跟我说？"江皓宸打断弋阳的话。

"跟你说，让你退位让贤？"弋阳嘴角扯起一丝难见的苦笑，自嘲似的轻嗤，"就算你肯，她也不会肯。"

这几个月，舒言对江皓宸的感情，他都看在眼里。

情深至此，没有什么可以拆散。

"你还真挺敢想的。"江皓宸冷嗤，"先下手为强，你一步晚步步晚，别说这辈子，就连下辈子都没有机会。"

要不是看在从小一起长大的份上，弋阳早就跟那个法国小伙一样，被打得满地找牙了。

"无论你信不信，我从没想过要把她占为己有，只是希望她能开开心心的。"弋阳神色认真，"老爷子不会接受她，而我，并没有你那样的勇气。"

世家讲究的门当户对，对弋阳而言只会比江皓宸更加苛刻。

"那是你不够爱她。"江皓宸一针见血。

"是，所以我什么也不会对她说。"

"记住你今天的话。"

彼此明了，再也不需要任何多余的解释。

一个个小插曲，并不能阻挡时间的步伐。事实证明，舒言的预见性非常准确，江凌风知道江皓宸逃出别墅，愤怒异常，他不能对乔影怎么样，又没办法在江皓宸早有准备的情况下故技重施，想来想去，决定断掉他所有经济来源。

然而，人生之所以有意思，就在于很多事你能推测出开头，却往往猜不到结局。

江凌风并没有付诸行动，不是他改变主意想饶江皓宸一次，而是因为颢澜集团出事了。

出大事了。

一场高级婚宴，宾客们在菜品中发现了活着的蟑螂，还有老鼠屎。

自地沟油开始，大众对食品安全的关注程度日渐提高，寻常火锅店吃出一只死苍蝇都会上新闻，更何况是一向以高品质著称的颢澜集团。

视频一经爆出，以迅雷不及掩耳之势登上各大新闻网站的头版头条。

"怎么会这样？"舒言看着手机上铺天盖地的新闻，几乎不敢相信自己的眼睛。

"不可能。"舒言是难以置信，江皓宸则是严重怀疑。

颢澜大酒店的卫生要求极其严格，后厨每个月都会请专业的消杀公司做彻底清洁，一只蟑螂就算了，怎么可能有老鼠。

"你快回去看看。"舒言匆忙把大衣递给江皓宸，待对方走到门口时，又突然追了上来，"我跟你一起去。"

出了这样的事，后厨一定人心惶惶，那是她擅长的领域，该好好帮钟总厨一起维护后厨人心稳定。

江皓宸微微沉吟，点头。

虽然江凌风立刻启用紧急公关，然而此事直击民生痛点，爆出去的视频犹如锅炉，每时每刻都有新的炭火扔进来，不仅不能熄灭，反而还会越烧越旺。

打造一个好口碑需要几年甚至几十年，但摧毁，只要一瞬。

每年都有千千万万家餐厅悄无声息地消失，如果处理不好，颢澜大酒店很快就会成为它们其中的一员。

哪怕还能苟延残喘，也会被彻底拉下神坛，荣光不再。

现在的江凌风，每一步都走在刀刃上。

待江皓宸和舒言携手来到会议室时，董事会已经吵成一团：

"这种事绝对不能认下，一旦认了就全完了。要我说，厨房的监控完全可以处理，找出涉事厨师，开除算了。"

"主要是要安抚住事主的情绪，再跟媒体打打招呼，把照片高价买了。"

"找人从娱乐圈爆几个猛料出来，人的注意力有限，等这拨热度降下去，谁还会再追究？"

几个人你一句我一句，虽然说的话不一样，意思却明明白白，那就是推卸责任。

舒言越听越气愤，一时没控制住情绪，脱口而出道："不行！不能这么做！"

干净利落的话语，让众人的目光齐刷刷落到她身上。

"你是谁，有什么资格在这里说三道四！"董事们很快反应过来，纷纷出言斥责。

"她是我江皓宸现在的女朋友，未来的妻子。"江皓宸重新抓牢舒言的手，径自走到江凌风左侧的位置坐下，目光冷冷环视四周，一字一顿，"遇到事情只知道推卸责任，你们平时就是这么管理颢澜的？真是让我大开眼界。"

"小江总，您的股份是比我们所有人都多，但您从没在颢澜任职一天，又有什么资格来质疑我们？"坐在江凌风右侧的董事抬了抬眼皮，似笑非笑道。

"对啊，那次食物中毒的事闹得更大，还不是这么过去的。"另一个董事补充道。

"那时候没有网络，也没有头版头条。"江皓宸默然扫视一圈，"二十几年，连街边小摊都知道与时俱进，你们还打算套用那套土得掉渣的经验？"

出事了就推一个小卒去挡枪子的无耻行为，是江皓宸绝不会做的。

众人面面相觑，瞬间安静。

江皓宸虽然跟江凌风不和，却深知对方是什么性子，他迟迟没开口，就是在等自己说下去，是以继续道："这世界上或许有巧合，可这件事绝对不是，背后那个暗箱操作的人非常会利用舆论来施压，而且他很了解在座诸位的想法。一旦颢澜有推卸责任的势头，他就会去激发民怨，指责颢澜不负责任，到时候颢澜就会彻底跌进失德失信的旋涡，一个无良企业，离死也不远了。"

事反常态必有妖，最近这一连串的变故，让江皓宸笃定有人在背后捣鬼，他原本顺藤摸瓜，已经查出些眉目，不承想对方比他想象的下手更快，这一掌打得措手不及。

但有一点可以确定，这个人就在颢澜集团，就在他们身边。

"那您说该怎么办？"另一个董事忧心忡忡地开口。

他虽然不服气江皓宸一个晚辈在这儿指手画脚，但如今他们都是一条船上的人，颢澜集团垮了，损伤的是所有人的共同利益。

"当然是马上道歉，然后承担责任。"

厨师失职也好，有人陷害也罢，事情的的确确发生在颢澜集团，只凭这一点，他们就有不可推卸的责任。

公众虽然愤怒，但大多数还是有理智的，他们并不想置颢澜集团于死地，更多时候，他们要的只是一个态度，还有知错改正的决心。

"一旦承认问题属实，这顶帽子就扣在颢澜头上了。"江凌风终于开口。

这些年，类似事件曝光了不少，但从来没有哪个企业第一时间出来回应，大多都是等热度降下去些，再出个简单声明，严惩或辞退当事人作罢。

弃车保帅虽然敷衍了些，却能够在可见范围内，把损失降到最小。

"不承认，问题就能自动消失？"

掩耳盗铃而已。

遇上紧急舆情，快速有效地做出回应，才是止损最有效的办法。就像一个人受了刀伤，首先要止血一样，见众人还在犹豫纠结，江皓宸直接让刘秘书拿了台笔记本电脑，噼里啪啦敲着键盘。

　　"就这样，盖上公章立刻由官网发出去，若出现任何意料之外的问题，由我一力承担。"江皓宸把电脑往江凌风面前一横。

　　在颢澜，他拥有的股份仅次于江凌风，也就是说，其他人是什么想法，完全可以忽略不计。

　　对于今日曝光的颢澜集团宴会厅菜品中出现老鼠屎和蟑螂等问题，经我公司紧急查证，情况属实。

　　在一向以高端、精致、卫生为招牌的颢澜集团餐厅出现这样大的食品安全问题，是公司高层监管的严重失职，涉事门店立刻停业整改，整改时间内导致顾客原订单无法落实，公司将承担顾客的所有损失，并免费为其安排同等级别宴会厅。

　　鉴于此次事件的教训，公司将对所有后厨进行彻底清洁整改，并安装实时监控设备，欢迎顾客及社会监督。

　　颢澜不会辞退任何一个员工，也不会让员工承担超范围的任何责任，只希望所有颢澜人以此为戒。

　　四句简短话语，所表达的意思却十分清晰：我们的错，我们认；我们的责任，我们承担；我们的员工，不会成为挡枪的棋子。

　　江凌风很震撼，为江皓宸敢于天下先的行为，更为他处变不惊的勇气。

　　"你想没想过，万一事情一发不可收拾？"江凌风定定地看着江皓宸。

　　这样开诚布公的声明，并没有成功案例可以借鉴，也就是说，是冒险的。

　　"我说了，若有超出意料的后果，由我一力承担。"江皓宸没有畏惧，更没有退缩。

"你要如何承担？"江凌风再次反问，他并非不相信自己的儿子，正相反，看到声明那一刻，他就知道这样的决断是正确的，他只是想逼江皓宸一把，看江皓宸能做到什么程度。

"他会跟我分手。"任谁都没想到，舒言会先江皓宸一步接过话茬，"江董事长，我知道您一直反对江皓宸跟我在一起，如果这份声明造成超出意料的严重后果，我马上离开江皓宸，而且保证从今往后，再不会出现在他面前。"

"言言，你胡说什么！"江皓宸噌一下站起来，坚决反对。

舒言握一握江皓宸的手，坚定的目光没有半分退缩。江皓宸一下就明白了，舒言不是拿他们的感情做赌注，而是百分之百相信他。

爱人不疑。

说的不只是感情，还有跟这个人有关的一切。

"江董事长，您认为如何？"舒言淡淡追问道。

"好。"

江凌风点头后，道歉声明立刻发了出去。江皓宸牵着舒言的手，头也不回地离开会议室。

"傻丫头，你就不怕失去我！"一进办公室，江皓宸就紧紧把舒言拥进怀里。

"你不会冒着失去我的风险，去坚持一个完全没有胜算的主意。"舒言笑得轻松，"如果没把握，你会改变主意的。"

"好啊，原来你在考验我啊！"江皓宸恍然大悟。

"不要担心，我相信你会通过考验的。"舒言拍拍江皓宸的肩膀，一副过来人的语气。

"万一失控了呢？"

"那就是老天爷不愿让咱俩在一起，我只好消失了。"舒言装模作样地叹息着，连连摇头。

"想得美！"江皓宸一指头敲在舒言光洁的额头上，"你生是我的人，就算几十年后死了，骨灰也要埋在我家地里，哪里都别想逃！"

舒言只觉得浑身一阵鸡皮疙瘩。

偶像剧男主角表白总能让人花式感动，为什么到了江皓宸这里，总是要多吓人有多吓人呢？

伤脑筋。

城市另一边，某办公室内。

"先生您就放一百个心吧，这次，颢澜集团肯定完了。"除了极个别隐藏较深的，大多数人还是可以貌相的，比如眼前这位，染着一头黄毛，看起来就不像好人。

"不到最后一刻，谁都不知道会发生什么。"男人的脸隐藏在高高的椅背后，神色波澜不惊。

经过三十年积累，颢澜集团就像一棵根基深厚的大树，他能够轻易砍掉某个枝杈，却无法一下子连根拔起。

没关系，他有的是耐心。

"咱们要不要加点料？"

"不急，且先看着。"椅背后的男人掐灭手中的烟，似笑非笑。

虽然不明真相的江皓宸并没有打算辞退钟恩德，甚至没想给他任何处罚，但钟恩德还是递了辞呈。

用他自己的话说："出了这么大的事，我这个行政总厨责无旁贷。"

"这不是你一个人的错。"江皓宸看着手里的辞呈，突然，某难以明说的异样情绪，在脑海中一闪而过。

或许，他真的忽略了什么。

这边，钟恩德的声音无比坚定："保证菜品卫生，是厨师最基本的责任，连这个都做不到，还有什么资格做总厨。"

江皓宸深深看了钟恩德一眼："既然钟总厨心意已决，我就不留您了。"

"师父，您这么走也太亏了，何况事情……"

钟恩德并没有理会滔滔不绝的王林，只低头把办公桌擦得干干净净，待捧着私人物品准备离开时，方才淡淡道："从今以后，你不用叫我师父了。"

"师父，您这是……"

钟恩德头也不回，只淡淡道："你做了什么，自己不清楚吗？"

没错，他是受了那个人的挑唆，在菜品里动手脚，但所动的，不过是混进几只蟑螂而已，就算被曝光也不会引起太大风波，那些老鼠屎以及后厨视频里曝光的老鼠，并不是他所为。

当时他还有些疑惑，现在想想，再清楚不过。

王林默然。

在钟恩德关门离开后，王林露出一丝轻蔑的冷笑。

这老东西，还真把自己当盘菜了。

江皓宸站在落地窗前，静静注视着钟恩德渐行渐远的身影。

"老板，我按您的要求查了钟恩德的资料，并没有发现其他异常，除了……"

江皓宸紧紧盯着手里的文件夹："他一直在找亲生父母？"

"是。"刘秘书看了看江皓宸的脸色，小声道，"钟恩德的祖籍是江城，年纪经历都对得上，他很可能就是舒小姐的……"

"先别让言言知道。"

就目前的情况，钟恩德很可能跟那个幕后黑手有关联，更有可能是舒奶奶找了大半辈子的儿子，这一切都需要时间去证实，在瓜熟蒂落之前，他不想让舒言烦心。

烦心事总是有很多，比如说，钟恩德留下的烂摊子。

虽然已经停业整顿，但越是闲得没事干，杂七杂八的想法就越多，更何况在王林有意无意地渲染下，愣是让大家觉得钟恩德是被高层逼走的。

后厨人心惶惶。

"不行。"见舒言主动要求接替钟恩德的职位，江皓宸想都没想就拒绝了。

现在的后厨，或者说整个颢澜集团就是一摊浑水，他怎么能让自己心爱的女人蹚进去。

舒言不争辩什么，只和颜悦色地反问："你还有更好的人选吗？"

江皓宸愣然，他的确没有。

"出了这么大的事，后厨本来就人心惶惶，再没个主事儿的人，还不知道要闹出什么乱子。"舒言耐心地晓之以理，见江皓宸还是一副没商量的表情，索性来个激将法，"或者说，你现在连我都信不过？"

"你明明知道我不是这个意思。"

"既然不是，你就让我去。"舒言轻轻环抱住江皓宸，推心置腹，"你帮我照顾奶奶，帮我找二伯，为我做了那么多，这一次，就让我尽点微薄之力，好不好？"

"那些都是我心甘情愿做的。"

"我也一样。"舒言毫不退让，"我必须去，你要不答应，我就自己去找董事长。"

江皓宸何尝不明白舒言是想为自己分担，思虑片刻后，点头道："我跟你一起去。"

"不行。"舒言拒绝得不留一丝余地，"每行有每行的规矩，你什么都不懂，少来给我添乱。"

凡事都要适可而止，江皓宸不追究涉事厨师的责任，也没有辞退一个人，已经是老板对员工最大限度的维护，若再亲自去后厨安抚情绪，反而会让人觉得理所当然，意识不到犯错的是自己。

升米恩斗米仇，说的就是这个道理。

"你别硬撑着，无论有什么事都及时告诉我。"舒言的苦心，江皓宸怎么会不懂。

"放心吧，天塌不下来，就算塌下来，也有个子高的顶着。"

就这样，舒言以出乎所有人意料的姿态，成为颢澜大酒店的行政总厨。

"我刚刚把所有人的档案都看了一遍，除了几个新来的打荷师傅和砧板师傅，其他师傅在厨师这行，少说也有六七年时间。"

舒言笑容亲切，语气不卑不亢，明明是一个只有二十四岁的娇小女孩，但站在一群人高马大的老爷们面前，气场却丝毫不弱。她缓了口气继续道："颢澜的工资待遇，不敢说是同行业最好的，起码也是上等水平，这一点大家都承认吧？"

听到这话，陆续有人点头，其实除了工资待遇，颢澜还给他们提供了很多发展空间。比如说，许多人用着公司提供的食材来研发新菜，在各类厨师大赛上获奖。

"舒总厨，您到底想跟我们说什么？"王林耐不住性子问了一句。

"颢澜已经对外发了声明，不会辞退任何一个厨师，因为江总知道大家都不愿意看到发生这样的事，公司没有弃车保帅，是把大家当家人，而不是可有可无的员工。"舒言的目光在众人间巡视一圈，"那么大家呢，愿不愿意跟公司一起，把这个坎儿跨过去？"

出现危机的时候，往往也是辨别人心的时候，钟恩德走了，她又不可能一直留在颢澜，必须培养出几个撑得住场面的人才。

这一次，众人沉默得明显比上次稍久些，那些资历浅的学徒工自不必提，但凡能独当一面的大厨，外面都少不了有人出高价来挖，趁机离开并没有坏处。

"在酒店行业混，谁都不敢保证蟑螂、老鼠的事不发生，如果遇到同样的问题，你们想要找的新东家，会不会像颢澜一样护着你们？"舒言的声音不大，却一针见血。

众人一愣。

只怕很难说。

"舒总厨，我会留下来。"

不知是谁先下定了决心，其他人纷纷响应，就连两个之前表示过要辞职的西餐厨师，也改变了主意。

舒言的脸色虽然看上去很平静，一颗心却忐忑得快要跳出来，直到这会儿，才暗暗舒了口气，含笑道："我爷爷也是厨师，他老人家活着的时候经常说，菜品要有温度，首先做菜的人得有温度，大家能够齐心跟颢澜共患难，可见都是有感情有温度的人。"

对一个大公司来说，人员流动是再正常不过的事，走几个人也无妨，但舒言却不这么想。

这会儿，只有人齐，人心才能齐。

而且，都在自己眼皮底下，才能方便揪出内鬼。

　　后厨暂时稳定住，前面的情势也出现了可喜的反转，声明发出后，短短半个小时就收到二十几万条留言，点开一看，评论中有谩骂，有讽刺挖苦，但更多的，则是表扬。

　　"颢澜大酒店高端大气，服务也热情周到，这应该只是个别事件。"

　　"别的企业一出事就百般推诿，颢澜起码敢作敢当，应该给他们一次机会。"

　　"就是，起码高层自己背了锅，没把问题甩给小喽啰和临时工，也算清流了。"

　　从曝光到发布声明不到半天时间，江皓宸用不抵赖、不狡辩、不找人顶锅的独特方式坦率回应，让一众准备好骂人草稿的吃瓜群众措手不及。

　　就像舒言说的，菜要有温度，人要有温度，一份道歉声明也要有温度。

　　虽然还有不少质疑声，但比之前一边倒的口诛笔伐，也算打了个成功的翻身仗。

　　江凌风悬着的心，一点点落回肚子里。

　　舆论的影响力是难以估计的，很快，更好的消息传来，之前订好婚宴聚会的客人们，竟有一多半表示不会取消，也不需要额外赔偿。

　　"好，很好。"

　　"先生，都是我们办事不力，您别生气。"站在红木办公桌前的黄毛男头越埋越低，恨不得钻到桌子底下。

　　"意料之中。"不过片刻，男人眼眸中的猩红怒意已经完全压制下去，

只见他站起身，将一张银行卡推到黄毛男面前，"好好做事，钱不会少你的。"

"多谢先生。"收了钱，黄毛男自然要表表决心，"咱们要不要再……"

"我说了，不要急。"男人嘴角勾起一丝意味深长的笑容。

后厨，舒言忙得团团转。

原本想趁着歇业期，好好规整规整管理制度，没承想这帮任性的上帝大爷竟然说不取消就不取消，倒不是她水平不行做不了钟恩德的菜，问题是她一直用小炒锅，酒店的大炒锅拎起来实在费力。

偏偏她又是个极度要强的，该主厨做的菜，一道也不肯假手于人，一晚上近百道菜做出来，胳膊都快要累废了。

用一句流行语说，那就是全靠意念在支撑。

江皓宸一直在办公室跟江凌风商量后续改革跟进事宜，等忙完工作匆匆赶来厨房时，正好看见舒言穿着白色的厨师服，顶着高高的总厨帽子，双手并用地举着巨大的铁锅来回颠勺，娇小的背影透着说不出的疲惫。

可能手臂真的没力气了，锅颠了几下都没颠起来，偏偏这丫头不知道什么叫放弃，依旧拼全力尝试着。

江皓宸就那样静静站在过道里，他深吸一口气，只觉得空气里带着荆棘，刺得心肝脾肺肺，哪儿哪儿都疼。

舒言做菜的时候向来是最专注的，她并没有察觉到江皓宸的存在，只吃力地把最后一道菜倒入雪白的盘子里，开心道："坚持就是胜利，齐活儿，可以下班啦！"

客人的菜已经上完了，这道小炒牛肉，是她特意为江皓宸做的，他中午就没好好吃饭，晚上可不能再饿着。

如释重负地放下锅勺，舒言正要解围裙，突然重心不稳，落到一个宽阔的怀抱中。

江皓宸几乎把从小到大所有的力气全部使了出来，他紧紧抱着舒言，一动不动。

"喂，你松开我呀！"舒言牛皮糖似的挣扎着，实在不想闷死。

"走，再也不到这破地方来了。"在舒言觉得自己就快要闷死之前，江皓宸总算大发慈悲地松开手，随后将她打横抱起，往外走去。

可怜那盘还冒着热气的小炒牛肉，就这么被抛弃了。

"江皓宸，你快放我下来！"这会儿虽然大多数厨师都下班了，但还是有不少值班的，要被人看到她这么被江皓宸抱着出厨房，好不容易树立起来的威信，还不得顷刻间荡然无存！

"好好的，别乱动。"江皓宸不仅没有放手的意思，反而抱得更紧了。

就这样，舒言在众人异样的目光中，被江皓宸抱着进了办公室。

颢澜集团总部的办公室，比江城那边宽敞了不知道多少倍，270度环形落地窗，将整个京城的夜景尽收眼底。

江皓宸径自走到窗前，轻轻把舒言放到按摩椅上，自己则靠着按摩椅坐在一边，一言不发地为舒言按摩着发麻的胳膊。

"不就是炒锅大了点嘛，明天让人把我的锅拿过来就好了。"累是累了些，但成就感也是满满的，舒言并不想就这么放弃。

"你这丫头到底把不把自己当女人看，那口锅都快有你重了，你还逞强去用！"江皓宸实在忍不住，可训了舒言，心里反而更加难受得厉害，连语气都蒙了一层雾气，"舒言，你是不是成心让我愧疚，让我离不开你！"

坚强，乐观，聪明，善解人意……她怎么可以这么好，好到让他

不知所措。

"好啊江皓宸，你还想着离开我！"舒言抬起酸胀的手，装模作样地一拍江皓宸的脸颊，"给你几天好脸色，是不是忘了挨炒勺的滋味了？"

舒言含怒带怨的表情让江皓宸忍俊不禁，他捏捏她的鼻子，一字一顿："你是第一个敢追着我打的女人，这辈子也忘不了。"

"好啦，我这不是好好的嘛。"舒言任由江皓宸帮自己按摩着酸痛的胳膊，有些遗憾地感慨道，"可惜钟总厨引咎辞职了，他要是不走该多好。"

提起钟恩德，江皓宸立马想起上午刘秘书跟他说的事。他脸上微妙的情绪变化没能逃过舒言的眼睛，只见她立刻坐直了身子，紧张地询问："该不会，这件事跟钟总厨有关？"

钟恩德性子的确有点别扭，但以她粗浅的了解，对方不像是那种小人。

"在真相大白之前，我也不敢肯定，但另一件事，的确跟他有关。"

认亲之事，必然会给舒言造成一定程度的困扰，但江皓宸稍稍纠结片刻，还是决定坦言相告。

江皓宸的话，让舒言整个人如遭雷击，好一会儿才勉强找回自己的声音："你说什么？"

找了那么多年的二伯，竟然近在眼前，这⋯⋯怎么可能？

莫非真应了那句话：踏破铁鞋无觅处。

"钟恩德只怕跟你一样难以置信。"

验证真相并不难，舒奶奶还活着，只要做个亲子鉴定就可以了。

不，不用做亲子鉴定，一定就是他。

这一刻，舒言终于明白为什么从第一次看到钟恩德起，她就有种说不清道不明的亲近感，而钟恩德明明是厌烦她的，却还能毫无保留地把做九转大肠的方法教给她。

这或许就叫血浓于水。

"江皓宸……"

"你放心，无论如何，我都不会为难他的。"

"嗯。"舒言眼睛里含着泪光，久久不语。

累得太狠，舒言躺在按摩椅上很快就睡着了。江皓宸轻手轻脚地把她抱到床上，正要盖被子，却发现舒言的手指一直拽着自己的衣服扣子，睡着了也不肯松开。

有涓涓暖流从心底淌过，江皓宸索性放弃洗漱，和衣拥着舒言共同进入梦乡。

第二天，江皓宸是被舒言的呼喊声惊醒的。

"完了完了，我说过九点半给大家开晨会，马上就要迟到了！"该死的，她昨天稀里糊涂睡着，连个闹钟都没定。

"再睡会儿。"江皓宸揉揉受惊过度的耳朵，大长腿一伸，轻松地把舒言锁在床上。

舒言挣脱不出来，又气又急："江皓宸你别闹了，如果害我迟到，罚你一个月没饭吃。"

一动不动。

闭上眼，舒言小小身子吃力地端着炒锅的模样就浮现在眼前，他江皓宸就算再没用，也绝不能让自己的女人去受那样的苦。

"江皓宸，你就让我下去嘛好不好？"威胁没用，舒言立马换了温柔攻势，可惜床上装睡的人依旧恍若未觉。

舒言是没练过散打什么的，但并不代表没办法，只见她翻了个大

大的白眼，双手探入被子，在江皓宸腰腹处狂挠不止。

"啊……哈哈……"奇痒来得猝不及防，江皓宸呼喊的同时，下意识地左右躲闪，舒言趁机挣脱束缚。

"你给我回来！"

"我偏不！"舒言得意地朝江皓宸做了个鬼脸，"哐当"把门带上。

她不是喜欢藏在谁的羽翼下混吃等死的人，新的一天，还有许多事等着她去做。

办公室里，传来无可奈何的叹息声，罢了，只让她去做做管理，不再用那么重的锅就是。

第十一章
chapter eleven

/ 缘 来 是 你 /

也许是江皓宸按摩得仔细，舒言的胳膊并没有如预想般那样酸痛，有了头天晚上的亲眼所见，后厨的人都意识到眼前这个柔弱的小女孩绝不是靠裙带关系进来的，相反，无论厨艺还是统筹管理的能力，都远在他们之上，所以，对舒言的态度也恭敬了许多。

"总厨，新做的高汤还没完全入味，能不能用排骨汤代替？"

舒言用小勺尝了一口，摇头道："用矿泉水。"

味道不够就不要掺杂，否则只会适得其反。

"高汤的配料表，我能看一下吗？"醇香的汤汁在唇边弥漫开来，

她回味片刻，总觉得少了点什么。

熬汤厨师点点头："钟总厨走的时候，把所有汤料的配比表都留下了，我这就去给您拿。"

钟恩德？

再次听到这个名字，舒言心里有种难以言喻的复杂。

他真的是失散多年的二伯？

他……真的跟这次后厨曝光事件有关？

或许她不该再等，应该马上去验证答案。

两天了，钟恩德无时无刻不是在忏悔中度过的，原以为报复了颢澜，他心里压抑了许久的愤怒就能彻底宣泄，可是为什么他一点也不快乐，反而很痛苦？

"辞工作就辞了吧，忙活一辈子也该享享清福了。"姜妍不知道这其中的症结，只以为钟恩德突然闲下来心里没有着落，又宽慰道，"儿子在英国稳定了，说让咱们去那边养老，我想着换个环境也好。"

"我妈还没找到，我哪里也不去。"不知道是不是心有灵犀，这些日子，钟恩德梦到母亲的次数越来越多，甚至恍恍惚惚间，还梦到父亲在厨房做菜的背影，他们兄弟几个在老房子的院子里嬉戏玩耍。

他很想多梦一会儿，哪怕再多那么一点点线索，可终究都是徒劳。

"这些年找得还少吗？你总不能印个几万张寻人启事，贴满江城大街小巷吧！"姜妍虽然能理解钟恩德的心情，但对他这种死硬态度，却是无可奈何。

贴寻人启事？

是啊，他怎么没想到？

"你不会真想这么干吧！"看钟恩德的神情，姜妍就知道他把自己脱出而出的玩笑话当真了。

"怎么不可以，这个办法虽然笨了点，但一定能找到些线索。"

"叮咚！"

舒言来得很是时候。

又或者说，很不是时候。

姜妍很不高兴，自然没什么好脸色给舒言，语气硬硬的："老钟已经不是总厨了，你请回吧。"

"阿姨，我这次不是来向钟伯伯请教菜式的。"舒言对姜妍的态度，比之前更亲切了些。

"老钟心情不好，无论你为什么而来，他都不想见。"姜妍继续下逐客令。

趁姜妍关门的瞬间，舒言利落地把自己从门缝挤进去，语气认真："我知道钟伯伯失散的母亲在哪里。"

"你说什么？"两个人，异口同声。

舒言看着神色凝重到不知所措的钟恩德，勉强忍住眼底的酸涩，淡淡含笑："钟伯伯，阿姨，你们如果有时间，可不可以听我讲个故事？"

做份亲子鉴定很简单，但舒言不愿让奶奶这么多年的等待、企盼、煎熬，仅仅只落到一张薄薄的纸上，她要让钟恩德知道奶奶所有的苦，知道她这么多年有多艰辛。

钟恩德夫妇面面相觑，终于点头。

舒言并没有刻意煽情，只将这些年发生的事娓娓道来，但还是让钟恩德夫妇红了眼眶。

这大半辈子，他们日子过得平安顺遂，从没有经历什么大波大浪，怎么也想不到，会有那么多的坎坷接二连三地降临到这个可怜的家庭里，更想不到，是一老一小两个女人，始终在撑着这个摇摇欲坠的家。

　　"奶奶还在昏迷中，考虑到抽血会损伤她老人家的身体，我只取了几根带毛囊的头发。当然，您如果有疑虑，也可以去医院抽血鉴定。"舒言把一个小小的透明袋子放到茶几上。

　　"言言……"钟恩德不知不觉改了称呼。

　　"钟伯伯，这有可能只是个美丽的误会，但我更希望下次见面的时候，可以叫您一声二伯。"一切还没有定论，舒言并不想把话说得太死，以免希望越大，失望越大。

　　"老人家她……她在哪个医院？"见舒言走出大门，钟恩德还是没忍住追了上来。

　　"江城市中心医院。"

　　奶奶不知道什么时候才能醒过来，或许钟恩德能去陪陪她，也是好的。

　　"老钟，这丫头……"姜妍将信将疑。世上哪有这么巧的事，说不定是啥阴谋。

　　"我相信她。"钟恩德回答得干净利落，一丝犹豫也没有。

　　那些事都是暗中做的，江皓宸绝对不会知道，就算心里有疑，也不至于用这么大的事来下套儿。

　　更何况，正如舒言所说，舒奶奶为了找儿子，在老房子住了一辈子，周围邻居应该都知道，只要多打听打听就能知道真相，根本做不了假。

　　"妈妈，您还活着，您真的还活着……"

　　钟恩德片刻也没耽搁，待找了最权威的鉴定机构把毛发和自己的血样采集完毕后，立刻来到江城，照着舒言给的地址找去病房。

　　舒有顺不在，陪床的是请来的两位护工。经过汪月娥一事，江皓宸特意交代陌生人不准入内，两位护工不由得一阵警惕："您找谁？"

"我是舒言的朋友，来看看老太太。"钟恩德并没有再往前走，只是目光怔怔地看着病床上的老人。

舒奶奶额头上的伤，被层层白纱布包裹着，乍然看上去触目惊心。年纪太大，她的头发脱落了大半，只剩下寥寥几根贴在头皮上，像秋天的一道残霜。

受了那么大的罪，应该很痛苦，但她的神情是那样平静，仿佛只是睡着了。

"有……有……有德。"突然一瞬，早已陷入重度昏迷的舒奶奶，手指突然动了一下，两片毫无血色的嘴唇艰难地张张合合。

虽然听不清说什么，但已足够让人欣喜若狂，一个护工激动地掏出手机："老太太醒了，赶紧，赶紧给舒小姐打电话！"

"我来打吧。"钟恩德背过身，默默拭去眼角的泪水。

老太太的声音虽然很轻，但口型却明白无误。

有德。

无论何时，她心里最牵挂的都是那个走丢的孩子。

舒言刚刚站到灶前，就接到钟恩德打来的电话，手上一抖，勺子"哐当"落进锅里。

那是"守得云开见月明"的声音。

整晚都在亢奋中度过，舒言从来不知道日子能过得这么慢，一分分一秒秒，一道道菜上着，仿佛永远都到不了头，好不容易挨到下班，连衣服都没来得及换，整个人就飞奔了出去。

江皓宸同样高兴，二话不说就让司机把两人送去机场，江家有私人飞机，随时都可以出发。

"你该早点告诉我。"

"有钟伯伯陪着，奶奶会很高兴。"舒言眼眶却忍不住又红了一圈，"我现在只希望鉴定结果能快点出来。"

"放心，很快的。"

"谢谢，江皓宸，谢谢你。"要没有江皓宸的帮助，或许她有一天也会发现真相，但绝不会这么快。那时候，恐怕奶奶已经去世，留下一辈子的遗憾。

"傻瓜，跟我还需要说这么见外的话。"江皓宸小心抹去舒言眼角的泪水，心里感慨万千，"要说感谢，该是我谢你。"

如果不是舒言，他现在还活在迷茫和叛逆中，虽然有着为之奋斗的事业，却始终不清楚人生的意义，只尽可能地靠折腾自己为父亲添堵。

要不是这些日子亲眼看到舒言对菜品的一丝不苟，对客人的坦诚负责，甚至如果没有舒言干脆利落地提出"不行"，他也许不会坚定地选择坦诚公关，这场大危机，也不会这样平顺地度过去。

舒言突然抬起头，双手一摊。

"干什么？"江皓宸有点茫然。

"礼物呀，你不是要感谢我吗？口头说说可不算。"

"这样啊。"江皓宸以手支额假假模样地考虑一番，无奈叹息，"太穷了，实在送不起礼物，不如我以身相许吧！"

江皓宸穷？

这是二十一世纪最好笑的笑话吧？

"你个无赖，放开我啦……"

舒奶奶并没有像众人企盼的那样恢复神志，那一刹那的呢喃，就像溪水中荡漾开的小小波纹，很快就消弭不见。

日子，又重新归于漫长的等待。

值得高兴的是，七天后亲子鉴定结果出来，确定舒奶奶跟钟恩德系生物学母子关系。

那天，钟恩德，不，舒有德跪在母亲床前，失声痛哭。

"二哥！二哥！"舒有顺也痛哭失声。

自从十几年前舒言爸爸去世，舒有顺就孤零零的，虽然听舒奶奶碎碎念的时候，他也难免会有所期盼，但从不敢奢望那个走失五十多年的二哥能活生生站在自己面前。

"三弟，对不起，二哥回来晚了！"舒有德紧紧拥住舒有顺，两兄弟抱头痛哭。

其实哪需要鉴定，在他见到舒有顺那一刻，就知道舒有顺一定是自己的弟弟。

"二伯，三伯！"

"言言！"

三人紧紧相拥。

这一天对舒家人来说，有着非凡意义，五十几年音信全无的亲人终于相认，舒奶奶虽然昏迷不醒，但起码她还活着，活着等到了自己心心念念的儿子。

作为一个近距离的旁观者，江皓宸心里五味杂陈。

这二十几年，舒言受了太多难以想象的苦楚，只希望从今以后，她可以开开心心，平安顺遂。

真的能开开心心吗？

起码眼前就不能。

"汪月娥三天两头就进派出所，人比花生油还滑，她一口咬定自己只是无心之失，并不是故意伤人，我看了监控录像，说故意伤人的确

牵强了些。"

办公室里，律师给江皓宸汇报情况。

"最多能判几年？"江皓宸只关心重点。

"三年，而且考虑到她跟舒小姐的母女关系，很可能会从轻发落。"

"才三年？还从轻发落？"想到那天舒言痛不欲生的模样，江皓宸就恨不得让汪月娥把牢底坐穿，怎么肯这样轻飘飘地饶过她。

以江皓宸的人脉，请来的一定是行业内最擅长类似案件的律师，只见他淡淡一笑，直言不讳："司法上有一种情况叫间接故意心理，以我的水平，给汪月娥判个十年左右的故意伤害罪，也不是什么难事。"

律师深深看了江皓宸一眼："小江总，您跟被告人之间的关系，我多少也了解了些，毕竟是亲母女，如果舒小姐以后后悔了，岂不是要怨恨您？"

家务事是最说不清楚的，因为感情这东西实在有太多不稳定因素，他见过太多事主一时冲动做绝，后来又痛哭流涕请他帮忙补救减刑的。

何必呢？

"不会。"江皓宸说得斩钉截铁。

汪月娥对舒言造成的伤害并非一朝一夕，要说之前还可能有缓和的余地，那舒奶奶受重伤，便无异于心头一刀。

舒言绝不会心慈手软。

律师只是尽一下提醒义务，听到江皓宸的回答，便没有多说什么，只点头道："您放心，我保证汪月娥十年之内不会出现在您眼前。"

"多谢。"

当江皓宸把律师的话转告舒言时，她平静的眼眸看不出半分波澜："那是她罪有应得。"

"言言。"

"不要告诉我放过别人就是放过自己。"舒言动作轻柔地给奶奶擦拭着胳膊，语气冰冷，"以德报怨，何以报德？"

连圣贤孔老夫子都做不到不气不恨，她一个普通人更做不到。

生命有限，她只会对真心对自己好的人好。

江皓宸的确担心舒言会背上更沉重的思想枷锁，见她态度坚决并无回旋余地，也放下心来："无论你想做什么，我都陪着你。"

"哼，这话你是不是对很多人都说过呀？"

江皓宸的手机每天都要收到许多乱七八糟的贴心问候，虽然他从来都不回复，还会顺道把人删了，但都这么久了，还是没能彻底消停。

可见这家伙之前勾搭了多少女人，真是想想就生气。

"怎么突然这么大的酸味儿呢？"舒言难得露出小女孩情态，拈酸吃醋就更少见了，江皓宸看着她小嘴撇到天上的别扭样儿，只觉得怎么都看不够。

"谁稀罕吃你的醋，闪开。"态度这么不端正，舒言更生气了。

"是是是，你没吃醋，是我鼻子有问题了。"江皓宸笑着打了个电话，"进来一趟。"

没过几分钟，刘秘书出现在病房。

江皓宸把两部手机同时递过去："微信里所有四十岁以下的女人都删了，漏掉一个，扣一百块工资。"

刘秘书不防，差点咬着自己的舌头。

老板的朋友圈，简直就是国内最高级别的人脉圈，这样一删，岂不是要损失许多资源？

"喂。"舒言也觉得夸张了些。

"还要我再说一遍吗？"

"不用不用，我马上去。"刘秘书拿起手机，头也不回地走了。

"江皓宸，我不是那个意思。"

"我是。"连他都不明白怎么就莫名其妙地加了那么多人，正好清理清理。

至于资源？

他江皓宸需要别人提供资源？

"唉。"太傲娇真是病，得治。

"你这是个什么表情？"这下，该江皓宸不满。

他都跟所有女人划清界限了，她就算不主动投怀送抱，好歹也该感动一下吧？

"受宠若惊的表情呀。"舒言在江皓宸脸颊上印了一记重重的香吻，顺毛道。

她不能苛求他的过去跟自己一样空白，沉舟侧畔千帆过，最终留在他身边的是自己，就足够了。

"一点诚意都没有。"江皓宸深邃的眼眸似有无数流光飞转，"吻嘛，我说了算。"

随着那份一百分公关文书，老鼠事件渐渐淡出热搜，不再成为舆论焦点。

旁观者可以轻易忘记，当事人却不能，这次恶性事件，成为颢澜集团彻底深化后厨改革的契机，痛定思痛，他们不仅如声明中所保证的那样，将各个实体店的后厨死角进行清洁，彻底排除蟑螂老鼠隐患，更在后厨各个位置都安装了高清摄像头。客人坐在餐桌上，就可以通过面前的电子设备终端，目睹自己的菜品从制作到上桌的全过程。

没有比这更让人放心的了。

自获得厨神大赛冠军，特别是史密斯先生一行光临舒家菜馆之后，舒言在业内声名鹊起，她这个时候加入颢澜，无疑给所有人吃了一颗定心丸，而她还年轻，虽然一丝不苟地继承祖辈留下来的菜品，却不故步自封，在她的鼓励指导下，后厨每周都会推出一道特色新菜，颇受好评。

如此一来，颢澜集团不仅没有陷入万人唾骂的绝境，反而因祸得福，顾客比往常更多。

这样难得的好运，都是舒言带来的，江凌风就算再铁石心肠，也不忍再苛责她什么，再加上乔影已明确表示不会嫁给江皓宸，所以他也暂时睁一只眼闭一只眼了。

舒奶奶那边有舒有德照料，舒言更能全身心地投入研发新菜品的工作中，每天忙得不亦乐乎。

几天后的一个下午，舒有德在经过多日纠结后，终于下定决心找江皓宸坦白。

他虽然性子孤僻总不合群，但从来没做过什么伤天害理的事，这次，哪怕一生名誉尽毁，甚至受刑坐牢，他也要把实话说出来。

江皓宸没有找舒有德，并不代表他什么都没查。

黄毛男就是这个时候被揪出来的。

"小江总……"

"既然把你找来，就说明你做的一切我都一清二楚。"江皓宸打断黄毛男的话，悠悠然道，"如今你有两个选择：一个是现在一五一十地交代，还有，就是戴着手铐去派出所的审讯室说，我咨询过律师，以你的情节，会判七年以上十年以下。"

"不要，小江总，我不要去坐牢！"黄毛男虽然多次"进宫"，但都是短期的，要七八年喝不了酒，泡不了妞儿，简直要命。

"坦白从宽。"

事实证明，一切以利益为纽带的关系都是不可靠的，随便恐吓几句，黄毛男就软了下来："我说，我什么都说。"

"董子路下一步要做什么？"江皓宸开门见山。

黄毛男惊愕："您怎么知道……"

是的，子路，才是主导一切的幕后者。

顺藤摸瓜查到人时，江皓宸几乎不敢相信。

两人认识至今十余年，江皓宸自问从未做过对不起子路的事，难道人心真有这样恶毒，只因你出身家世比他好，他就要置你于死地？

是这样，却又不止这样。

同一家医院，同样的急救室，只不过上次送进去的是舒奶奶，这一次躺在血泊中的是舒有德。

姜妍得到消息，当场昏死过去。

江皓宸想都没想，立刻打电话调配了两个脑科知名专家，瞒着舒言赶到医院。

一个月之内经历两次大变故，更何况危在旦夕的还是刚刚才相认的二伯，舒言就算再坚强，也会情绪崩溃。

"怎么样了？"

"病人骤然受到剧烈撞击，脑干损伤严重，暂时还没有脱离危险。"这是婉转的说法，实际上舒有德危在旦夕，若不是抢救及时，这会儿已经一命呜呼了。

考虑到舒有德伤情太重不能转院，江皓宸当即拍板："我会再请几个顶级专家来一同会诊，无论耗费多少钱，一定要把人保住。"

"小江总放心，我们一定尽力而为。"

"老板，警察来了。"刘秘书小声道。

"请他们去 VIP 病房。"

舒有德是在去见江皓宸的路上出车祸的。表面看上去是场意外，全因大货车拐弯拐得太急，才撞到了刚踩上人行横道的舒有德，可事情真有这么凑巧吗？

自己想再多也不过是揣测，江皓宸只严肃道："请警官们仔细查查这个司机，不要放过任何疑点。"

普通案子警察都会仔细办理，更何况是江皓宸这等公众人物亲自开口，立刻点头道："您放心，一有进展我们会立刻通知家属。"

送走警察，江皓宸疲惫地揉着太阳穴："给钟磊打个电话。"

人能不能救活还是个未知数，如果不能，见最后一面也好。

"是。"刘秘书嘴唇张张合合，最终还是忧心道，"老板，还是告诉舒小姐吧，万一……她会恨您的。"

谁都希望舒有德能死里逃生，可许多事情并不能遂人愿。

回应刘秘书的是长久的沉默，不知道过了多久，江皓宸才重重叹息一声："再等等吧。"

世上没有不透风的墙。

舒言大脑一片空白，整个晚上，她的双腿就像踩在棉花里，连怎么到的医院都不知道。

江皓宸是在睡梦中被惊醒的，连忙冲到走廊里："言言……"

"二伯在哪里？"

"言言你先……"

"告诉我二伯在哪里！"舒言陡然提高了嗓门，声音尖锐得如同漏音的笛子。

ICU 里，舒有德还在跟命运做最后的抗争，舒言趴在门边，默默流泪。

"不会有事的，相信我。"江皓宸不知道怎么安慰舒言，只能陪在她身边，给她依靠。

"奶奶出事的时候你也是这么说的，可是，她老人家现在还一动不动地躺在那里。"舒言知道不该责怪江皓宸，可她心里压抑了太多痛苦，实在不知道该怎么发泄，只伏在对方怀里低泣，"江皓宸，你说到底是谁要害我们，到底是谁？"

这么多事关联到一起，要说巧合，未免也太巧了。

江皓宸拥着舒言的手臂，带着微不可见的颤抖："无论是谁，都会付出代价。"

陪了大半夜，舒言终于肯去 VIP 病房歇歇，江皓宸公司还有新的动漫预案要处理，一大早离开医院往公司去，没想到却在公司门口遇到崔浅。

"皓宸。"崔浅主动打招呼。

"我还忙着，没时间叙旧。"

见江皓宸绕开自己就要走，崔浅早有准备地挡住去路："就算咱俩分手了，怎么也认识一场，不该这么冷漠吧？"

江皓宸继续绕路。

他想不出有什么话要跟崔浅说。

"江皓宸，我是《幻影少年》里艾莎的配音演员。"崔浅没料到江皓宸一点昔日情分都不念，心想幸亏没让经纪人和助理跟着，否则不得被人笑死。

"你只是候选人之一，那份名单我已经驳回了。"江皓宸的性子，分手了就绝不会跟前女友有任何瓜葛，更何况还是最唯利是图那一个。

合作？想得美。

"可是，江董事长已经同意了。"崔浅淡淡的语气中透着一丝得意。

江皓宸可以感情用事，但对江凌风这个商人而言，最先考虑的永远是市场价值，有了之前成功的先例，这次再有崔浅的名声加持以及她跟江皓宸感情上的炒作点，《幻影少年》会赚得更多。而且，直接为他们下一步投资电影院线，打下良好的根基。

"谁同意的你找谁去好。"动漫板块，他才是当家老大，没人能越过他做主。

"江皓宸，你的心真这么硬，一点情分都不念？"这几年崔浅的确发展得很好，甚至自己开了影视公司，可捧出来的新人翅膀硬了，瞒着她投了金主儿，现在处处跟她对着干。

她急需傍回江皓宸这棵大树，才能有翻身的机会。

情分？

分手两年多的女人，来跟他讲情分。

江皓宸只觉得多跟崔浅说一句话都是在浪费生命。

他是想走，但侧身的瞬间，崔浅已主动投入怀中，她脚踩恨天高，轻而易举就吻上他的唇。

这个过程很短，不到三秒，然而却清晰无误地定格在不远处的舒言眼中，江皓宸伸手要推开崔浅，可从那好死不死的角度看过去，怎么都像拥抱。

等江皓宸发现舒言时，看到的只有一个失望的背影。

"言言，你听我解释！"

万花丛中坐，舒言都丝毫没有怀疑自己，这一次也不会。

然而事情并没有像江皓宸预料那样，舒言轻轻甩开他的手："我想一个人静静。"

这一静，就是三天。

舒言始终待在医院，始终避而不见，任谁都无可奈何。

江皓宸很安静，异乎寻常地安静。

他不说话，刘秘书自然也不敢多说半句，碰上感情问题，哪个女人都是小气的，更何况还是在这样焦头烂额的时候。

心结，没那么好解开了。

子路下班后早早赶到唐悠总部，等乔影一起吃晚饭。

"真抱歉，我还有点工作没处理完，你先在楼下咖啡厅等等？"市场策划部的工作千头万绪，乔影才接手不久，难免有些吃力。

"人都到楼下了，也不请我上去坐坐，你也太不够意思了吧？"子路心里失落，嘴上却是调侃的语气。

乔影跟子路始终保持着朋友关系，没有任何越矩行为，所以并不想跟他在办公室这样一个私密空间里独处，可对方主动提出，她也不好拒绝，只含笑道："我这里有些乱，你要做好思想准备。"

"你能乱成什么样，我还真挺好奇。"

这样说着，子路在前台接待的引领下到了 23 楼。唐悠集团总部是新建的，颇有几分现代化气息，就算站在走廊里，视角也非常开阔。

沿着白色地毯走到尽头，乔影办公室的门已经提前敞开，子路礼貌性地敲敲门，直接走了进去。

"我就不招呼你了，想喝茶还是咖啡自己动手。"乔影笑了笑，又把头埋进文案堆里。

子路随手把公文包搁到沙发上，人则来到办公桌前："感觉你总有忙不完的工作。"

"工作嘛，处理完一件后面还有十件等着，哪有忙得完的时候。"乔影效率很高，边看文件边问，"你呢，最近忙吗？"

"出了那么大的乱子，想清闲都不行。"子路叹口气，"今年颢澜也不知怎么了，三天两头搅进是非里去，要我说，这次多亏了舒言，要不然还不知道得乱成什么样。"

乔影有一瞬间的默然，旋即笑道："舒言的确很优秀，看来，咱们以前都小看她了。"

"是啊，人不可貌相。"子路翻起书架上的书，原本只是个再随意不过的动作，然而只一下，整个人就像被点了穴位，僵立住了。

纯英文版的《培根随笔集》，薄薄的修订本，书边有些泛黄，不用猜也知道乔影闲暇时候经常翻看，这不是重点，重点是书签上的少年。

江皓宸穿着红白相间的机车服，左手握车把，右手捧着头盔，似笑非笑的傲娇神情，仿佛把整个世界的美好，尽数收入囊中。

这是多少年前的比赛了，当时他邀乔影一起去看，乔影以没时间为由推拒了，没想到却偷偷保存了照片。

还保存了这么久。

女人真是虚伪，明明很喜欢却要装出一副毫不在意的样子，让他以为自己有机会，一点点陷进这感情的泥淖里。

为什么？

"终于弄完了！"乔影伸了个长长的懒腰，见子路迟迟没有回应，转头问道，"看什么呢？"

等乔影的目光落到书架上时，子路手上拿着的已经是马克思的《资本论》，他淡淡一笑："这几年资本重新洗牌洗得厉害，不多学习学习，

说不定什么时候就被淘汰了。"

"放心吧，江皓宸开除谁也不会开除你的。"

只是随口一说的玩笑话，落到子路耳朵里，却有点异样的感觉。

一天，两天，三天，江皓宸都安静得出奇，而崔浅则继续发挥了她善于炒作的特长，把江皓宸跟前女友感情"死灰复燃"的戏码炒得尽人皆知。

前段时间，舒言提着菜刀去夜店宣誓主权的事还历历在目，更何况，这次颢澜集团能平顺度过危机，也有她一份功劳，所以各路吃瓜群众纷纷准备好饮料瓜子，等着看舒言怎么扳回这一局。

然而让所有人大跌眼镜的是，他们想象中的"宫斗"戏码并没有发生，舒言也没有再去颢澜上班，倒是几天后，颢澜集团通过官网发布消息，确定由崔浅为艾莎配音。

"看见了吧，男人这种生物只能共患难，不能同富贵。"不少人这样为舒言鸣不平。

"江山易改本性难移，就江皓宸那放荡不羁的性子，能由着一个女人管才怪。"

"崔浅怎么说也是个大明星，有她撑场面，总比找个厨子有面子吧。"

各路吃瓜群众各抒己见，聊得不亦乐乎，就连崔浅的经纪人也不由得嘀咕："看来这步棋走对了，江皓宸嘴上说得一板一眼，实际上还是对你有感情。"

崔浅捏了颗车厘子吃了，慢悠悠地吐出核儿，才轻嗤道："江皓宸是什么性子我还不清楚呢，一时新鲜闹闹脾气就算了，总这么上赶着不烦才怪。"

"这不正好。"

"当然。"崔浅突然想到什么，嘱咐道，"江皓宸最讨厌炒作，之前那些帖子赶紧撤了。"

之前她觉得复合无望，只能炒一次热度算一次，现在有更高的目标，自然要稳扎稳打。

相比于崔浅的需索无度，舒言可谓是无欲无求的典范了，她把自己关在病房里，一边照顾奶奶，一边照顾舒有德，仿佛外界发生的一切都跟自己没有关系。

连续几天，别说舒有顺，就连姜妍都看不下去了，瞅着个空隙劝道："言言，你跟小江总之间有什么误会，还是早点说开了好，总这么僵着也不是办法。"

"二伯母不用担心，我没事。"舒言勉强扯出一个笑容，又低头忙别的事了。

接连说了几次，姜妍也不好再开口了。

自从舒奶奶出事，舒有顺一天有一大半时间都在医院待着，很少再去麻将馆，这样一来，每天不摸麻将就手痒的毛病也好了许多。

如果再没有诱惑，过不了多久，舒有顺很可能会成功戒掉麻将，去做其他有意义的事，可是"诱惑"往往无处不在。

"医院里不是有护工照顾吗，你就过来玩几局，耽误不了多少时间，三缺一呢！"电话那头的声音有些急切。

舒有顺看看床上的母亲，犹豫道："要不改天吧。"

"改啥改啊，你都这么多天不出来了，赶紧的。"

"这……好吧。"舒有顺终于还是没挡住诱惑，交代了护工几句，一个人悄悄出了医院。

第十二章
chapter twelve

/ 花 开 花 谢 /

还是那个麻将馆，可桌上坐着的三个人，有两个不认识。

"这是？"

"哎呀，新搬到附近的邻居，不是跟你说三缺一嘛，我们都等很久了。"瘦猴儿似的中年男人把舒有顺按到椅子上，笑呵呵道，"我们几个牌打得都不好，你可要让着点，别只顾着赢钱。"

舒有顺打牌的技术还算可以，但手气实在很臭，十天有九天半都在输钱，否则也不至于把舒言还没焐热乎的五万块奖金全部搭进去。

可是今天，他似乎得到了幸运女神迟来的眷顾，几乎把把赢钱，没过两个小时，面前红红绿绿的钞票，就堆得像小山一样高。

"老舒你可以啊，最近是不是偷摸拜什么财神了？"瘦猴儿男呵呵笑着，眼睛里满是羡慕。

人逢喜事精神爽，赢了钱，舒有顺之前那点疑心渐渐消散得无影无踪，满心欢喜道："可能是好久没玩，运气都攒一块儿了吧。"

看来今天真是来对了，照着这个赢钱速度，准能把言言上次搭的钱赚回来。

赌博之所以害人，就在于它直击人性贪婪的致命弱点，让输了的人想把钱赢回来，赢了的想要赢得更多，到最后落个债台高筑的下场。

那两个男人互相递了个隐晦的眼色，也赔笑道："舒哥运气真旺，您可要手下留情，别让我们输得太惨。"

"好说好说。"舒有顺大方地抽出几百块钱，让麻将馆老板给准备了些简单酒菜，几人吃饱喝足后，又继续玩。

可能"好运气"这种东西只能续不能断，再开场后，舒有顺虽然也继续赢钱，却没有之前顺畅，其他几人开始陆陆续续赢回本。

这样急转直下的局势，让舒有顺忐忑不安，打起牌来也越发小心翼翼。他也不是没想过及时止损，可赢钱继续玩，输钱就立马走人，未免太小气了些，更何况只是输了几次小钱，说不定下一把就赢回来了。

"来来回回就这点小钱，太没意思了。"坐在舒有顺对面的男人有些不满地开口。

另一个人似乎早有这种想法，只见他随手把刚码好的麻将推散，附和道："就是就是，咱们玩诈金花吧，那个才过瘾！"

诈金花，一种可以让人一夜暴富或者倾家荡产的纸牌游戏。

舒有顺玩过许多次纸牌，赌注都不大，输最惨的一次也不过两万多块钱。见其他三人都兴致勃勃，他也不好意思驳面子，点头道："好，

就玩几把诈金花。"

"来来来。"

牌局很快铺开，舒有顺连赢几把，大有开门红的架势，可是不知从什么时候开始，特别是赌注越押越大后，竟开始接连输钱，等他反应过来，已经输了三十四万了。

三十四……万。

舒有顺活了大半辈子，从来没见过那么多钱。

脑袋"嗡"的一声炸裂开来，他满心只有一个想法，那就是自己闯祸了，闯大祸了。

"舒哥，该你摸牌了。"瘦猴儿男眼底闪过一丝冷笑。

金主说了，只要他能把舒有顺引来，就可以分得三分之一的利润，没想到这傻缺太容易上钩，短短几个小时，就让自己赚了十几万。

"我有些不舒服，改天再玩吧。"舒有顺神色黯然道。

"就这点小钱，还不够您侄女婿江皓宸吃顿饭的，舒哥何必放在心上。"

"就是。"另一个人立刻接口，"打牌赢赢输输的都是常事，咱们把注下大一点，两把就赢回来了。"

赢？

或者，输得更多。

对于一个背负巨债的人来说，这是个很难抉择的问题，还好舒有顺尚有一丝理智，沉默片刻后，咬牙道："算了，我不玩了。"

几人你一言我一语地又怂恿了几句，见确实没可能下更大的套，瘦猴儿男脸色微微一变："既然舒哥还有事，我们就不强留了，不过这钱……总不能欠到明天吧？"

这么多钱，就是杀了舒有顺，他也拿不出来。

想来想去，他能找的只有江皓宸。

他硬着头皮拨去电话，一连打了几通也没人接。

"明天吧，明天还给你们。"哪个圈都有不成文的规矩，舒有顺不是第一次欠赌债，拖个三天五天的没问题。

可这次却很意外，话音刚落，其中一个陌生男人就阴阳怪气道："江皓宸不接电话，你那侄女总不至于不管三伯，让她把钱送过来也一样。"

听到这话，舒有顺就算再蠢笨，也明白了其中的关窍，拧成苦瓜般的圆脸骤然舒展开："你们什么意思？"

合着从一开始，这三个人就联合起来给他下套，目的就是让他输钱。

幸亏他及时悬崖勒马，否则后果不堪设想。

见舒有顺冷脸，那两个人索性也不再装了，轻嗤道："我们还能干什么，当然是让你还钱，欠债还钱天经地义，你不会打算赖账吧？"

舒有顺是个有血性的汉子，这样稀里糊涂被人算计了，简直是比当众打脸还严重的奇耻大辱，这个时候他自然不会示弱，针锋相对道："我就算不还，你能怎么样？"

赌债属于非法得利，根本不受保护，他们就算起诉到法院也无济于事。

那两个人来之前，就把舒有顺的性子摸得很透彻，并不奇怪他会说出这样的话，当然，更早早想好了应对办法。

"说得没错，我们是不能把你怎么样，可你那侄女长得水灵灵的，真是漂亮，要是我们哪个兄弟一不小心……"

"浑蛋，你再给我说一遍！"舒有顺一把将麻将桌掀翻在地，挥胳膊就是一拳。

敢打言言的主意，找死！

多少年不打架生疏了，舒有顺下手并不算准，但还是把那男人打

得鼻血直冒，其他两人不知道是不是吓傻了，都没有上来拉架的意思，任由舒有顺又给了那男人两拳。

被打的那个男人也是个不怕死的，竟还火上浇油："你打啊，有本事打死我！只要我不死，舒言就别想好过，我倒要看看，江皓宸会不会要一个破烂货！"

舒有顺自己没有孩子，舒言在他心里，就跟心肝宝贝一样，男人咒骂威胁的话，像一根根钢针往他心里扎。

他眼底一片猩红。

"我让你说！让你说！"

拳头雨点似的挥下来，那男人竟然一点也不躲，好像真不怕被打死。

倒是瘦猴儿男怕事情闹大，大喊道："打人了！快报警，报警！"

舒有顺挥动着的拳头，骤然停了下来，因为二十多年前那一幕像一部尘封多年的黑白电影，冲出记忆的闸门。

就在前面那条老街上，也是这样混乱的场景，他跟几个欺辱舒言爸爸的小混混打成一团，最后打红了眼，夺下别人砍向自己的刀，砍向他们……

因为一时冲动，他在高墙铁窗里过了二十几年，四弟愧疚自责多年，得绝症郁而终，兄弟俩连最后一面都没见上。

二十多年之后，难道还要让悲剧重演吗？

刺耳的警铃由远及近，舒有顺慢慢收回手，仿佛全身的力气一下子被抽干，颓然跌坐在地上。

舒有顺再次见到舒言，已经是十天之后了，虽然非法赌债不必偿还，但舒有顺打人是千真万确抵赖不了的，除了拘留，还给对方赔偿了几万块钱医疗费，但相比之下，已经是最好的结果了。

短短十天，如获新生。

看到等在拘留所外面的舒言，舒有顺顿时百感交集，目光久久不敢跟对方直视，只像个犯错的小孩子，可怜兮兮地小声道："言言，我……我保证再也没有下一次了。"

"你还想有下一次？"眼见一顿怒骂是少不了了，然而画风突转，舒言并没有发火，而是含泪微笑，"三伯，咱们回家。"

"就这样？"这还是他那个能动手绝不动口的侄女吗？

舒有顺不停地上下打量着舒言，差点以为认错了人。

"你什么你，赶紧的。"舒言心里无奈，脸上却秒变不耐烦，"知道吃一堑长一智，总算有长进，你要真敢瞒着我输个百八十万，再由着别人刺激卖了房子或者闹出人命，看我怎么收拾你！"

出狱这两年，舒有顺始终过不了自己心里那道坎，那帮人本想利用性格痛点来算计他，却阴错阳差地用以毒攻毒的方式，彻底解了他的心魔。

祸兮福所倚。

舒有顺抚着胸口长叹一声："这才是你嘛，以后别学人家那么温柔地说话，你根本不是那块料，一看就是装的。"

"好啊，你还敢嫌弃我不温柔！有本事再说一遍！"舒言一个巴掌往舒有顺肩上拍去。

舒有顺是个灵活的胖子，又很有经验，捧着肚子一歪身子刚好避过，健步如飞地往外跑去。

"还跑，舒有顺你给我站那儿！"

另一边，子路的办公室，来了两个不速之客。

隐隐有种预感，但多年的修为和城府让他依然镇定微笑："两位警

官找我有事？"

警察依例出示了证件，淡淡道："董先生，你涉嫌贪污、买凶杀人等多个重要案件，请跟我们走一趟吧。"

轻飘飘一句话，犹如铅球投入水中，直接沉底。

"警官同志，你们是不是误会了，我不明白你们在说什么。"

贪污？

采购本来就是一个肥到流油的差事，他挪用钱财的同时每次都不忘更改账面，根本找不出任何差错。

至于买凶杀人，那个大货车司机身上本来就背着人命官司，横竖都是个死，只要他不想看着两个年幼的孩子饿死，就绝不会乱说话，从而失去拿到五十万的机会。

"你是不明白，"一道清亮的声音从身后传来，却见弋阳不知何时站到门边，面无表情地看着子路，"自己做得神不知鬼不觉，怎么就被发现了呢？"

弋阳性格豪爽，不拘小节，但并不代表他愚蠢好糊弄，正相反，出身超级家族的孩子，对危险总有一种超出常人的敏锐嗅觉。所以，在江皓宸把这件事交给弋阳去查时，他虽然觉得难以置信，却没有放过任何蛛丝马迹。

"弋阳，咱们这么多年朋友了，连你也怀疑我？"子路愣愣看着弋阳，那表情就像受到了天大的侮辱。

都这时候了，还真能装。

"我也不敢相信一直在皓宸身后捅刀子的人，会是你。"弋阳剑眉紧蹙，只觉得多看子路一眼都多余，只淡淡道，"麻烦两位警官了。"

"客气了，这是我们分内之事。"警官答道。

看到这一幕，子路知道已经无法扭转局势，突然笑了起来："弋阳，你的家世条件哪点都不比江皓宸差，为什么要心甘情愿地在他身边做狗腿子？别以为我看不出来，你也喜欢舒言，可就是因为有江皓宸在，你不敢追她，甚至连实话都不敢跟她说，我真替你感到悲哀！"

在感情的世界里，每个人都是自私的，他会因为乔影而憎恨江皓宸，弋阳同样也会有这样的想法。

"挑拨离间是你最常用的伎俩吧？"弋阳淡然的笑容里藏着一丝隐隐的薄怒，"可惜我不是那些蠢货。"

是，弋阳的确很喜欢舒言，可也仅仅限于喜欢，并没有上升到爱情层面。这几个月，江皓宸为舒言付出的点点滴滴他都看在眼里，换作是自己，并不一定能做那么好。

他的感情并没有那么狭隘，舒言跟江皓宸在一起很幸福，这就足够了。

"我什么都没有做过，要承认什么？"

直到这一刻子路才发觉，自己从没有真正了解弋阳，这个只喜欢吃喝玩乐的大男孩，看似没什么脑子，实际上比任何人都明白。

"你做过的，抵赖不了；没做过的，也不会有人强加到你身上。"弋阳摆摆手。

两位警官会意，上前带走子路。

"江皓宸在哪里，我要见他。"子路最后说了一句。

子路的要求很快得到满足。

看守所里。

"你觉得我贪心不足，忘恩负义，是不是？"都说仇人相见分外眼红，但子路跟江皓宸这对昔日兄弟眼眸中，只有平静。

"刚开始我的确这么想，直到发现这个。"江皓宸把一张报纸推到

子路面前，那报纸通体泛黄，一看就是很多年前的。

"呵呵……"子路大笑几声，笑着笑着眼眶却湿了一圈，"那场宴席之所以会引发食物中毒，是江凌风贪图小利买了不新鲜的基围虾，跟我爸爸一点关系都没有，可出了事，他却把所有责任都推到我爸爸身上，他毁了我爸爸一生！"

仅仅一个乔影，并不足以让子路对江皓宸有那样深入骨髓的恨意，他之所以一心要置颢澜集团于死地，更多的是因为他的父亲董涛。

董涛厨艺精湛，在颢澜集团起步初期便跟随江凌风一起"打江山"，是江凌风的左膀右臂。

那时颢澜集团刚成气候，只有几家分店，江凌风为了赚取更多利益，经常低价购买廉价食材以次充好，因为董涛厨艺精湛，加工得好些倒也没被察觉。

常在河边走，没有不湿鞋。

正如子路所言，因为不新鲜基围虾导致的食物中毒将颢澜集团推到风口浪尖，江凌风果断地把董涛推出去挡灾。

开除，毫不留情。

这样的丑闻，彻底断送了董涛的前程，没有酒店敢用一个口碑尽损的厨师。万般无奈，董涛只能拿着江凌风暗地里赔偿的二十万元回老家开了个小餐馆，然而运气不好，小餐馆很快赔掉，董涛从此一蹶不振，终日酗酒度日，最终在一次意外车祸中丧命。

二十年，家破人亡的仇，子路从未有一刻忘过。

江皓宸无法反驳，因为子路说的每一句话都是真的。

当江皓宸把事情始末原原本本告知江凌风时，回应他的，是长久的沉默。

但凡大企业，发家初期或多或少都有原罪，换句话说，他们牺牲了一批人的利益才得以成长，这么多年，江凌风早就淡忘了董涛，没想到……

出来混，迟早都要还的。

乔影没有任何心理准备，就得到子路被捕入狱的消息。

"这……这……怎么……"她不知道该怎样表达自己的震惊，甚至有些语无伦次。

"上次后厨出事的时候，皓宸心里就存了个疑影，但没找到什么确切证据，又怕一旦误会伤了兄弟情分，就没有立刻声张，没想到害了舒有德。"

谁都不会想到钟恩德就是舒言失散的二伯舒有德，所以，这也是意料之外的事，但江皓宸还是很愧疚。

"他那么温柔随和的人，怎么会做出这种事情？"乔影沉默许久，始终没能从震惊中回过神来。

乔影不仅家庭条件优渥，父母感情也特别好，所以对比着江皓宸长年累月享受不到家庭温暖而浑身带刺的性子，既不缺钱又不缺关爱的乔影，天性自然保留得相对完整些，她想不明白子路为什么要这么做？

"你知道他一直喜欢你吗？"弋阳抬眸看向乔影。

"知道。"乔影并没有回避什么，很干脆地点点头，"我从小就按着父母规划的道路上小学中学，然后出国进修，所以……虽然有时候觉得江皓宸的所作所为过分了些，但从心底里，我是羡慕他那种潇洒不羁的。而子路，他虽然细心周到，却跟我一样墨守成规，我并不希望自己以后的婚姻生活也是这个样子。"

太过相似的人，可以成为很好的朋友，却无法变成恋人。

"所以，你总是刻意跟他保持距离。"这一点，弋阳看得很清楚。

"我们俩一直是正常朋友关系，这期间，他也交过一个女朋友，我一直以为，他是明白的。"这么多年，乔影第一次意识到她并不了解子路。

哪怕只是一点点。

"他也是个可怜人。"弋阳把缘由细细跟乔影说了，"上一辈人的恩恩怨怨，日复一日地在他脑海中生根发芽，在爱情上又求而不得，如果换作我，可能也会失去理智。"但是，不管再多的理由，错就是错，终究要受到法律的惩罚。

"皓宸那边……"

"皓宸担心你会多想，特意让我来跟你谈一谈。"弋阳淡淡一笑，"这是子路自己的错，跟任何人都没有关系。"

"替我谢谢他。"乔影明白江皓宸的好意，她不愿继续聊这个有些沉重的话题，转而问道，"你呢，还打算在外面晃多久？"

"晃一天算一天吧，反正已经在垂死挣扎的边缘了。"弋阳的路从他生下来那一刻就规划好了，他有自己必须要承担的责任，能够随心所欲地玩四五年，很知足了。

"真想象不到你一本正经地做事会是什么样子。"乔影竟有些期待。

"我也想象不到，拭目以待吧。"对未来，弋阳从来都有着自己的期许，但也并不强求。

"好好干，以后还指望你罩着我呢。"这样说了一句，乔影又玩笑道，"崔浅，可能该哭了。"

"皓宸，你什么意思？"签完合约这一个多星期，崔浅每天都来找江皓宸，每次都被拒之门外。

可能是上天难拒有心人，两人终于在办公室门口碰面了。

"你已经如愿以偿了，还想干什么？"江皓宸神色淡漠。

"你知道我要的从来都不是一个角色，而是……"

"而是跟我重修旧好，然后打着我的旗号，获得更多利益。"江皓宸难得正眼去看崔浅，可那张满是欲念的脸，让他回忆不起一丝温情，有的只是厌恶，他忙转向别处，"该做什么不该做什么，合同上写得清清楚楚，该你得的钱，我一分不会少你，至于其他的……别妄想。"

"江皓宸，那个厨子到底有什么好的，她哪里比我强？"崔浅怒了。

又或者说，是不甘心。

在她看来，舒言就是一个普通得不能再普通的粗鄙厨师，给她这种大明星提鞋都不配。

"她没有你光芒万丈，却比你干净纯洁百倍。"江皓宸似笑非笑的眼眸里尽是讽刺。

这些年，崔浅为了上位做过多少见不得光的事，只怕她自己都数不清。

他不屑于说出口，并不代表什么都不知道。

这种女人站在他面前他都觉得脏，还想复合，当他江皓宸从小捡破烂长大的？

崔浅怔住，在名利场里待久了，她眼睛里只有利益关系，可刚刚跟江皓宸四目相对，却有一种被看透的感觉，下意识地就要躲闪。

"你对她那么好，她还不是怀疑你？"崔浅冷笑，"她不会原谅你的。"

就算这次没事，她也有的是办法让舒言误会。

"她从来就没有怀疑过我。"

爱人不疑。

舒言这么说，也是这么做的。

崔浅唯利是图，成心想挑拨江皓宸跟舒言的感情，江皓宸索性将计就计，让敌人放松警惕，这样，敌人就会尽快走出最后一步棋，在舒言千疮百孔的心上插最致命一刀。

子路低估了江皓宸的敏锐，更低估了舒言对江皓宸的信任，自始至终他们都没有在跟对方怄气，而是要同心协力把幕后黑手揪出来。

之前子路能屡屡得手，不是他的计策有多高明，而是他在暗，江皓宸在明，如今早有防备，自然是证据确凿，不给他任何抵赖的机会。

这些，自然没必要告诉崔浅。

江皓宸头也不回地走了。

时隔半个月再回到舒家，刚进院子，江皓宸就闻到扑鼻的菜香味。

久违的烟火气让江皓宸心头一热，加快步伐直奔厨房去了。

舒言正在往排骨汤里加枸杞，一时没注意附在炖盅盖子上的湿布滑了下去，烫得低呼一声。江皓宸进门就看见这一幕，心疼得头皮发麻，一边捧了舒言被烫到的手指去水龙头下冲洗，一边低斥道："我不在的时候，你就是这么照顾自己的？"

这丫头什么时候能省点心，真是一时一刻离了自己都不行。

"就轻轻烫了一下，有什么大惊小怪的。"她天天跟锅碗瓢盆打交道，要连这点小伤都放在心上，日子还用不用过了。

"都烫红了还轻，你怎么过得那么糙？"冲了好一会儿冷水，江皓宸小心翼翼地用手绢把舒言手指上的水珠擦干净，又放到唇边吹了又吹，"还疼吗？"

看着江皓宸大惊小怪的紧张模样，舒言心里觉得好笑，眼眶却不知不觉湿润起来，摇头道："不疼，早就不疼了。"

"对不起，委屈你了。"江皓宸眼睛一眨不眨地看着舒言，只觉得怎么都看不够。

"我吃得好睡得好，有什么委屈的。"舒言最喜欢揽着江皓宸的脖子吊在他身上，撒娇道，"我就说三伯能过得了自己这关，没错吧？"

赌博的套在江皓宸意料之中，自然就有万全的办法来应对，原本想先给舒有顺说一声，以防他太过冲动酿成无法挽回的后果。

然而这个提议却被舒言一口回绝，只同意让人暗中跟着舒有顺，不到万不得已不要出面。

"是，还是你厉害，能未卜先知。"江皓宸宠溺地刮了刮舒言的鼻子，不由得感叹，"听说三伯当时情绪失控得厉害，保镖正想冲进去阻止，他却突然跟触电似的愣在那里一动不动，然后就松手了。"

"三伯脾气暴，最受不了刺激，要不然，当年也不会失手杀人。"舒言虽然没有亲眼见过那血淋淋的场景，却不止一次地见父亲因为愧疚哭到哽咽，声音也暗哑了，"虽然说人的性格不容易改变，但我相信时间，会让人成长。"

付出半辈子自由换来的惨痛教训，三伯绝不会重蹈覆辙。

"嗯。"江皓宸轻柔地帮舒言把鬓边的碎发捋顺整齐，"没事了，以后都会好的。"

"这次人赃俱获他抵赖不了，之前的呢，有没有什么进展？"说到子路，舒言难免又是一阵叹息。

从第一次见面，到帮忙找回奶奶，在舒言看来，子路是最儒雅最温润如玉的男人，没想到他的内心比谁都阴暗。

人不可貌相，不是没道理的。

"证据这个东西就像进山洞，只要找到入口，其他的就呼之欲出了。"这样解释着，江皓宸微微叹息，"现在只盼着奶奶和二伯能平安醒过来。"

舒有德是受了他的牵连，舒奶奶受伤就算在所有人意料之外，也

跟他脱不了干系……一想起这些，江皓宸就满心愧疚。

似乎是上帝听到了江皓宸的祈祷，话音刚落，他的电话就响了起来，那头是护工兴奋急切的声音："小江总，老太太醒了！醒了！"

"奶奶醒了？"护工声音很大，足够舒言听个清清楚楚，她顾不上盛排骨汤，拉着江皓宸向外奔去。

医院里，最初的兴奋渐渐退去，很快被愁云惨淡替代，医生为舒奶奶检查完身体，微微摇了摇头。

舒言狂奔而来，正好遇见医生面色沉重地走出病房，立刻冲过去抓住对方的胳膊："医生，我奶奶是不是没事了？"

在她的认知里，苏醒就是好转了，可为什么医生是这副表情？

生老病死是谁都无力左右的，医生不能隐瞒什么，如实道："舒小姐，老太太脑子里的瘀血已扩散，头骨上的伤也越来越严重，应该没有多久时间了。"

苏醒，除了好转，还有另一种原因，那就是：回光返照。

"你胡说什么！奶奶好好的，怎么可能就要……"那个"死"字，舒言无论如何都说不出口，只激动道，"一定是你诊断错了，那几个专家呢，把他们叫过来给奶奶医治啊！"

"舒小姐您冷静些，实在是……"以舒奶奶目前的情况，别说专家，就是神仙下凡也救不了。

"我不想听！"舒言用力捂住耳朵，任由泪水如大雨般冲刷着脸颊，她用力挣脱江皓宸的束缚，竟跪到医生面前，"我求求您，求求您救救奶奶，您一定要救救她！"

"言言。"江皓宸拉不住舒言，只能蹲到地上把她抱在怀里，劝道，"奶奶时候不多了，你想一会儿让她看到你哭肿的眼睛，忧心忡忡地走吗？"

"奶奶不能走，她不能走啊！"舒言死死咬住嘴唇，拼力压制住喉间的哽咽。

江皓宸顺势把她从地上扶起来，就在这时，病房门从里面打开，护工阿姨道："舒小姐，老太太喊您进去呢。"

"好。"舒言别过头，待转回身时，脸上的泪水已经擦得干干净净。

就像江皓宸说的，她不能让奶奶弥留之际还看到她哭，她要高高兴兴的。

活了二十多年，舒言从来不知道笑这么难，她努力再努力，才好不容易挤出一丝比哭还难看的笑容。

"奶奶您醒了！"舒言推开病房门，仿佛推开这世间最沉重的枷锁。

"言言……言言……"舒奶奶散漫的目光渐渐聚拢到舒言脸上，枯瘦的胳膊挣扎着从被子里伸出来。

"奶奶我在这儿，在这儿。"舒言三步并作两步奔到床前，将奶奶的手贴在自己脸颊上，嘴角吃力地扯着笑容，眼泪却流个不停。

"好孩子，你瘦了。"舒奶奶用枯瘦的手指，轻轻抹掉舒言脸上的泪水，气息微弱道，"我做了一个长长的梦，梦见有德了，梦见他喊我娘。"

"是，我们找到二伯了，还有二伯母、堂哥堂嫂、小侄子，他们都来看过您了。"舒言絮絮说着，突然意识到奶奶神志非常清醒，跟之前迷迷糊糊的样子判若两人，不由得震惊，"奶奶，您好了？"

舒奶奶脸上露出一个虚浮的笑容，似低声叹气："是啊，也不知道怎么回事，脑子突然就清醒了，记起来许多以前的事。"

"太好了，现在咱们一家人都聚齐了，我跟二伯三伯一起好好孝敬您！"舒言不知道该说什么，只能这样安慰着奶奶，也安慰着她自己。

"有你这么孝顺的孙女，奶奶这辈子很知足。"活了九十多岁，舒奶奶对生老病死已经看得很淡了，她很清楚自己之所以清醒，并不是

病情好转，而是回光返照，所以有些急切道，"有德呢，让我看看有德，这孩子长得最好看，那会儿我一转眼啊，他就不见了。"

此时的舒言，像被人强行灌了一碗黄连，连带着全身的毛孔都苦透了。她不能说舒有德躺在加护病房里危在旦夕，只勉强挤出一丝笑容："奶奶，二伯现在是大厨，手下管着好多人呢，他得下了班才能来看您。"

"要很久吗，那我恐怕见不到了。"舒奶奶摇摇头，拉着舒言的手嘱咐，"言言，等你见了二伯告诉他，娘错了，娘当年该好好拉着他的手，不该把他弄丢……还有你三伯，他心里苦啊，苦啊。"

舒言一直极力压抑着不让自己哭出来，可即便她把嘴唇都咬破了，还是忍不住哽咽出声："不，我不会去说，奶奶如果对二伯有愧疚，就好好的，等他来了亲口告诉他！"

"言言，答应奶奶，要不然，奶奶死也闭不上这双眼……"

"不，我不答应，您不会死！不会啊！"舒言再也忍不住，号啕大哭。

"言言。"江皓宸不知何时进到病房，他蹲在病床前，把濒临崩溃的舒言拥在怀中，一字一顿，"奶奶您放心，我江皓宸会一辈子对言言好，不让她受一点委屈，也会照顾好二伯三伯一家。"

舒奶奶的目光渐渐黯淡下来，她用力举起另一只手。江皓宸会意，连忙将手递过去，任由舒奶奶把自己和舒言的手紧紧叠在一起。

"好孩子，拜……拜托你了。"舒奶奶的气息越来越微弱，眼皮也渐渐耷拉下去。

"奶奶！奶奶……"

从民国到新中国，从二十世纪到二十一世纪，这个活了近一个世纪，见证了几度时代变迁的老人，走了。

她走得很安详，嘴角边还带着一缕淡淡的轻笑。

舒言仰天大哭，撕心裂肺。

悲恸的哭喊声在走廊里久久回荡。

就在这时，一个小护士急匆匆跑进病房，没有思想准备的她，被这突如其来的一幕吓了一跳，正犹豫着要不要先退出去，江皓宸匆匆把眼角的泪痕拭掉，起身问道："什么事？"

"小江总，重症监护室的病人醒了。"

"什么时候醒的？"他刚刚才问过舒有德的情况，医生说除非有奇迹发生，否则一时半会儿很难醒过来，这会儿难免喜出望外。

"就在刚刚。"病房里悲凄一片，小护士觉得自己脸上的笑容太不合时宜，连忙敛了神色，"主任在给病人做检查，具体什么情况要等会儿才能知道。"

舒言悲痛欲绝，暂时听不到这些，江皓宸只能独自离开病房："我去看看。"

江皓宸到的时候，医生正在给舒有德做检查，舒有德两只眼睛睁得老大，看上去精神很不错。他的大脑神经显然没出什么偏差，看到江皓宸进来，嘴巴一张一合地就要说话："小江总……"

"您先好好休息，有什么事情以后再说。"江皓宸连忙阻止舒有德，随后向医生问道，"情况怎么样？"

两个专家对视一眼，皆在对方脸上看到轻松神色，随后笑道："真是奇迹啊！这么严重的伤势能捡回一条命已经是万幸了，没想到醒得这么快。"

"这么说，病人没事了？"江皓宸脸上也多了两分笑意。

"好好休养一阵子，就没什么大碍了。"

几乎同一时间，舒奶奶去世，舒有德转危为安。

冥冥之中，自有天意。

办完舒奶奶的丧事，舒言整个人都瘦了一圈，那张带着几分婴儿肥的小脸尖了不少，没有几分血色。

可是跟舒有顺和舒有德两兄弟相比，舒言又是幸运的，起码她见到了奶奶最后一面，亲自送奶奶走完了人生最后一程。

一个月后，舒有德渐渐能下地，他坚持要独自一人去给母亲扫墓，长久地跪在坟前，痛哭失声。

因着舒言情绪低落，江皓宸几乎扔下手头所有工作，寸步不离地陪伴在她身边。

子路的事就完全交给弋阳负责，几个大案牵扯在一起，公安机关格外重视，再加上舒有德详细的证词，子路就算巧舌如簧，也无法辩驳。

等待他的，将是法律的制裁。

陪伴舒言这些天，暂时沦为"家庭煮夫"的江皓宸厨艺突飞猛进，不仅做蛋炒饭再也不煳锅，就连难度系数五颗星的荷包里脊也做得有模有样。

"小江总，还好您没做厨师，否则我们这些人，还不都得失业啊。"舒有顺对灯发誓他绝对没拍马屁，句句都是肺腑之言。

"那是，我学什么学不会？"江皓宸毫不谦虚地夸下海口，"古代不是有那什么宴需要一百〇八道菜吗，把菜谱找出来，等我哪天有空给你们做一桌。"

舒有顺知道江皓宸是个傲娇的家伙，却没想到他"自我膨胀"到这种地步，一时不知道该不该泼盆冷水把他浇醒，只保持着尴尬又不失礼貌的微笑："呃……"

"瞧把你厉害得，你怎么不上天，跟太阳肩并肩？"舒言想去冰箱找块绿豆糕吃，脚还没迈进厨房就听到江皓宸的豪言壮语。

见舒言脸上难得有几分笑意，江皓宸心里高兴，却也不肯服输："你别看不起本大厨，假以时日，还不知道谁给谁打下手呢。"

十八线厨师也是有尊严的好不好。

"希望我有生之年能吃到那桌菜。"见江皓宸还要说什么，舒言努努嘴，"大厨，鸡蛋煳了。"

"喂，谁开的那么大的火！"江皓宸的哀怨声伴随着焦煳味儿，在舒家小院上空久久飘荡。

第十三章

chapter thirteen

/ 我 一 直 都 在 /

舒有德身体恢复得很好，也没留下什么明显的后遗症。经过上次那件事，舒有顺彻底戒了牌，没事养养花，到新建的社区兴趣小组学学书法围棋，也算自得其乐。看着家人们都好，舒言的心情也渐渐好起来。

不过让她彻底打起精神的，是一张请帖。

请帖是史密斯先生发来的，邀请她参加三个月以后在法国举办的国际厨神大赛。

这是舒家菜在国际上获得认可的好机会，更是中国宫廷菜走向世界的好机会。

　　舒言第一时间把这个好消息告诉了江皓宸。江皓宸知道舒言的志向，自然赞成，又道："不知道舒总厨能不能顺便带上家属呢？"

　　法国是全世界最浪漫的国度，在那里求婚最合适不过。

　　"那你可要好好表现了，如果本大厨心情好，就把你也一起打包了。"舒言笑得甜蜜。

　　爱情的确可以冲破很多困难，却不是所向披靡。

　　该面对的，还是要面对。

　　总之，舒言并不是江凌风理想的儿媳人选，哪怕她曾力挽狂澜救颢澜集团于危局。

　　"国际厨神大赛冠军代表着什么，你比我清楚，要说不配，也是颢澜集团配不上她。"

　　"那也要她拿得到第一名。"作为亲生父亲，江凌风其实并不了解江皓宸，尤其不能理解他在短短半年时间内，由一个浪荡公子哥儿变成痴情专一的新好男人。

　　这个跨度实在太大了些，而且并不是什么好事。

　　"她一定会拿到。"江皓宸语气坚定，没有一丝一毫犹豫，不等江凌风有所回应，又继续道，"我会在国际厨神大赛后向她求婚，不是等这个冠军，而是不想她为这些小事分散精力。这件事妈妈已经答应了，你如果坚持不同意，可以把我踢出颢澜，再生个儿子继承家业。"

　　"你再给我说一遍！"江凌风狠狠一掌拍在桌子上。

　　这些年他风流韵事不断，如果想要私生子，早生出一个足球队了。

　　不是不想，而是不能。

　　江凌风一路靠罗瑶父亲的扶持才有今日，如今岳父虽然去世多年，

但大舅哥依然身居高位，他跟罗瑶的夫妻关系只维持着表面风光，这是无法弥补的事实，可大舅哥绝不会冷眼看着他让一个外人继承财产。

这其中的利害关系江凌风清楚，江皓宸同样清楚，所以，这是威胁，明目张胆地威胁。

"再说一百遍，还是同样的话。"江皓宸的语气不是商量，而是通知，"我江皓宸的人生，永远只会掌握在自己手上。"

不会受任何人摆布。

溪畔别墅，形同陌路多年的江凌风和罗瑶，爆发了自他们结婚以来最激烈的争吵。

"儿子胡闹，你也由着他乱来，那个舒言出身低微就算了，还有那么个上不了台面的母亲，等新闻爆出来，你让颢澜集团的脸面往哪儿搁！"

相比于震怒的江凌风，罗瑶倒是气定神闲，她淡淡一笑："嫌弃别人出身低微，怎么，才短短三十几年，就忘了自己是从哪里来的了？"

说起出身，江凌风又比舒言强到哪里去？

作为餐饮酒店业巨头，江凌风无疑是国内最成功的企业家之一，这些年可谓要风得风要雨得雨，但在罗瑶眼里，即便他不必再卑躬屈膝处处示好，却依然是那个靠着自己从底层爬起来的穷小子。

所以江凌风身边那些莺莺燕燕，与其说他贪恋那些年轻漂亮的面孔，不如说是享受那种崇拜依赖的感觉。

这种感觉是他在罗瑶这里永远得不到的，罗瑶只会如现在这般，毫不顾及地一次次把他的尊严踩在脚下。

江凌风气得浑身发抖，恨不得直接两巴掌扇到罗瑶脸上，但他不能那么做，只冷冷道："是，没有你们罗家的扶持，我走不到现在，可你也别忘了，要没有颢澜集团的资金，你娘家那些人也过不了这么滋润的日子！"

"你这是要跟我算账吗？"罗瑶神色微变，脸上的嘲讽不仅没有收敛，反而荡漾开来。

"我哪有资格跟你算账。"江凌风冷笑连连，"皓宸只能娶门当户对、对颢澜有所助益的女人，否则断的不仅是我一个人的财路，要真到了那一天，谁都别想好过！"

看着江凌风那张唯利是图的脸，罗瑶只觉得一阵齿寒，忍不住起身质问："江凌风，在你眼里，我和儿子都只是巩固利益的工具吗？"

他要她配合营造完美夫妻人设，为了颢澜集团的利益她可以忍，左右这辈子也不可能再嫁别人，可对自己唯一的儿子，罗瑶只希望他能幸福，不要像自己这样守着华丽丽的婚姻外壳，做一具行尸走肉。

所以，她喜欢舒言的原因也很简单，只因舒言能给江皓宸带来快乐。

"作为我的儿子，他享受着别人难以企及的荣华富贵，就该承担相应的责任。"江凌风的语气没有任何缓和余地，"你最好能劝他回心转意，否则闹起来，谁脸上也不好看。"

罗瑶木然地看着被江凌风狠狠摔上的房门，这就是自己的丈夫，他的眼睛里只有利益，只有算计，终其一生都不知道什么是幸福，也不允许身边的人追求幸福。

"江凌风，我的一辈子已经被你毁了，你休想再毁掉我儿子的人生。"罗瑶心里并没有那么强烈的门第观念，否则当年也不会嫁给事业刚刚起步的江凌风，所以，她并没有看不起舒言，哪怕舒言有汪月娥那样的母亲。

舒言并不知道江凌风和罗瑶正为自己能不能进江家门吵得不可开

交，她正仔细翻看着爷爷留下的菜谱。这次国际厨神大赛的含金量比上次高了许多，难度自然也不可同日而语，她需要在两个小时内，独立完成一桌宴席。

宴席分为冷盘、热菜、汤类甜点三部分，最少也要十五六道菜，从食材选择到打荷、砧板等准备工作，全部要个人独立完成，既要保证速度，还要保证菜品质量，可谓分秒必争，其中难度可想而知。

舒言记得爷爷生前曾做过一次"四全宴"，菜品精致丰富，有着鲜明的宫廷特色，若她以"四全宴"为参照来完成比赛，一定会给评委们留下非常深刻的印象。

只是"四全宴"有足足三十几道菜品，要保留什么舍弃什么，还得好好斟酌一番。

想了好一会儿了，舒言觉得口渴起来倒杯水，转身就见江皓宸站在身后，含笑望着自己。

"走路跟猫一样无声无息的，吓我一跳。"舒言嗔怪地瞪了江皓宸一眼，随手又取过一只纸杯。

"就你想问题那专注劲儿，别说我人进来，就是把厨房搬空了，你都发现不了。"江皓宸拿起桌上的菜谱翻了几页，"还没选好呢？"

"哪就这么容易了？"舒言递了杯水给江皓宸，自己则掰着手指头算计，"两个小时是一百二十分钟，按二十道菜来算，平均给一道菜的时间只有六分钟，三百六十秒，一秒都不能耽误……"

时间就是生命，舒言总算体会到这句话最最最本质的含义了。

"你可以少做几道，或者挑工序相对简单的菜。"江皓宸提出合理化建议。

"那样整桌菜的质量都会大打折扣。"舒言想都没想就摇头否决，"我只是在考虑要怎样把节点契合起来，尽量节省时间。"

同一时间处理两道菜品，别说大厨，寻常家庭主妇都可以做到，但要在灶具有限的情况下，同时进行三道四道甚至更多工序，就需要大厨有着超强的统筹控场能力。

环环相扣，不能出任何漏洞，否则就会面临满盘皆输的结局。

"这的确是个好主意。"江皓宸认同的同时又有些担心，"你的手腕很难承受住。"

要不是不想禁锢舒言的梦想，他绝不会让她去参加这种劳心劳力的比赛，厨师什么的，就不是女孩子该做的。

"承受力可以训练嘛。"舒言调皮眨眼，突然粉拳一挥，作势往江皓宸身上打去，"只要你每天让我多打几下，自然就有力气了。"

"你倒真敢想。"江皓宸长臂一伸，直接把人捞到怀里，邪魅笑道，"我刚刚没听清楚，某个不自量力的丫头说什么来着？"

"说你是全世界最帅最帅的男朋友，帅到海贼王都望尘莫及的那种。"

舒言从善如流地改口，还在江皓宸脸颊上重重印了一个香吻。

"看在你这么有诚意的份儿上，我就教你一个办法吧。"

"去学防身术？"舒言有些诧异，倒不是她吃不了苦，实在是没那么多时间耽误，再说社会环境这么好，国泰民安的，没必要吧？

"对，必须要学。"江皓宸目光肯定，显然不是临时起意，"你现在也算半个公众人物了，之前调过来的保镖你不肯要，自己总要会些防身技巧。"

女孩娇嫩，万一处于危险中，所受到的伤害往往是难以想象的，之前那两个赌鬼虽然只是为了激怒舒有顺才说出那样的话，却给江皓宸敲了警钟。

舒言知道江皓宸是为自己着想，点头道："那好吧，不过你要陪我。"

"当然，我就是你的教练。"

"啊？"舒言小脸一皱，"你不会是想公报私仇吧？"

江皓宸的身手她可是见识过的，干净利落，一次放倒五六个男人不成问题。

自己不会被虐成小白鼠吧？

舒言可怜兮兮的样子让江皓宸哭笑不得，只见他装模作样地轻咳一声："那可要看你表现了，如果……"

舒言才不管什么如果不如果的，揽着江皓宸的脖子摇晃个不停："你晚上想吃什么尽管说，千万别客气。"

"这个嘛，我可要好好想想……"

第二天一大早，舒言被江皓宸从被窝直接拎到训练场。

"你平时就在这儿锻炼身体啊。"舒言困得眼泪直流，好不容易打起精神，就见江皓宸扔过来一副拳击手套，"戴上。"

"嗯。"舒言努力地把瞌睡虫逼回去，戴好手套抬头，江皓宸已经换了清爽的训练服，他温和的语气中带着几分严肃："来，打我。"

"就这么打？"虽然拳击手套是软的，但打在身上也很痛的好吧？

"放心，你打不到我。"江皓宸淡淡一笑，"来。"

"这可是你说的。"江皓宸过于自信的话语，成功激起了舒言的求胜心，在打出几个假把式热身后，突然拳风一转，朝江皓宸左肩打去。

江皓宸早有准备，灵活的身躯稍稍朝右后方侧过，趁舒言扑空重心不稳的机会，左手迅速挟制住她发力的胳膊向后一扭，左腿趁机一别，气势汹汹发起攻击的舒言立刻被摔到软垫上。

狗吃屎。

舒言惊呆了，一秒钟之前，她明明是占足了优势的，怎么……还没开始就结束了呢？

"这次不算，再来。"舒言挣扎着站起来，不服输。

"好啊。"江皓宸不苟言笑，俨然一个严师。

这次，舒言没有急于出手，而是上上下下打量着江皓宸，刚才是她失算了，肩膀这种边缘部位太容易躲闪，她应该朝胸口或肚子上打，这样就算打不到目标位置，总不至于扑空。

对，就这么干。

……

"啊！"

又一个狗吃屎。

幸好她这张脸是纯天然的，否则这么接二连三地跟大地亲密接触，现在就该去医院回炉重造了。

"再来！"

她就不信今天打不到江皓宸！

"啊！"

"啊啊！"

"啊啊啊！"

历史总是惊人的相似，要说有什么不同，就是一次比一次疼。

在舒言抬头的瞬间，江皓宸深眸里的怜惜迅速消失不见，只淡淡问道："还练吗？"

他今天的目的，就是让舒言知道男女之间在力量上差距悬殊，而且，一些人的强悍远远超出想象。

如果现在不狠下心让她吃足苦头，以后一旦遇到坏人，遭受的将会是无法挽回的伤害。

虽然一再挫败，但舒言并没有打退堂鼓的想法，很快站起来："练。"

"除了手臂，腿部的力量也很重要。"江皓宸朝场下看了一眼，候在旁边的教练立刻递过来一副拳击手套。

"来，踢我。"

"你要小心了。"舒言精力集中，出腿飞快。

"不行，再快点，力道要大，使劲。"

"小腹收紧，腿抬高。"江皓宸不断纠正着她的动作。

常年颠炒锅，舒言手臂的力量还算不错，可腿就没那么灵活了，踢不了几次就酸软得厉害，别说用力，就连抬起来都费劲。

"不行了，不行了。"舒言一屁股坐到地上，再练下去，她一会儿可能要爬回家了。

"明天继续。"练防身术不是一朝一夕之功，江皓宸没想拔苗助长。

"必须的，我就不信打不到你。"舒言腮帮子鼓鼓的，不知道是气自己太弱，还是气江皓宸不肯放水？

"你倒挺记仇。"结束训练，江皓宸又恢复了温情脉脉的模样，一边替舒言揉着酸胀的小腿，一边鼓励道，"还不错，坚持几次就习惯了。"

"我不会放弃的。"舒言抿了抿唇。

就在江皓宸以为她要说出什么豪言壮语时，舒言眼角闪过一丝莫名笑容，只见她突然前倾，将毫无防备的江皓宸扑倒在身下，双手搂住他的脖子，笑容里满是侵略性的得意："怎么样，还不是抓到你了。"

这样的舒言，带点俏皮带点野性又有几分狡黠，跟以往任何时候的样子都不同，江皓宸被她撩拨得心里直发痒，几乎来不及思考什么，一个翻身轻松占据主动权："谁说的？"

温柔的吻如煦煦阳光，缓缓倾倒。

接下来大半个月，舒言除了准备比赛，其他时间几乎都是在训练场度过的，过了最初的艰难适应期，她渐渐习惯了训练节奏，动作和反应能力都有很大提升。

牵一发而动全身，锻炼久了，不仅身体比之前轻松，连赖床的毛病都好了许多，每天精力充沛。

舒有德出院后就在舒家住了下来，这些日子身体渐好，也时不时来厨房看舒言做菜。

"二伯，您在颢澜工作了那么多年，对那里的事务是最熟悉的，皓宸说等您身体彻底康复，还想请您回去。"虽说再有几个月就到了退休年龄，但舒有德身体硬朗又是个闲不住的性子，继续工作也是好事。

"算了吧。"

江皓宸之所以既往不咎，一方面是对舒言的爱屋及乌，另一方面多半是为子路报复差点让他丧命而心生愧疚，可无论怎样，自己做过的错事都是无法弥补的，他还有什么颜面去面对曾经的同事？

"二伯，那件事罪魁祸首是董子路和王林，您只是一时糊涂……"

"可我还是做了。"舒有德抬头跟舒言对视，"如果不是我心胸狭窄，嫉妒猜疑，又怎么会被他们利用，许多事错就是错了。"

没有任何理由，更无法挽回。

舒言放下手里没剥完的虾，蹲到舒有德面前，一字一句推心置腹："二伯，其实您回不回颢澜无所谓，我只是担心若不能从跌倒处爬起来，这会是您一辈子的心结啊。"

奶奶惦念了舒有德一辈子，临终前最念念不忘的也是他，为奶奶九泉之下能有所安慰，舒言也不能眼睁睁看着二伯这样自苦。

舒有德抚一抚舒言柔软的发丝，疼惜之情溢于言表，他低低叹息一声："不知道是不是幻觉，这些日子住在院子里，竟然零零碎碎地想起小时候的事。那时候我们兄弟几个还小，你爷爷就总念叨厨子做出

来的东西是要给人吃的，这双手一定要跟心一样干净，才能对得起祖师爷。"

"爷爷是我七岁那年去世的，之前，他每天晚上都会带着好吃的去幼儿园接我放学，经常说的就是这句话。"舒言眼泪都快出来了，忙低头拭了拭眼角。

"老舒家祖宗保佑，让我也做了这一行，可我却给爹丢了人。"

自己做坏事的缘由，竟然是怕被亲侄女抢了位置，真是想想都觉得讽刺。

"二伯，爷爷不会怪您的。"

"可我不能原谅自己。"舒有德微微摇头，"我跟你二伯母商量好了，等给娘守满一年孝期，就去英国找你堂哥，给他做做饭照顾照顾孩子。"

"可是……"舒言还想再劝，转念一想，有儿孙陪在身边或许也不错，点头道，"好。"

崔浅每天都去影棚为新动漫配音，每次都见不到江皓宸，脾气越来越暴躁。

"她没有你光芒万丈，却比你干净纯洁百倍。"

自从上次跟江皓宸不欢而散，这句话就像破开的刺球儿，时不时就在她心上滚一下。

干净，纯洁？

崔浅冷笑连连，江皓宸不是觉得她脏吗，那她就让他心心念念的人比自己还要脏无数倍！

"你说什么！疯了吧！"崔浅的经纪人第一个反对。

并不是她心地善良不忍看到无辜的舒言受害，而是对手时时盯着他们的一举一动，弄出这么大个把柄给对方抓，他们所有人都得完蛋。

"我又没说要自己动手，你紧张什么？"崔浅又不傻，自然不会蠢到自掘坟墓。

"你的意思是？"经纪人凝眉。

"要是能把江皓宸和舒言拆散，你说谁最高兴？"

"当然是江凌风。"经纪人品出几分意思，"你想借力打力？"

这种事虽然不难，但对江凌风来说难免有失身份，更何况一旦让江皓宸查出来，父子俩就会彻底决裂，他未必肯。

"那，加上我呢？"崔浅把玩着自己的头发，似笑非笑。

然而，她的如意算盘并没有打响。

江凌风的确不喜欢舒言，但同样也不屑于做无底线的下作事。

他给崔浅的回答很简单："好好做演员，我不会亏待你。"

崔浅气得浑身发颤，江凌风不帮忙，她自己来！

舒言并不知道自己成了崔浅的算计对象，现在，她正为另一件事纠结伤神。汪月娥被判了八年，她没有上诉，只反复恳求见舒言一面。

新仇旧恨堆积，更何况还有奶奶之死这个解不开的心结，舒言只要想起汪月娥那张脸，就恨得牙根发疼。可尽管如此，两人之间的血缘亲情也是剪不断的。在汪月娥可怜兮兮地反复求了几次后，舒言虽然还是说不见，语气却没有之前那么坚决。

律师很为难，至于江皓宸，则是心疼。

见舒言把自己关在屋子里，嘴唇都咬破了愣是忍着不落泪，江皓宸心疼得连声音都有点变了："想哭就哭吧，哭出来就好了。"

"为什么会这样，江皓宸，你说老天爷为什么要把这样的难题抛给我？"舒言倚在江皓宸怀里，她并没有哭，只是一向清亮的目光里透着死灰般的颓然。

　　她怨自己，怨自己怎么就不能狠心些，再狠心些，那样，就不至于还挂念着害死奶奶的仇人，甚至心疼汪月娥的处境。

　　"故天将降大任于斯人也，必先苦其心志。老天爷对你，一定有着超出寻常人的期许。"江皓宸低头吻一吻舒言光洁的额头，"我懂你的心情，我什么都懂。"

　　小时候，一次次目睹罗瑶在家里喝酒摔东西以泪洗面，他也对出轨的江凌风恨之入骨，所以想尽办法跟江凌风对着干，给江凌风添堵。可江凌风毕竟是他的亲生父亲，江凌风上次突发昏厥时，他还不是守在手术室外一步都不肯离开？

　　人心受到的伤害，往往都来自于最亲近的人。

　　因为在乎，才会痛。

　　"我不想再看见她，可是一闭上眼，脑子里全是她的脸。"撕裂般的疼痛，疯狂折磨着她的心、她的大脑，让她无可遁逃。

　　"去看看她吧，我陪你。"许久，江皓宸缓缓道。

　　舒言是善良的女孩，她可以强忍着不见汪月娥，但心里会一直饱受煎熬。

　　两天后，舒言在江皓宸的陪伴下，来到看守所。

　　过了今天，汪月娥就会被送进某个监狱，正式开始服刑生涯。

　　时隔三个月，汪月娥比之前憔悴了许多，没有昂贵护肤品和层层厚粉的加持，她那张早已不再年轻的脸迅速苍老下去，恢复成最本质的模样。

　　见舒言进来，汪月娥眸光一亮，立刻站起来："言言……"

　　舒言身体猛地一僵，几乎下意识地退后一步。见状，汪月娥只好讪讪地收回伸在半空的手，重新坐回椅子上。

"我们不能待太久，您有什么话请说吧。"虽然以汪月娥的德行，根本不配做舒言的母亲，但作为晚辈，江皓宸还是给予她应有的尊重。

"谢谢，谢谢你们能来，我还以为，你们这辈子都不想再看见我。"汪月娥眼角眉梢不再有凌厉刻薄的神色，她怯怯的，那样子，仿佛不小心说错一个字，舒言就会立刻转身离开。

舒言低着的头，始终没有抬起来。

汪月娥嘴唇张张合合，片刻后，终究再次开口："小江总，您……可不可以让我跟言言单独说几句话，就几句。"

江皓宸没有动，显然有所犹豫。

"没事。"舒言抬头，向江皓宸微微一笑。

有些伤疤，撕裂开一次就够了，她不是易碎的玻璃心，不需要时刻躲在江皓宸的羽翼下。

"我在门外等你。"江皓宸缓缓松开舒言的手，起身离开。

看着房门再次关上，汪月娥似乎松了口气，她急急扯过舒言的胳膊，仿佛抓着救命稻草："言言，妈妈知道错了，真的知道错了，你帮帮我，不要让我去坐牢，好不好？"

"你放手啊！"汪月娥的力道太大，尖锐的指甲深深嵌进舒言肉里，舒言吃痛，下意识地往回缩手，却被禁锢得动弹不得。

"好，我放，我放。"汪月娥连连赔笑，"言言，妈妈就算有千错万错，起码生了你，要不是妈妈给你生了一张这么漂亮的脸，你怎么能找到江皓宸这么好的男朋友，是不是？"

就凭这一点，也休想甩下她不管。

汪月娥的话就像一个个硕大的冰雹，把舒言心里刚刚燃起的一丝温度，直接砸灭。如果说她原本对汪月娥只是失望透顶，那么现在，就是死灰般的绝望。

/250/

这个女人永远只知道索取，如今取无可取，就惦记上自己这条命了吗？

可惜原来的她已经死了，现在的她，是奶奶救的，奶奶养的。

"奶奶死了。"舒言用力挥开汪月娥的手，说出来的每个字都像在滴着血，"奶奶头骨破裂溢血不治而亡，要不是你，她现在已经跟二伯团聚了，是你害得她跟心心念念了大半辈子的儿子阴阳两隔，你难道就不感到愧疚自责吗！"

"我当然愧疚自责，这不是已经知道错了嘛！"虽然这样说着，汪月娥眼眸中却没有一丝悲伤，只是再次催促，"江皓宸身边有那么多好律师，你跟他说说，就算不能直接把案子撤了，好歹判个缓行什么的？至于赡养费，我也不是贪心的人，随便给点够生活就行。"

赡养费？

舒言不知道汪月娥是怎么把这三个字说出口的。

"我帮不了你。"她今天就不该来。

汪月娥，只会一次又一次地刷新她三观的下限。

见舒言要走，汪月娥三步并作两步拦住去路，怒目而视："舒言，你真要这么绝情，六亲不认吗？"

"我给过你机会。"

来的路上她还在反复纠结，想着万一汪月娥为奶奶的死伤心愧疚，哪怕只是装模作样地掉几滴眼泪，她会不会心软而帮汪月娥减刑？

然而事实证明，有些人是没有心的。

"你真不管我？"汪月娥冷冷瞪着舒言，目光狠戾而决绝。

"这是你欠奶奶的。"

"好！"汪月娥咬牙切齿，"舒言，既然你这么无情，就别怪！"

话音刚落，还没等舒言明白意思，胳膊上已经挨了重重一口。

钻心的疼痛，让舒言忍不住低呼出声。

然而事情远远没有结束，松口后，汪月娥突然哈哈大笑："你不知道吧，我有艾滋病，现在好了，你也被传染了，哈哈哈哈哈哈！"

半个月前，崔浅对汪月娥承诺，只要她想办法让舒言染病，不仅保她出狱，还额外给她一百万。

她原本不想这么做的，谁让舒言冷血无情不肯帮自己！

既然舒言不仁，就别怪她不义！

艾滋病……

舒言低头看了看还在往外渗血的胳膊，又看看汪月娥唇边那抹鲜红，它们交融在一起，以一种看不见的力量，一点一点带走舒言体内的温度。

"言言！"

江皓宸熟悉的身影就要凑到眼前，舒言快速退后两步，险险避开了他的触碰，大吼一声："作死是不是，出去！给我出去！"

艾滋病有多恐怖，稍稍有点常识的人都知道，她现在是高危人群，绝不能跟江皓宸接触！

"言言，你冷静点，来，到我身边来。"

艾滋病是可以通过血液传播的，但他身上没有伤口，根本不会感染，更何况，汪月娥是真患病还是故意这么说，还不能确定。

"走！你马上走！否则我就死给你看！"舒言顾不得其他，脑子里只有一个念头，那就是江皓宸绝对不能被传染。

绝对不能！

"哈哈哈哈哈哈！"眼前决绝的一幕并没能让汪月娥感动，她自顾自地大笑着，"完了！都完了！你的命要还给我！要死你也要跟我一起死！"

　　事情发生得太突然，等警察反应过来，强行把汪月娥拖走，视线内暂时也没了江皓宸的身影，舒言紧绷着的神经才稍稍放松，双腿一软，整个人栽倒在地上。

　　"警察同志，汪月娥真的感染艾滋病了吗？"江皓宸还抱有一丝希望，希望汪月娥只是得了失心疯。

　　"这个不清楚，因为看守所的收押体检并不包括艾滋病检测。不过您放心，我们的工作人员已经去取检测试纸了，只要一试，就能知道。"

　　"好。"江皓宸点点头，"我可以先带言言回去吗？"

　　"自然可以，不过……"医生稍稍犹豫一下，建议道，"虽然在艾滋病毒暴露七十二小时内都可以服用阻断药，但两小时内的阻断效果是最好的，所以不管能不能确诊……"

　　"那种药哪里有卖？"江皓宸紧张地揪住医生的领口，这句话几乎是吼出来的。

　　"传染病防治中心。"

　　医生话还没说完，江皓宸的电话已经拨了出去："把最好的医生，最好的药都给我送来，马上！"

　　还好，还好有补救的机会，否则他这辈子，甚至下辈子都不会原谅自己。

　　就算江皓宸再有通天的能力，从取药到送来看守所也需要一会儿时间。等待的过程漫长而煎熬，手表上的秒针每嘀嗒一声，就好像在刀山上走一步，他从未有一刻这么希望时间过得快些，再快些。

　　屋漏偏逢连夜雨，在这一分一秒的煎熬中，更坏的消息很快传来，汪月娥的确身染艾滋病。

　　"这个结果……"

　　"江先生，检测试纸的准确率为百分之九十七以上。"警察低沉的声音像一把锤子，把江皓宸心底最后一丝侥幸无情砸碎。

"为了准确性，我们还会抽取她的血液再检查一次。"警察又补充了一句，"不过，您可能不知道，汪月娥之前的案底几乎都跟钱色交易有关，常年混迹在那个圈子里，染病不奇怪。"

染病不奇怪。

他怎么没有早早想到，就那样随意地把舒言置于险境中。

"言言情绪怎么样？"舒言坚决不肯让江皓宸靠近，只肯让防范设施周全的专业医务人员来为自己处理伤口。

舒言始终一动不动，医生只好如实告知："舒小姐已经安静下来了，现在很平静。"

"她有没有说什么？"江皓宸急急追问。

医生摇摇头："没有。"

这么年轻的女孩，好端端突然就到了鬼门关前，还是被自己的亲生母亲……换作任何人都会情绪崩溃，舒言能安安静静不说话，已经不错了。

阻断药很快送了过来，医生片刻也不敢耽搁，直接送去给舒言服用。两颗药下肚，笼罩在舒言身上的恐惧阴霾才渐渐消散些，竟有种重获新生的感觉。

见舒言始终安安静静，江皓宸尝试着靠近："言言，吃过药就没事了，咱们回家。"

"别过来！不许过来！"舒言像只受惊的小兽拼力嘶吼着，动作太大，手上的纸杯跌落出去，水溅了一身。

"好好好，我不过去。"江皓宸生怕刺激到舒言，连忙退后两步让出一条通道，"我不碰你，你自己出来。"

"你先走。"舒言一脸警惕地盯着江皓宸。

　　明明是亲密无间的两个人，可此时此刻，舒言是那么想远离他，甚至不想跟他呼吸同一片空气。

　　"不能让江皓宸染病"，是目前舒言的全部执念。

　　"好，我走。"此时的江皓宸就像一颗没熟透的杏儿，眼眸酸涩，心却是苦的。

　　舒言那么无助，可除了那两瓶药，他什么忙也帮不上，什么都给不了她。

　　"江皓宸你听清楚了，如果你敢趁我不备的时候靠近，我就死给你看。"舒言的声音不大，但每个字都透着冰冷的决绝，没有人会认为她是在开玩笑。

　　"言言，我没有。"心思被无情戳穿，江皓宸只能矢口否认。

　　"你有。"

　　舒言了解江皓宸，就像了解自己一样，所以，一个简单的眼神，就足够让她明白。

　　她什么都没有，只能用这条命来作要挟的筹码。

　　江皓宸败下阵来。

第十四章
chapter fourteen

/ 海 洋 星 物 语 /

依言退到大门外，医生跟过来叮嘱道："江先生，这个药虽然有百分之九十多的概率可以阻断艾滋病，但副作用也很大，您要随时关注病人的情绪，千万不能再刺激到她了。"

"有什么办法可以缓解？"医生说话大多含着一半，能让他特意提醒，足够说明这药的副作用相当严重。

医生摇头："没有，只能靠自己熬过去。"

煎熬是从第二天开始的，一大早，舒言的肚子就开始隐隐作痛。她肚子饿得咕咕直叫，偏偏看到食物就恶心，半点东西也吃不下，只

能一杯一杯地灌着热水。

江皓宸、舒有顺、舒有德夫妇都被赶了出去，虽然心疼，却谁都不敢去敲门，生怕刺激到舒言敏感的神经。

"唉，这是造的什么孽。"舒有顺脸上油亮油亮的，加上眼眸中升腾的怒气，整个人都快要燃烧起来，恨不得立刻把汪月娥碎尸万段。

"虎毒不食子，她竟然能对亲生女儿下这么狠的手，简直不配为人！"同为女人，姜妍怎么都想不明白，世界上怎么会有这么恶毒的母亲。

"她本来就不是人。"江皓宸的心紧紧揪在一起，跟旁人也在跟自己说，"放心吧，从今以后不会再见到那个人。"

原本想放她一马，如今看来，太多的宽容只会纵容作恶。

"打听清楚了？"

好事不出门，坏事传千里。当天，崔浅就得到了消息。

"绝对假不了。"助理信誓旦旦地点点头，不由得唏嘘，"还真是林子大了什么鸟都有，谁能想到亲妈会丧心病狂地想让女儿感染艾滋病。"

"这有什么奇怪的，亲妈虐待孩子的不也有？"浸淫娱乐圈多年，崔浅对"人性"这玩意儿看得透透的。

什么亲不亲情爱不爱情的，不过是各取所需罢了，得不到想要的，再好的关系也得翻脸。

"老头子那边有什么动静？"这么大的事，连她都听说了，江凌风那个亲爹不可能蒙在鼓里。

"据说是要逼着江皓宸回家，可江皓宸不肯，放狠话说逼急了他也染病去。"助理小心翼翼地回答道。

"还真是够痴情的。"崔浅笑得讽刺，"把消息散出去，我倒要看看，国际厨神大赛会不会宽容到让一个艾滋病携带者去参加。"

"现在还在阻断期，没有确诊。"

"管他是什么期，只要能引起恐慌就够了。"崔浅笑得狠毒，"她不是命好吗，那就自求多福吧。"

舒言有可能感染艾滋病的消息很快传出去，虽然在江皓宸和弋阳等人的压制下，热搜很快撤了下去，但还是引起不小的恐慌。客人纷纷打电话取消预约，甚至这几天来吃过饭的客人也恐惧不安，有几个还特意前来问询，在江皓宸亲自解释后，才放心离去。

至于国际厨神大赛，虽然没有直接取消舒言的比赛资格，却也要求一个月后，将阻断成功与否的报告公布于众，以消除不良影响。

这一切，对正在跟阻断药抗争的舒言来说，无异于雪上加霜。

"舒言，你答应爷爷要把舒家菜发扬光大，要让中国宫廷菜在世界美食圈占得一席之地，你要是现在就放弃了、退缩了，爷爷奶奶都不会原谅你的！"江皓宸的声音隔着房门传来，铿锵有力。

没有软语安慰，因为他知道今时今刻，只有扎根在心底的梦想，才是舒言最大的精神支撑。

"舒言，你给我好好听着！"门外的声音还在继续，"我从来都不是好脾气的人，你要是敢消沉，敢低迷不振，我就把这老宅买了，改成你最不喜欢的夜店，天天在这里左拥右抱，把你忘得干干净净！"

"江皓宸，你敢！"舒言带着哭腔的声音，从房内吼出。

舒言把自己关在房间里两天了，任凭谁在外面说什么也不肯回应一句，这一声，让所有人大喜过望。

江皓宸心里有种恍若隔世的感觉，太好了，听到这个声音，他就知道舒言没有被恐惧打败，没有被谣言击垮，更没有失去对生活的向往。

"我这个人自制力很差，不想让我胡闹，就好好把我看紧了！"江皓宸的声音不知何时也带了哽咽，他贴在门缝处，声音坚如磐石，"加油，我在这里等你。"

一扇小小的门，门外守着最爱她的人，命运对她没有那么残忍。

"好。"舒言泪如雨下。

阻断药带来的副作用还在继续，熬到第三天，饭是可以吃进去几口，可失眠问题又接踵而至，舒言向来沾枕头就睡着，如果没事，一天可以睡上十几个小时。现在，她困得眼皮发涩思绪打结，可躺在床上翻来覆去成了烙饼，眼看着天色渐渐变黑，又一点点变亮，可惜就是没办法入睡。

那一刻，她终于理解了罗瑶的痛苦，明白罗瑶为什么要吃下大把大把的安眠药，喝下一杯又一杯烈酒。

崩溃欲绝。

那种崩溃欲绝的感觉让她想歇斯底里地大喊，想拿头用力撞墙，但她知道江皓宸一定守在隔壁，恨不得竖起耳朵听着她这边的一举一动。

舒言不想让他担心，只能把头埋进被子里，生生忍受着这非人般的折磨，直到眼泪哭干，精疲力竭。

最难受的时候，不是没想过停药，可这样的念头刚浮出来就被舒言强行摁了下去，为了爱自己的人，自己不能死，而自己也不是幸运儿，不敢拿一时轻松去赌后半生的命运。

"老板，幕后操纵者就是崔浅，她跟董事长似乎……"刘秘书话没说完，意思却足够让江皓宸明白。

"我再不想在公众场合看到这个人。"江皓宸冷冷一句话，就决定了崔浅后半生的命运。

这意味着，她的广告，她的时装秀，她的影视剧，甚至绯闻……统统不会再出现。

一个没有曝光率的明星，很快就会被大众遗忘，沦为万千尘埃中的一粒。

"这样做，董事长会不会……"

"你以为江凌风会保她？"江皓宸笑得讽刺。

玩物，是没有任何价值的。

她拎不清自己几斤几两，连他的女人都敢害，那就让他帮她认清现实吧。

一天，两天……整整二十八天，舒言经历了炼狱般的折磨，吃下最后一颗药之前，她把药拿在手里凝视了许久。

"也好。"汪月娥认为自己欠她一条命，这次就算彻底还了，从此以后，那个恶毒的女人跟自己再没有半分关系。

吃了药，舒言下床拉开窗帘，下过雪的天空湛蓝湛蓝的，是冬日里难得的艳阳天，金黄色的阳光照在洁净的窗棂上，也照进舒言心里。

那扇紧闭的房门终于从内打开，舒有顺第一个冲进来："言言，一切都过去了，三伯做了许多你爱吃的菜，快过来吃。"

"我一个人吃，你们都不许过来。"虽然两小时内服用阻断药阻断患病概率高达百分之九十多，可即便只有百分之一的意外，她也不能松懈。

"好好好，就你一个人吃，谁敢跟你抢，我第一个不答应。"舒有顺把菜摆好，趁众人不注意的时候转头擦掉眼角的泪水。

二十八天，恍若隔世。

检测结果很快出来，舒言送检的血液呈阴性，也就是说，阻断成功了。

那一天，舒言在跑步机上跑了一整个下午，直到大汗淋漓精疲力竭，才软绵绵地瘫倒在地上。

那场噩梦终于过去了，现在的她，获得了新生。

"检测结果已经给史密斯先生发过去了。"江皓宸从另一台跑步机上下来，将一条汗巾递给舒言，"只是耽误了这么久，再准备起来难上加难。"

对赛前选手来说，每一天都异常珍贵，如今距离比赛只有不到三十天，要定菜品，练手速，每一样都在挑战着舒言的极限。

"你以为我把自己关在屋子里，就四脚朝天，什么也不干了？"排了那么多汗，舒言只觉得酣畅淋漓，她平了平起伏的气息，轻笑道，"菜单我已经定好了。"

"真的？"这对江皓宸来说，绝对算意外之喜。

"那当然。"舒言把江皓宸拉到自己身边坐下，"今天已经是腊月十七了，我准备几天，等大年三十晚上，好好给你们露一手。"

宴会菜品练习，没有比年夜饭更好的机会了。

"不行，你只能做给我一个人吃。"江皓宸突然很委屈，"你知不知道我这些天是怎么过来的，人都饿瘦一圈了。"

整整二十八天，舒言承受着染病的恐惧，阻断药副作用的折磨，江皓宸虽然不能替她分担痛苦，但心理上承受的压力并不少半分，不瘦才奇怪。

舒言盯着江皓宸左看右看，点头道："难怪越来越好看，原来是瘦了，以后你都少吃点。"

"你这就打算虐待我的胃了？"

"哪有，还不是为了您老人家玉树临风的完美形象考虑。"舒言亲昵地扯了扯江皓宸柔软的耳垂，像在玩什么好玩的玩具。

"我哪里老？"江皓宸说黑脸就黑脸。

"没有呀。"舒言眨眨眼，粲然一笑，"只是比我大六岁而已，勉强还可以接受吧。"

"是吗？"江皓宸笑得邪魅，"我这就让你知道'求饶'两字怎么写。"

"喂，好痒，我错了，错了还不行……"

年味越来越浓，大街小巷到处洋溢着欢快的节日氛围，虽然风波过去后，陆续有客人打电话来预订宴席，但为了全力准备比赛，舒言推掉了所有订单，只一心一意准备着年夜饭。

这个新年对舒家每个人来说，都有着非同寻常的意义。去年坐在主位上的奶奶已经去世，化作一捧黄土，失散多年的舒有德夫妇一朝找回，跟家人团聚，舒有顺渐渐从半生牢狱的心魔中走出来。

舒言失去了最亲的奶奶，又被丧心病狂的生母害得差点染上恶疾，但她也幸运地收获了江皓宸的爱，往后的日子再不孤单。

除夕当天，江皓宸自然要在家里陪着罗瑶，有中药的调理加上精心搭配的食谱，又在舒言的建议下养了一只聪明的拉布拉多幼犬，罗瑶精神有所依托，失眠症比之前好了些。虽然不能整晚好眠，好歹也可以连续睡上三四个小时。

睡眠好了，心情自然也好了许多，这都是舒言坚持不懈劝慰开解的功劳，罗瑶虽然嘴上不说感谢，心里却更念着舒言的好。

大年初一，江皓宸早早提着各式各样的精致礼盒来到舒家，分别给舒有顺、舒有德夫妇派发了礼物，就悄悄来到舒言房间等她起床。

　　舒言睡得很香，许是做了什么好梦，眼角眉梢始终挂着恬淡的笑意，长长的睫毛垂下，如婴儿般可爱，江皓宸俯身在她额头上轻轻印了一吻，嘴角满足地上扬。

　　在床边坐了会儿，江皓宸发现舒言的睫毛时不时轻轻眨动，晓得对方醒了，他也不戳穿，只幽幽打了个哈欠："唉，太困了，我也补一觉，雪人就送给小朋友玩吧。"

　　"雪人，你堆了雪人，在哪里？"舒言噌一下从床上弹起来。

　　江皓宸刚进门的时候她就醒了，只是一直装睡，想看看对方什么时候能察觉出来。

　　"装睡都装不像，还嫌我演技差。"江皓宸在舒言额头上轻弹一下，装模作样，"哎呀，我好像失忆了，不记得雪人堆在哪里了。"

　　"江大影帝，大过年的你能不能休息一天？"舒言对着天花板翻了个白眼。

　　"哎呀哎呀，怎么越来越想不起来了呢？"

　　面对时不时重返三岁的江皓宸，舒言只能使出撒手锏，只见她倾身在江皓宸脸颊上印了一个大大的香吻，揽着他的脖子左右摇晃："王子殿下，本公主的吻有没有让你的记忆苏醒？"

　　"这个嘛……"

　　"见好就收，否则看我怎么收拾你。"舒言生动演绎了什么叫说变脸就变脸。

　　"想起来了，走。"

　　这几天陆续下了几场大雪，原材料充足，江皓宸的雪人堆得很大，都快有舒言高了，大大的眼睛，脖子上还围着一条红色围巾，非常喜庆漂亮。

　　舒言左看看右摸摸，爱不释手，高兴之余又有些失望："可惜过几天就化了，它要是能一直一直不化，该多好呀。"

原本只是随口感叹，没想到江皓宸立刻答道："这有什么难的，把它搬进冷库保存起来，你什么时候想看，什么时候就能看到。"

"真的可以吗？"舒言大喜过望。

"当然。"江皓宸把舒言冻红的指尖握在手里暖着，"今年冬天，我带你去北海道滑雪。"

北海道，一个连名字都透着浪漫的地方，舒言心驰神往已久，自然连连点头，又补充道："那我要赶紧学会滑雪。"

原以为江皓宸会答应教自己，没想到他摇头道："不用，你只要负责堆雪人就行。"

"好呀。"舒言笑得温柔，突然抓起一把雪塞进江皓宸的衣领，哈哈大笑，"哼，再让你欺负我！"

汪月娥的死讯是在大年初三一早传来的。

"什么原因？"江皓宸淡淡问道。

"法医检查，说是猝死。"刘秘书如实回答。

"她倒是个好福气的，什么罪都不用遭。"江皓宸把检验报告往旁边一放，淡淡吩咐，"找块好墓地，她总归是言言的母亲。"

人活着，自然要让她好好吃苦来赎罪，既然死了，身后事他还不至于吝啬。

"老板放心。"刘秘书答应下来，"舒小姐那里……"

"我来跟她说。"

得知汪月娥猝死的消息，舒言很平静，比任何时候都平静，都说"好人没好报，祸害遗千年"，其实也不尽然。

那个本应该是她最亲近的人，那个没给过她一天关爱，害死奶奶

还差点害死她的女人，死了。

舒言不知道这是一种什么样的感觉，也不知道该不该悲伤，所以她只能平静，平静地回想着之前的一幕幕。

人死如灯灭，那些恩恩怨怨，也算了了吧。

十天后，一切准备妥当的舒言登上了去往法国的飞机，作为"妇唱夫随"的典范，江皓宸自然陪同前往，然而在机场，却碰到了两个熟人。

"你们俩干什么去？"看到弋阳，江皓宸下意识地把舒言护牢，不许两人握手，可谓小气到家了。

"就准你们比赛，不许我们去度个假，这是什么道理？"说话的不是弋阳，而是他身旁的乔影。

乔影还是端庄大方的模样，不过比之前蜻蜓点水般的轻笑，她现在的笑容明显开怀许多，人也显得更漂亮。

"当然允许，人多了热闹。"舒言挣脱江皓宸的手，亲昵地握了握乔影的手，"不好意思啊，上次答应给你做牛腩面吃，一直都没兑现承诺。"

"什么时候的事，我怎么不知道？"江皓宸立刻抗议。

自己都没吃过舒言做的牛腩面，乔影凭什么先吃？

"你不知道的事多了。"舒言懒得理会不定时吃飞醋的江皓宸，只挽着乔影走在前面，虚心求学，"好喜欢你的穿衣搭配，有时间能教教我吗，还有妆容和发型？"

成天不是厨师服就是运动衣，她都快忘了自己还是个女人了。

"好啊，以后有这样的聚会我约你一起。"乔影很喜欢舒言爽朗坚毅的性子，虽然细算起来，两人还做了很长时间的情敌，但并没有发生什么不愉快。

这或许，也算奇迹的一种。

两个女孩子凑到一起，总有很多话题可以聊，更何况舒言还有一大堆问题要请教，两位男士远远跟在后面。

"决定了？"江皓宸侧头看着弋阳。

"三十而立嘛，也该做正事了。"弋阳笑得豁达，"这几年也玩够了，是时候以全新的姿态面对生活。"

"加油。"没有更多的话，却足够让弋阳明白江皓宸对自己的期许。

"放心，我不会输给你的。"

弋阳指的是事业，江皓宸脑子里却灵光一闪："什么时候的事？"

"什么？"弋阳下意识地摸了摸鼻子。

江皓宸丝毫不给弋阳顾左右而言他的机会，干脆利落道："乔影。"

"我也说不清楚，这也许就是缘分吧。"

不知从何时起，弋阳跟乔影的联络渐渐多了起来，闲暇之余，他会陪她加班，替她想策划案，也会跟她一起去轧马路，看电影。

等弋阳自己察觉出不对劲时，他和乔影每天见面几乎已经形成了习惯了。

乔影也一样。

有时候，爱情是润物细无声的，它会悄悄地来，等你发现的时候，人已经在其中了。

他不茫然，也不逃避。

"幸福就好。"弋阳跟乔影一个欢脱一个沉静，彼此优势互补，也算不错的选择。

"放心吧。"短暂的沉默后，弋阳再次开口，"子路的判决下来了，数罪并罚，十年。"

"原本就是颛澜欠他的。"提到子路，江皓宸心里忍不住一阵唏嘘。

其实江皓宸完全可以让子路在监狱里度过更长的时光，但他只是轻轻一叹，"到此为止吧。"

"我知道你会这么做的。"舒言第一次坐长途飞机，去的还是全世界最浪漫的国家，整个人一直处在高度兴奋状态。

"为什么？"

"因为我了解你呀。"舒言清了清嗓子，刻意加粗了声音，"智者不执拗于过去。"

到达法国，已经是第二天中午了，接机的牌子很醒目，但比牌子更醒目的，是人。

那个因为表白舒言而被江皓宸打了的法国帅哥 Mark，赫然在其中。

"你还敢来。"江皓宸帅脸一沉，毫不掩饰自己的不悦。

"江先生，我是代表主办方来接人的，不是抢人。"鉴于上次挨打的经历，Mark 主动解释。

"知道就好。"

"江皓宸！"舒言小声提醒，免得失了礼数。

"走吧，先回酒店休息。"江皓宸拥着舒言绕开众人，头也不回地往前走。

为了防止航班有什么变动，他们提前到了两天，舒言不想出去闲逛，就在酒店里睡觉倒时差，日子很惬意。

比赛那天，她早早就醒了，精神饱满，不仅没有打哈欠，就连黑眼圈都格外给面子，主动隐形了。

菜单早早就报到了评审组，冷盘、热菜、汤类甜食共计十六道，宴席制作时间为两个小时。

依照次序，应该先准备凉菜，开胃菜有腌芹菜叶、桂花山药、玫瑰小枣、干豆腐青菜卷和秘制肉末豆花，这几道菜工序相对简单，舒言动作熟练利落，很快便做好并完成了摆盘，颜色搭配合理，色香味俱全，像一个个精致小巧的艺术品。

接下来便是最重头的热菜，舒言选了六道，既有应季的翠竹报春、平日里常见的锦绣虾球，还有标志宫廷菜的荷包里脊、贝勒烤肉、清蒸鲥鱼，以及乾隆时期名盛一时的苏造肉。当然，苏造肉的做法早已失传，舒言所展示的是"舒氏改良版"，在传统的基础上加入新意。

总之，这些菜听起来并没什么特别，但每一道皆做工烦琐。考验的不仅仅是细致耐心，还有熟练度和心理素质，缺了哪一点，都不可能在短短两个小时成宴。

这样大的场面，舒言也是第一次经历，说不紧张是骗人的，但好就好在她太热爱烹调，只要投入到菜品制作中就会全神贯注，渐渐也就忘了紧张这回事。所以，全场最紧张的，当数江皓宸。

见江皓宸眼睛一眨不眨地盯着餐台，弋阳忍不住提醒："轻松点，你又不能上去帮忙。"

"说得轻松，反正台上不是你媳妇儿。"江皓宸没好气地怼弋阳。

他这话倒提醒了弋阳："你不是打算求婚吗，什么时候求？"

凑热闹，还是这么大的热闹，少了他怎么行。

"保密。"

两人聊天的工夫，热菜已经依次出锅，用透明的保温盖子盖好，重头戏完成，舒言心里也松了口气，着手准备艾窝窝、杏仁奶酪、驴打滚、萝卜丝酥饼和山楂饮。

这几道皆是流传多年的宫廷点心，有着鲜明的皇城根特色，跟寻常点心不同，舒言做的艾窝窝和驴打滚用的不是糯米粉，而是把刚蒸

好的糯米反复揉搓成黏稠状，再裹上豆沙馅儿，比之糯米粉做出来的点心更有嚼劲儿。当然，程序最烦琐的还是萝卜丝酥饼，要先做酥皮，包馅后放入烤箱中烤十五分钟，才可食用。

不得不说，江皓宸之前的训练还是很有用的，舒言不仅在体能上得到了锻炼，动作也比之前更加麻利。等所有菜品全部完成，江皓宸看了看表，正好一个小时四十分钟，原以为舒言超常发挥早些完成了任务，没想到她并未开始收拾餐台，而是抬眸朝评委微微一笑："各位老师，最后一点时间，我想为大家做一个汤。"

"哦，是什么汤？"史密斯先生问道。

"我家祖上从太爷爷那辈儿起，就一直从事厨师这个职业。"舒言一边重新打火，一边讲解道，"小时候，爷爷还活着的时候，每到新年全家聚在一起的时候，他都会在宴席最后做一道汤，用的是最简单的食材，白菜、萝卜、豆腐。爷爷说，厨师会尝许多菜，什么滋味的都有，时间久了，就会忘记食材本来的味道。就像做人一样，酸甜苦辣咸经历得越多，越会忘记最开始的初衷，所以，厨师要时常找一找原味，做人要时时不忘初心。"

锅里的水很快沸腾起来，舒言缓缓把准备好的食材放入锅中，继续道："这桌菜我练习了许多次，每次都是在最后一分钟才能完成，但今天上场前我告诉自己一定要有所突破，为的就是留下时间做这道汤。我的二伯和三伯，他们是我最亲近的人，他们都曾因为一时冲动犯下错误，为此深深自责，我想跟他们说，犯错不可怕，爷爷说了，水多了就再放些菜，菜多了就再加点水，只要有改错之心，随时都是再次开始的起点。"

聚光灯打在舒言脸上，她的手臂在抖，额头上细密的汗珠缓缓滑落，她的气息起伏不平，眼神却异常坚定。

她再一次突破了自己，做了以前从未做到的事。

"这道菜叫什么名字？"史密斯先生很感动。

"和美团圆。"

宫廷菜最讲究如意吉祥，最核心的意义也在这四个字：和美团圆。

正如舒言的期望，她要一家人都好好的，平安喜乐。

味道，速度，创新，精神，无论从哪一点来评比，舒言都是当之无愧的第一名。

看到视频的舒有顺和舒有德，泪流满面。

赛后，法国某大学校长特意邀请舒言去给他们学校的学生讲一堂中华美食文化的课程，如此盛情难却，舒言自然答应下来，也好趁着这个假期好好感受一下法国的风土人情。

法国的春天万物复苏，如图画般美丽，一切尘埃落定，再没有任何心事的舒言在酒店美美睡了大半天，起床拉开窗帘，已经快要日落西山了。

电话响起，是江皓宸熟悉的声音："睡神小姐，你总算醒了。"

"我也不知道怎么回事，可能想把前些天担惊受怕欠下的睡眠都补上。"舒言笑声清脆，"江先生，一会儿请我去哪里吃晚餐呢？"

"约瑟夫餐厅，我把整个餐厅都包下了。"

"我去，这都行。"

不怪舒言震惊，实在是这约瑟夫餐厅是世界闻名的网红西餐厅，寻常游客基本要提前半年预订位置，江皓宸就算有再多的钱，也不能让所有人都愿意退订吧？

"当然，有我亲自出马，什么事情做不成？"江皓宸回答得理所当然，随后道，"你收拾收拾就出发吧，走路过来，全当锻炼了。"

"一会儿见。"

　　酒店跟餐厅不过隔了两条街，舒言慢悠悠地沿路溜达，倒也自得其乐。走着走着，突然发现一个三四岁的小女孩拿着一根大大的棒棒糖，蹦蹦跳跳地从马路对面走来。

　　"海洋星！"舒言最喜欢那种纯净透明的蓝，像天空又像大海。

　　小女孩金发碧眼俏皮可爱，见舒言的目光落在自己身上，立刻回了一个甜甜的笑容，用纯正的法语问道："姐姐，你也喜欢棒棒糖吗？"

　　"是啊，姐姐从小就喜欢这种糖，只是好久没见到了。"

　　"这样呀。"女孩儿歪着小脑袋想了想，突然把糖递到舒言手边，"姐姐，这糖送给你吧。"

　　舒言当然不会横刀夺爱，笑着摇摇头："谢谢宝贝儿，你自己吃吧。"

　　"姐姐不可以拒绝小孩子的礼物哦。"小女孩眨眨美丽的蓝眼睛，把棒棒糖塞到舒言手中，咯咯笑着跑开了。

　　"谢谢你。"

　　带着这份来自异国他乡的美意，舒言继续往前走，然而她很快发现路边有许多小孩子，而每个小孩子手里，都拿着同样的海洋星棒棒糖。

　　难道前面有个糖果店？

　　舒言正想沿着街往前找找，却见一个小男孩迎面走来，把棒棒糖递到她手里："姐姐，送给你的。"

　　"宝贝儿，这……"一个就算了，她这么大人了怎么好意思接连收小孩子的礼物？

　　"姐姐，这是好运哦，不能拒绝的。"小男孩调皮地做了个鬼脸，跑开了。

　　可能是受了调皮小男孩的感染，陆陆续续有小孩子走来，把自己手里的棒棒糖送给舒言，没过一会儿，她收了满满一大把，要两只手才能捧住。

看着怀里满满的"海洋星"，舒言既感动又有些哭笑不得，法国的小朋友都这么热情吗，还是……

就在舒言隐隐觉得哪里不对时，一阵轻柔的钢琴曲突然响起，循着声音望去，身后广场中央的巨型荧幕不知何时亮了起来。

伴随着音乐，一个身穿白色厨师服、头戴大高帽的卡通女孩出现在视线中，她在厨房忙里忙外，将一盘盘精美绝伦的菜肴端到包间。包间里坐着一个酷酷的大男孩，男孩对着菜品指指点点，却在女孩出门后，偷偷拿起筷子大口吃菜，被辣得咳嗽连连。

镜头很快切换到下一个场景，男孩"壁咚"女孩告白，被女孩拿着长长的炒勺在小胡同里追着打，男孩陪女孩淋雨，女孩陪男孩一起应对生意上的危机，无微不至地照顾男孩生病的妈妈……

一帧一帧的动画，将两人从相遇到相爱的整个过程，活灵活现地展现出来……

舒言笑着笑着，脸上就湿了一大片。

短短七个月，二百一十五天，他们一起经历了那么多，成长了那么多。

动画片很快放完了，画面定格在最后一秒，女孩双臂揽着男孩的脖子，两人深情对望，露出幸福的笑容。

错愕的瞬间，只觉得眼前一闪，聚光灯毫无征兆地把她整个人围在圈内，长长的走廊尽头，身着黑色风衣的江皓宸一步一步朝自己走来，他手中也拿着一根硕大的海洋星棒棒糖，糖纸闪烁着七色光，像天边的彩虹。

"你说你喜欢海洋星棒棒糖，因为吃到嘴里，有梦想的味道。"江皓宸眸中有晶莹闪烁，他的声音带着甜甜的山茶花香，如微风拂面，"我

答应过，每年都要亲手为你做一根海洋星，你手里的二十四根弥补了过去，而我手里这根，代表着未来，未来你会拥有比之前多无数倍的幸福。"

话落，人已经来到面前，江皓宸单膝跪地，一字一顿："舒言小姐，我的海洋星给你，你的后半生，交给我吧。"

"姐姐快答应吧！"

不知何时，之前给舒言送棒棒糖的小朋友从四面八方拥来，仔细看去，人群中还有弋阳、乔影、史密斯先生、舒有顺、舒有德夫妇。

再仔细看，江凌风和罗瑶也来了。

"这……"舒言愣了，江凌风不是坚决反对江皓宸跟自己在一起吗？

"丫头，你很棒。"比赛视频，江凌风从头到尾一秒不落地看了下来。

舒言用她的实力和精神，感动了评委，感动了无数人，江凌风也是其中之一。

他愿意放下偏见，放下所谓的门第观，接受舒言。

"言言，勇敢开始新生活吧！"舒有顺带着哽咽的声音紧跟着响起。

"嫁给他！嫁给他！"

舒言告诉自己要忍着，但泪水还是止不住地往下落。她越想平复情绪，就越是哭得厉害，好一会儿才伸手接过面前的棒棒糖。

众人安静下来，等着听那句"我愿意"，谁知舒言哽咽片刻，竟很委屈地撇嘴道："好沉，以后做小点儿。"

"呃？"江皓宸哭笑不得，只点头，"听你的，什么都听你的。"

"这还差不多。"破涕而笑的舒言亲昵地把头埋进江皓宸怀里，鼻涕眼泪齐齐往他身上蹭。

突然，她想起一件很重要的事，抬眸问道："戒指呢？"

求婚不都应该有戒指吗？

"呃？"江皓宸似乎也刚想起这个问题。

他太紧张，只顾着拿棒棒糖，把戒指忘酒店里了。

"江皓宸，你求个婚都这么不认真，我反悔了！"舒言噘着小嘴，跳脚。

江皓宸双臂一伸，抱起舒言就往酒店方向去："糖都收了，想反悔门都没有！"

"江皓宸，你是求婚还是抢亲……"

"浪漫的不行，就只能简单粗暴了。"

"喂，你放我下来！"

"哈哈哈哈哈哈！"

人群里传来此起彼伏的笑声……

番外一
extra one

/ 远 大 理 想 /

国际厨神大赛后，舒家菜成功地走进法国人民的视野，经过洽谈协商，舒言终于决定在法国开出第一家分店，至于主厨，舒有德自然是最好的人选。

在外面漂了这么多年，认祖归宗的舒有德也希望能为自家品牌做些事情，很愉快地答应下来，可问题又来了，只靠他一个厨师远远不够。

二十一世纪什么最稀缺，人才。

不是没想过去婆家撬墙脚，可惜颢澜集团主攻的并不是宫廷菜系，那些厨师手艺虽然好，却并不完全对口，工作多年的资深厨师，总有自己的职业习惯，想要让他们摒弃固有思维去接受新鲜事物，只怕很难。

想了想只有一个办法，就是招毫无掌勺经验的砧板、打荷、学徒工亲自培养，这样虽然费时费力了些，却能最大限度保证菜品味道。

对，就这么干。

"不行。"江皓宸第一个反对。

"为什么？"

不问还好，这一问，江皓宸立刻炸毛："舒言，你已经结婚了，就该有已婚女人的觉悟，成天跟别的男人朝夕相处，合适吗？"

"什么叫朝夕相处，我是在工作好不好。"舒言连翻白眼的力气都没有，"哪个公司没有男人，照你这么说，已婚女人就该在家里待着，哪里也别去了！"

"这样最好。"他又不是养不起她。

"做梦都别想。"她可没有当悠闲少奶奶的命。

"那你就好好经营这一个，别整什么分店。"江皓宸也知道舒言绝不肯待在家里，主动做出让步。

"我已经答应了。"舒言放软语气，撒娇卖萌，"我只培训三个月，后期去了法国，就是二伯负责了。"

"不行。"

"江皓宸！"

"招女的。"江皓宸瞪舒言一眼，"这是最大让步了，别的想都别想。"

女厨师，就像凤毛麟角。

招了足足一个月，只有三个人来报名，其中两个还要照顾孩子，根本去不了法国，另一个嫌太辛苦，没干两天累跑了。

"看吧，我就说这活不是女人干的，你也赶紧考虑转行吧。"这几天，江皓宸说得最多的就是这句话。

　　"我还就不信了。"舒言握拳，为了职业尊严，她也一定要招到人。

　　女厨师，有人想做女厨师吗？

　　管吃管住，还帮忙介绍男朋友那种……

　　现实是残酷的，在接连招聘受挫后，一个新想法从舒言脑海中涌出来，既然招工那么麻烦，为什么不定点培养呢，培训要从娃娃抓起嘛。

　　"颢澜厨师职业学院？"这个主意倒是不错。

　　"这些年很多企业都办了职业高校，学生不仅能学得一技之长，毕业之后还对口分配工作。就算他们没钱付学费也不要紧，可以签订双向合同，毕业后用工资抵扣学费。"顺便还能为社会减轻就业压力，简直不能再好了。

　　"好，就这么定了。"江皓宸直接拍板。

　　舒言原以为还要发挥三寸不烂之舌游说一番，没想到这么轻松就解决了，不由得挑眉："江皓宸，你是不是早就打这个主意了？"

　　"想你所想，不好吗？"

　　"好，太好了。"明明就有主意却要害她苦思冥想，想得头发都白好几根了，真是欠收拾。

　　"啊……"江皓宸捂着脚，呼喊出声。

　　家有虎妻，谨言慎行才是生存之道啊。

　　一年后，颢澜厨师职业学院挂牌成立，舒言为第一任校长。

番外二
extra two

／ 婚 礼 ／

大溪地，最接近天堂的地方。

舒言原本打算把婚礼定在那里，虽然远了些、贵了些，江皓宸自然没有意见，一辈子就办这么一次婚礼，花点钱算什么，办。

可是，当刘秘书把那串长长的婚宴宾客名单拿到面前时，舒言当时就傻眼了。

足足一千五百多人，江皓宸，四海之内都是你家亲戚啊。

这也太夸张了。

震惊之余，舒言开始掰着手指头算费用，首先是包机，一架飞

机坐三百人，需要五架，按平均每人三万块的保守机票来算，就是几千万块，再加上婚礼场地费、住宿酒店费、婚礼宴席费用……舒言似乎感觉到一堆堆粉色钞票在向她招手后，无情地一去不复返。

不办。

坚决不办。

虽然江皓宸再三解释会有商家赞助和礼金等一系列外快，根本耗费不了那么多钱，但舒言还是坚决打消了这个念头。

太烧包了，实在对不起她劳苦大众的出身。

舒言坚决不肯，江皓宸又不能把她打晕了扛上飞机，两人只好重新商议场地。

这次，舒言充分吸取了经验教训，决定就在颢澜大酒店的户外山庄办。

肥水不流外人田，有钱干吗要让别人赚呢？

这一点，江凌风跟舒言意见完全一致，直接拍板敲定。

婚礼前一晚有辞旧派队，舒言从来就不是个爱凑热闹的人，差不多跟宾客们闲聊了几句，就装困偷偷跑回房间去了。

这回四下安静，她偏偏又激动得睡不着了。

有着超长裙摆的高级定制婚纱安静地挂在橱窗里，舒言轻轻抚摸着洁白无瑕的婚纱，心里百感交集。曾几何时，她以为自己这辈子都不可能接受一个男人的爱，更不可能披上婚纱，可缘分这个东西是那样奇妙，不早不晚，毫无征兆地闯进她的世界，让她痴迷，让她沦陷。

或许老天爷一直都是公平的，甚至更偏爱她一些，所以，才让她小小年纪先饮下那杯苦酒，再用后半生细细品味甜酒。

她心存感激。

缓缓关上橱窗，却从镜面里看到一个熟悉的身影，她连忙转身，果然见江皓宸站在不远处，盈盈望着自己。

　　"你不是被弋阳他们拉去喝酒了吗？"舒言喜出望外，又轻轻推了推江皓宸，"婚礼前一夜，我们不能见面的，你快走吧。"

　　"想你了，过来看看。"江皓宸宠溺地捏捏舒言的鼻子，"明天就要嫁给我了，激动得睡不着了吧？"

　　"才没有呢，我一会儿就睡。"舒言撇撇嘴，不肯承认。

　　"好，那我先走了。"

　　见江皓宸转身，舒言从背后抱住他耍赖："不要嘛。"

　　"可某人并不需要我呀。"

　　"需要需要，每时每刻都需要。"舒言好声好气地哄着面前这个心眼比针比还小的男人，"你陪着我，等我睡着了再走。"

　　江皓宸的怀抱给舒言一种任何人都无法取代的安全感，在熟悉的臂弯中，她渐渐睡去。

　　听着耳畔均匀的呼吸声，江皓宸小心翼翼地抽出胳膊，悄声离开。

　　还有很多婚礼细节需要他去一一敲定。

　　第二天天不亮，舒言就被乔影和曼曼两个伴娘从被窝拽起来，舒言翻了个身拽着被子不撒手："还早呢，再睡会儿。"

　　为了给舒言当伴娘，曼曼特意请了半个月的假，漂洋过海赶回国内。只见她一把扯开被子："早什么早，我可准备好冷水了，再不麻利起来，泼你个落汤鸡。"

　　"物以类聚"，虎女的朋友，自然也不是什么温柔小公主，大学四年，舒言不知道挨了多少浇。

　　人是起来了，但脑子还是迷糊的，舒言往椅背上一倚又睡着了，

任由化妆师、造型师、美甲师十八般工具往自己身上招呼。这一坐也不知道过了多久，当她迷迷糊糊睁眼看到镜子里的自己时，所有瞌睡虫一下子全飞了。

精致细腻的妆容衬得她肤若凝脂，眸如星辰，什么黑眼圈、浮肿统统不见踪影，镶着蓝宝石的大大皇冠下拖着镂空刺绣的洁白头纱，简直就是童话故事里的小公主。

这哪里是化妆，简直就是换脸。

"别自恋了，赶紧穿婚鞋。"曼曼当头一棒，把舒言从震惊中拉回来。

秋天，帝都最美的时节，天空是少有的湛蓝色，白色调的室外婚礼庄重而不失简洁，为了让许愿环节更正式些，还特地搭了一座小巧的简易教堂，连神父都是特意从法国请出来的。

宣誓环节，江皓宸深情望着舒言的眼睛："很久之前我在书里看到过一句话，'遇到你之前，从未想过要结婚，跟你结婚后，没有一刻后悔过'，我一直以为这样可遇不可求的美好只会存在于书本中，直到遇见你。言言，你是我人生中最美的意外。"

发自肺腑的真挚告白引得宾客席中掌声连连，舒言也很感动，但更多的是震惊，因为江皓宸说的……明明是她的词！

她想了好几天才想出来的！

"过分……了。"舒言瞪着江皓宸，以只有他们两人能听到的声音小声呢喃。

"你可以念我的词啊。"江皓宸满脸笑意，尽是"奸计"得逞后的嘚瑟。

"江皓宸，你……"来不及威胁什么，很快就轮到舒言宣誓，她立刻收拾好情绪，笑颜如花，"老公，有些话，我只想对你一个人说。"

在众人好奇的目光中，舒言凑到江皓宸耳边，一字一顿："你……

给我……等着。"

早知道她就该带着炒勺来，打得这家伙满场找牙。

"好啊，看谁先求饶。"江皓宸邪魅笑着，直接把舒言抱离地面，一边转圈，一边欢快地大喊，"舒言，你终于是我的了！"

（全书完）